보복대행전문주식회사

보복대행전문
주식회사

이외수
장편소설
2

해냄

보복대행전문주식회사 2

| 차 례 |

보복대행전문주식회사 1

| 차례 |

꽃샘바람

"절대로 말리시면 안 돼요."

"그래도 저는 반대입니다."

"대표님께서 부여하신 보복대행전문주식회사에서의 제 직책이 뭐였죠."

"행동 대장입니다."

"그런데 직원이 직책을 충실히 수행하겠다는데 대표님께서 반대하시면 안 되죠. 말리실 거면 저한테 행동 대장이라는 직책은 왜 부여하셨어요."

"남자들이 개입하기 곤란한 문제, 이를테면 성폭행이나 성추행이나 성희롱을 당한 여성들을 만나는 일 등을 능동적으

로 수행해 달라는 의도였지 깡패들하고 맞짱을 뜨라는 의도
는 아니었어요."

"제 인생을 통틀어 깡패들하고 맞짱을 뜰 수 있는 기회가
몇 번이나 찾아오겠어요."

"세은 씨가 무슨 이종격투기 선수라도 되십니까."

"실력으로 따지면 이종격투기 선수들을 능가하고도 남지요."

"그래도 저는 말리고 싶습니다."

"왜요."

"연약한 여자가 깡패들하고 맞짱을 뜨게 만들 수는 없거든요."

세은은 즉각 내 말에 반박했다.

"갑자기 시공왜곡현상이라도 일어났나 봐요."

"무슨 뜻입니까."

"가끔 캡틴은 시공왜곡현상이 일어나서 조선 시대로부터
현시대로 튕겨져 나온 사람 같아요."

"고리타분하다는 얘깁니까."

"정답."

"섭하네요."

"섭하셔도 어쩔 수가 없어요. 지금은 여자 할 일이 따로 있
고 남자 할 일이 따로 있는 시대가 아니죠. 정 불안하시면 캡
틴이 직접 한번 조폭들하고 싸워 보시든가."

하지만 쌍칼, 나는 아무 대꾸도 하지 못했다. 그녀는 이미
통화를 끝내고 자신의 승용차로 우리가 있는 장소를 향해

달려오는 중이었다.

난감했다. 나는 어쩔 수 없이 세은의 공주행 합류를 노정건 선생님께 설명해 드릴 수밖에 없는 입장에 처하고 말았다. 하지만 설명을 듣고도 선생님은 가타부타 아무 말씀을 하지는 않으셨다. 내 짐작이기는 하지만 별로 환영하는 기색은 아니었다. 나로서는 참 난감한 일이 아닐 수 없었다.

예상보다 빠른 시각에 세은은 카페로 달려왔다. 흰색 스웨터에 검은색 가죽점퍼를 걸치고 청바지를 입고 있었다. 머리도 깔끔하게 올려 묶은 상태였다. 그녀가 말한 대로 간편한 차림새였다. 얼굴에는 임전무퇴의 결의가 충만했다.

마지막 희망은 노정건 선생님께서 세은의 개입을 단호히 거절하는 일이었다. 상대는 무지막지한 조폭들이다. 섣불리 상대했다가는 예기치 못했던 불상사를 초래할 수도 있다. 목적 달성을 위해서라면 수단과 방법을 가리지 않을지도 모른다. 생각했던 것보다 훨씬 야비하고 생각했던 것보다 훨씬 잔인할지도 모른다.

하지만 세은은 이미 사전 포석을 끝낸 상태였다. 세은이 카페에 도착해서 가장 먼저 실행한 일은 자기가 지명한 보증인을 노정건 선생님께 소개하는 일이었다.

"물론 제 실력을 보시지도 않고 선생님께서 깡패들을 저한테 맡기지는 않으실 거예요. 먼저 딱 한 놈을 제가 때려눕힐 테니까 실력을 한번 보신 다음에 결정하셔도 좋아요. 그러기 전에요, 선생님, 번거로우시겠지만 제 보증인하고 통화 한번 해 주세요."

세은은 서둘러 어딘가로 전화를 걸었다.

"아까 미리 말씀드렸던 문제로 전화했는데요. 선생님 바꿔 드릴 테니 잘 말씀해 주세요."

세은은 통화 중인 휴대폰을 노정건 선생님께 전달했다. 나는 순간적으로 박태빈 검사일지도 모른다는 생각을 했다. 아니나 다를까, 휴대폰을 받아 든 노정건 선생님께서 대뜸 박 검사로구먼, 하고 말씀하셨다. 그녀는 오기 전에 박태빈 검사에게 미리 전화를 걸어 자신의 격투기 실력을 노정건 선생님께 보증해 달라고 부탁해 두었음이 분명했다.

"그런 일이 있었나. 세은 양 실력이 그 정도라니 놀랍구먼. 허어참. 믿기지 않네. 박 검사가 그렇다면 틀림없겠지. 아닐 세. 그럼 자네 말을 믿고 한번 맡겨 보겠네."

박태빈 검사가 무슨 말을 했는지 알 수는 없지만, 노정건 선생님은 세은의 개입을 수락하고야 말았다. 내가 기대했던 일말의 희망은 사라져 버렸다.

그때부터 나는 태산 같은 걱정에 사로잡히기 시작했다. 만에 하나라도 세은이 심하게 다치기라도 한다면 어떻게 책임을 지겠느냐고 노정건 선생님과 박태빈 검사에게 따지고 싶은 심경이었다. 당장 박태빈 검사에게 전화를 걸고 싶었지만 노정건 선생님이 계셨기 때문에 참는 수밖에 없었다.

"드디어 따라붙었구먼."

복잡한 서울을 벗어나 탁 트인 고속도로를 얼마나 달렸을
까. 운전을 하던 노정건 선생님이 승합차의 백미러를 유심히
들여다보시면서 중얼거렸다. 연식이 오래된 승합차였다. 변속
기어를 조작할 때마다 오래도록 결핵을 앓은 환자처럼 가래
끓는 소리를 연발했다.

백미러에 비친 조폭들의 차는 고가의 검은색 세단이었다.
승합차 뒤에 바싹 붙어 소리도 없이 우리를 쫓아오고 있었
다. 폭력이나 휘두르면서 세상을 더럽히는 조폭들은 고가의
세단을 몰고 다니는데 오염된 강물까지 퍼 마시면서 세상이
맑아지기를 소망하는 언론인은 낡은 승합차를 끌고 다닌다.
세상은 불공정하다.

"깡패들인가요."

세은이 물었다.

"아마도."

노정건 선생님이 대답하셨다.

"몇 놈이나 되나요."

"아직 확실하게는 모르겠네."

"으레 연장들을 차고 있겠지요."

"그렇겠지."

"니들 오늘 줄초상 나는 줄 알아라."

세은이 손가락을 또각또각 소리 나게 꺾으면서 결의에 찬 목소리로 말했다.

"어떤 장소가 좋을까."

노정건 선생님이 물으셨다.

"죄송해요, 선생님. 무슨 말씀이신지 못 알아들었어요."

"싸울 때 어떤 장소를 선호하느냐고 물었어."

"좁은 장소보다는 넓은 장소가 좋겠지요."

"구경꾼이 있는 편이 좋을까, 없는 편이 좋을까."

"그래도 사람 패는 일인데 가급적이면 보는 사람이 없는 편이 좋아요."

"공주에 정안 알밤 휴게소라는 곳이 있는데 뒤편에 알밤을 테마로 만든 공원이 있어."

"괜찮겠네요."

"공주의 특산물인 알밤을 주제로 소년과 다람쥐와 알밤 등의 설치물들이 공원을 장식하고 있는데 싸울 때 적당히 활용해도 좋을 거야."

"참고하겠습니다."

세은은 갑자기 기력이 되살아나는 모양이었다. 목소리에 활력이 넘치고 있었다. 박태빈 검사가 도대체 무슨 허풍을 어떻게 떨었기에 노정건 선생님이 세은의 개입을 수락하셨을까.

나는 도저히 납득이 되지 않았다. 노정건 선생님의 출중한 실력이야 염사를 통해서 충분히 알고 있는 상태지만 세은의 실력은 도대체 어느 정도인지 아직 확인되지 않은 상태였다. 세은이 무술을 아무리 다양하게 연마했다 하더라도 내가 보기에는 연약한 여자에 불과했다. 그런데도 조폭들과 맞짱을 뜨게 만들다니 도저히 납득할 수 없는 처사였다. 하지만 세은이 위험에 처하면 노정건 선생님이 도와주시겠지, 라고 생각하니 걱정이 다소 감소되는 느낌이었다.

그런데 나는 어떻게 처신하는 편이 좋을까. 나는 초등학교 때부터 남에게 얻어터진 기억은 더러 있어도 남을 때려 본 기억은 전혀 없다. 막상 싸움이 시작되면 조폭들은 나를 분명히 적군 중의 한 명으로 간주할 것이고 당연히 무지막지하게 공격해 올 것이다. 그러면 어떻게 할까.

어떻게 하기는, 아무리 생각해도 대놓고 맞는 수밖에 없었다. 억울하지만 방법이 없었다. 이럴 줄 알았더라면 도장이라도 열심히 다니면서 태권도나 합기도나 격투기 따위를 배워 두었더라면 좋았을 텐데 그러지 못한 자신이 참으로 한심하다는 생각이 들었다.

막상 싸움이 벌어지면 어떻게 할까. 노정건 선생님 곁에 붙어 있는 편이 좋을까. 아니면 어디 은밀한 장소에 숨어 있는 편이 좋을까. 노정건 선생님 곁에 붙어 있으면 선생님께 불편을 안겨 드릴지도 모른다는 생각이 들었다. 그렇다고 어디 숨어 있을 수도 없었다. 비굴해 보이는 것은 질색이었다. 싸움을 거들지는 못하더라도 최대한 불편은 덜어 드리고 싶었다. 하지만 과연 그럴 수 있을지 의문이었다.

갑자기 노정건 선생님이 운전하던 차의 속도를 줄이기 시작했다. 전방에 표지판이 보였다.

정안 알밤 휴게소.

노정건 선생님의 승합차가 먼저 가래 끓는 소리를 뱉어 내며 휴게소 주차장으로 들어섰다. 뒤이어 조폭들의 검은색 세단도 소리 없이 주차장으로 미끄러지듯 들어왔다.

우리가 차에서 내리자 조폭들도 차에서 내렸다. 놈들의 목표는 노정건 선생님이었다. 하지만 노정건 선생님은 전혀 긴장하거나 경계하는 기색이 아니었다. 세은도 마찬가지였다.

조폭들은 흰색을 착용하면 착한 사람들로 오해받을 염려가 있다고 생각하는 것일까. 검은색 승용차, 검은색 양복, 검은색 넥타이, 검은색 선글라스를 착용하고 있었다.

"검은색을 입는 놈들은 똘마니야."

언젠가 박태빈 검사에게 들은 말이었다. 조폭들은 폭력을 행사하기 위해 외출할 때는 장례식장에 참석하는 것도 아닌데 검은색 일색으로 전신을 치장하고 외출을 한다는 것이었다.

"하지만 오야붕들은 대체로 흰색을 선호하지."

그러니까 우리를 미행하는 조폭들은 자신들이 똘마니라

는 징표를 만천하에 드러내고 개폼을 잡고 있는 셈이었다.

약간 쌀쌀한 바람이 불고 있었다. 봄이 오기 전 꽃을 시샘하여 분다는 꽃샘바람. 이름은 예쁜데 심성은 야멸차다.

하지만 삼십 년 살아온 내 인생 경험만으로도 자신 있게 말할 수 있는 것들이 있다. 겨울은 새봄을 이기지 못하고 어둠은 광명을 이기지 못한다. 악담은 덕담을 이기지 못하고 짝퉁은 진품을 이기지 못한다. 탐욕은 청빈을 이기지 못하고 미움은 사랑을 이기지 못한다. 그런데 왜 세상은 엉망진창일까.

제발, 똥파리가 독수리를 이기지 못하듯이, 조폭이 세은을 이기지 못했으면 좋겠다.

노정건 선생님은 느린 걸음으로 뚜벅뚜벅 휴게소 뒤편을 향해 걸어가고 있었다. 그 뒤를 세은이 경쾌한 걸음으로 따라가고 있었다. 커다란 다람쥐가 보였다. 다람쥐에게 알밤을 건네는 소년도 보였다. 바닥 여기저기에 커다란 알밤이 굴러다니고 있었다. 동화의 한 장면을 연상시키는 설치물들이었다.

노정건 선생님이 우뚝 걸음을 멈추었다. 우리는 모두 따라서 걸음을 멈추었다. 조폭들이 약간 건들거리면서 우리에게 다가오고 있었다. 네 명이었다. 세은이 빙글빙글 웃으면서 조폭들 앞으로 다가서고 있었다.

"니들 모두 오늘은 이 예쁜 누나가 작살내 줄게."

세은이 말했다. 한 명만 삼십 대 중반으로 보였고 나머지는 모두 이십 대 중반으로 보였다.

"뭐야, 저년은, 씨팔."

껌을 질경질경 씹고 있던 조폭 놈 하나가 껌을 퉤하고 뱉어 낸 다음 아주 불쾌하다는 듯이 말했다. 분명히 세은에게 하는 말이었지만 내가 극심한 모욕감에 사로잡히고 말았다. 하지만 나는 어떤 응징도 보여 줄 수가 없었다.

"말하는 꼬라지를 보니 가정교육하고는 거리가 먼 놈이네. 너부터 누나가 손봐 줄게."

세은이 조폭들을 향해 한마디씩 뱉어 낼 때마다 나는 가슴이 철렁철렁 내려앉았다. 조폭들을 자극해서 얻어 낼 수 있는 것이 전혀 없을 거라는 판단에서였다.

세은은 가정교육하고 거리가 멀다고 말했던 놈을 손가락으로 지명, 이리 오라는 시늉을 까딱까딱 반복해 보이고 있었다. 놈이 팔을 걷어붙이고 있었는데 팔 전체가 온통 용 비늘로 뒤덮여 있었다. 목에도 비늘 몇 개가 삐죽이 드러나고 있었다.

"쌍년이 뒈지려고 환장을 했······."

미처 말을 끝내지도 못하고 조폭 한 놈이 악 소리와 함께 새우처럼 몸을 웅크린 채 옆으로 비스듬히 쓰러지고 있었다. 문자 그대로 전광석화 같았다. 동작이 어찌나 빠른지 미처 포착을 하지 못했을 지경이었다.

"아이구, 내 부랄."

놈은 급소인 낭심을 차인 모양이었다.

"아가야, 낭심을 조심했어야지. 급소인데. 니들 쌈마이 티가 나는구나. 도대체 기본도 모르는 놈이 무슨 쌈박질이니. 그리고 짜샤, 입에 걸레 물면 이길 수 있다는 소리 어디서 들었니. 그거 구라야. 누나가 충고 하나 해 주겠는데 앞으로 어디 가서 쌈박질 좀 했다는 얘기 하지 마라. 쪽팔린다."

말이 끝남과 동시에 번쩍 하는 동작으로 상대를 후려 버리는 세은의 돌려차기. 또 한 놈이 풀썩 쓰러지고 있었다.

"봉딱들하고는."

세은이 꼬꾸라진 조폭을 향해 비아냥을 던지고 있었다. 고등학교 다닐 때 세은은 틀림없이 일진이었을 거야. 나는 속으로 중얼거리고 있었다.

두 명의 조폭이 노정건 선생님을 향해 걸음을 옮기려 하자 세은이 재빨리 가로막았다.

"선생님은 건드리지 마라."

"비켜. 이 씨팔년아."

"어쭈, 이 새퀴도 입에 걸레를 물었네."

세은의 손바닥이 좌우로 몇 번 빠르게 움직였고 조폭 중의 한 놈이 순식간에 안면을 시뻘건 코피로 물들였다. 그런데 분명히 따귀를 때리는 동작과 따귀를 때리는 소리였는데 두 놈이 역시 사타구니를 움켜잡고 바닥에 나뒹굴고 있었다. 아마도 따귀는 페이크였고 낭심이 목표였던 것 같았다. 얼마나 손과 발이 빠른지 현장에 있는 나도 자세히 목격할 수가 없었다. 세은은 쓰러진 놈을 깔고 앉아 주먹세례를 퍼붓고 있었는데 다른 놈이 달려들면 손으로 땅을 짚고 솟구치면서 발로 안면을 세차게 가격하는 묘기도 보였다.

전혀 걱정하지 않아도 될 국면이었다. 나는 마침내 비실비실 웃음을 흘리기 시작했다. 그때였다. 쓰러졌던 두 놈이 일어나 마침내 회칼을 꺼내 들고 있었다. 나는 가슴이 철렁 내려앉았다.

"세은 씨, 조심해요."

나는 다급하게 소리쳤다. 하지만 세은은 이미 예측하고 있었다는 듯이 침착하게 가죽점퍼를 벗었다. 그리고 팔뚝에 칭칭 감고 있었다.

한 놈이 다가와 회칼을 휘두르기 시작했다. 하지만 세은은 날렵했다. 아슬아슬했지만 한 번도 찔리거나 베이지 않았다. 가죽점퍼가 감긴 팔로 회칼을 막거나 빠르고 날렵한 보법으로 피하기 일쑤였다. 그러다가 일순, 점퍼로 회칼을 쥔 상대편의 팔을 감았다.

상대편의 가슴 쪽으로 파고드는가 싶었는데 뚜뚝, 하는 소리가 들렸다. 뼈 부러지는 소리가 분명했다. 세은의 동작은 손과 발이 거의 동시에 움직였다. 그리고 전율을 느낄 정도로 빠르고 정확했다. 순식간에 네 놈이 모두 팔이 부러지거나 다리가 부러진 채로 땅바닥에 나뒹굴고 있었다.

"박 검사 말이 맞구먼."

노정건 선생님이 세은을 향해 가볍게 박수를 쳐 주고 있었다.

"니들 조정갑이 보낸 놈들이지."

노정건 선생님이 조폭 중에서 나이가 가장 많아 보이는 놈에게 물었다. 하지만 조폭은 대답하지 않았다.

"회칼 이리 줘 봐."

노정건 선생님은 조폭에게서 회칼을 빼앗더니 순식간에 자신의 팔뚝을 주욱 그어 버렸다. 금방 선혈이 낭자했다.

"니들 휴대폰 있지."

노정건 선생님은 조폭 놈의 호주머니에서 휴대폰을 꺼냈다. 그리고 회칼로 길게 그은 자신의 팔뚝을 폰카로 여러 각도에서 찍었다. 그리고 내게 조폭의 휴대폰을 주면서 노정건 선생님이 폭행을 당해 쓰러져 있는 장면을 여러 장 찍도록 하라고 일렀다. 팔뚝에서 흐르는 피를 얼굴에 문질러 폭행을 심하게 당한 것처럼 연출하기도 했다.

"조정갑한테 이 사진 보여 주고 약속한 돈은 받아 내야지. 그리고 아무리 먹고살기 힘든 세상이라지만 사내대장부가 나라를 위해 젊음을 바치지는 못할망정 조정갑 같은 놈 사주나 받고 조폭질이나 하면서 살아야겠냐. 다음에도 이런 식으로 나를 만나면 그때는 죽는다."

노정건 선생님은 회칼과 휴대폰을 돌려주고 돌아섰다. 여전히 꽃샘바람이 마른 나뭇가지들을 흔들어 대고 있었다. 하지만 춥지는 않았다. 먼 산머리 어디쯤 봄이 오고 있다는 예감이 꽃샘바람 속에서 지금 막 새로 게양된 깃발처럼 신선한 느낌으로 푸득거리고 있었다.

"아니, 유익현 아냐."

나는 응접실 소파에 드러누워 텔레비전을 시청하다 상체를 벌떡 일으켜 세울 수밖에 없었다.

유익현이었다. 에어타카로 고양이들의 이마에 대못을 박았던 남자. 유익현이 어느 공중파 방송에서 화제의 인물로 부각되고 있는 중이었다. 처음에는 긴가민가했다. 하지만 분명히 어디서 본 듯한 얼굴이었다. 그의 얼굴이 텔레비전에 몇 번 클로즈업되면서 내 기억의 서랍 속에 잠시 묻어 뒀던 사건들이 확연한 모습으로 되살아나고 있었다. 이마에 대못이 박힌 고양이들.

그렇다. 그는 고양이들의 이마에 대못을 박았던 남자 유익현이었다. 도대체 무슨 이유로 텔레비전에 나오는 것일까. 고양이를 괴롭히는 버릇이 재발한 것은 아닐까. 나는 지대한 관심을 가지고 텔레비전을 시청하기 시작했다.

"오늘의 별난 세상 별난 인생 시간에 소개해 드릴 분은 유익현 씨입니다. 어떤 별난 인생을 사시는 분일까요. 오늘 제가 이분을 끝까지 따라다녀 보겠습니다. 기대, 기대, 기대 만

땅. 유익현 씨의 일거수일투족을 놓치지 말아 주세요."

리포터가 유익현을 따라가며 호들갑스러운 목소리로 서두를 시작하고 있었다. 다행히 방송이 많이 진행된 상태는 아닌 것 같았다.

"그는 꼭두새벽에 집을 나섭니다."

이십 대 초반의 여자 리포터였다. 활달한 성격을 가지고 있는 것 같았다. 봄기운이 물씬 풍기는 연둣빛 원피스를 착용하고 있었다. 하지만 아직 세상은 완연한 봄이 도래한 상태가 아니었다.

미처 날이 밝지도 않은 꼭두새벽에 유익현은 왜 집을 나서는 것일까. 나도 궁금했다.

카메라가 그를 따라가고 있었다. 그는 여전히 허름한 차림새였다. 어깨에 끈이 긴 가방 하나를 둘러메고 있었다.

나는 그 가방을 보는 순간 가슴이 철렁 내려앉는 기분이었다. 공구 가방이었다. 내 기억이 맞다면 그 가방 속에는 못을 발사하는 용도의 에어타카가 들어 있었다.

"여전히 정신을 차리지 못했나."

나는 순간적으로 절망하고 있었다.

유익현은 상당히 먼 거리를 도보로만 이동하고 있었다. 카메라가 그를 따라가는 도중, 리포터가 질문을 던지고 있었다.

"지금 어디를 가시는 건가요."

그러나 유익현은 대답하지 않았다. 다시 질문이 이어졌다.

"차비를 쓰기 아까워서 도보로만 이동하시는 건가요."

이번에도 유익현은 대답하지 않았다. 하지만 리포터는 끈질기게 유익현에게 질문을 던지고 있었다.

"혹시 직업을 말씀해 주실 수 있나요."

"여자 친구는 있으신가요."

"장래 희망을 말씀해 주세요."

그러나 리포터가 어떤 질문을 던져도 유익현은 대답하지 않았다. 말하기 싫어하는 사람 괴롭히기 프로그램이 신설된 것은 아닐까 의심했을 정도였다.

장면이 전환되었다.

청량리역.

카메라가 매표소 앞에서 표를 끊는 유익현을 비추고 있었다. 유익현은 가평행 표를 끊고 있었다. 카메라가 잠시 대합실을 천천히 탐색하고 있었다.

나는 조금씩 호기심에 사로잡히기 시작했다. 가평까지 원정을 가서 고양이의 이마에 대못을 박으려는 것일까. 카메라는 왜 그를 쫓아가는 것일까. 고양이의 이마에 대못을 박는 장면을 적나라하게 보여 주겠다는 의도일까. 내 의식 속에서, 이스트가 잘 배합된 식빵처럼 호기심이 슬금슬금 부풀어 오르고 있었다.

유익현은 열차를 타고 가평으로 가고 있었다. 차창 밖으로 느리게 스쳐가는 풍경들. 풍경들 속에서 나무들이 여린 연둣

빛으로 물들고 있었다.

원래 강원도는 해마다 봄이 지각을 하는 고장이다. 강원도 중에서도 다목리는 특히 늑장을 부리는 지역이어서 올해는 봄이 안 올지도 모른다는 생각이 들 때가 많았다. 특히 올해는 봄이 유난히 늑장을 부리는 편이었다. 노래로나 들어 보던 산 너머 남촌은 어디 있는 마을일까. 거기로 가면 꽃 피고 새 우는 봄이 당도해 있을까. 어쩌면 그 마을에서 뒷짐을 진 채 빈둥거리고 있는 봄을 만날 수 있을지도 모른다. 봄을 만날 수 있다면 무조건 정신을 못 차릴 정도로 두들겨 팬 다음 멱살을 잡고 다목리로 끌고 와야겠다.

올해는 봄이 너무 기다려진다. 봄이 오면 세은과 파로호로 낚시를 갈 계획이다. 하지만 아직 발설하지는 않았다.

나는 차창 밖으로 시선을 돌렸다. 차창 밖으로 전개되는 풍경 속에도 봄이 올 기색은 보이지 않았다.

"가평은 왜 가시는 거예요."

리포터가 유익현에게 묻고 있었다. 하지만 유익현은 실어증에라도 걸렸는지 아직 한 번도 입을 열지 않았다. 그는 깊은 상념에 빠진 표정으로 오래도록 차창 밖을 내다보고 있었다. 리포터는 전혀 의식하지 않는 눈치였다.

블록 공장.

유익현이 열심히 모래와 시멘트를 배합하고 있다. 등 뒤로 산더미처럼 높게 쌓여 있는 모래가 보인다. 유익현이 모래와 시멘트를 삽으로 떠서 배합판에 넣고 열심히 배합하기 시작한다. 삽을 다루는 솜씨가 예사롭지 않다. 오랜 숙련을 거쳐서야 획득할 수 있는 동작이다. 더운지 상의를 벗어 던진 차림새. 구릿빛 등판과 어깨가 땀으로 번들거리고 있다. 모래를 다 배합한 다음 유익현은 블록을 찍기 시작한다. 블록을 찍는 사람들은 여덟 명이다.

점심시간이 되자 모두 가까운 중국집으로 가서 짜장면을 먹는다. 그러나 유익현은 그들과 합류하지 않는다. 혼자 남아서 자신의 도시락을 먹고 있다. 리포터가 유익현이 직접 만들어 온 도시락이라고 설명한다.

열심히 블록을 찍고 있는 유익현. 동료들이 말을 걸어도 전혀 대꾸를 하지 않는다. 카메라가 유익현이 찍은 블록들을 천천히 훑고 지나간다. 상당히 많은 분량이다. 카메라, 동료들이 찍은 블록과 비교해 본다. 압도적으로 차이를 보인다. 유익현이 일당을 지급받는 장면이 블록과 오버랩되면서 날이 저문다.

서울.

밤이다. 유익현이 편의점에 들러 참치 캔을 사고 있다. 공구 가방에 참치 캔을 채우는 유익현. 골목을 찾아다니는 유익현. 참치 캔을 따서 쓰레기통 옆이나 담벼락 밑에 비치한다.

"이분은 길냥이들이나 유기견들을 만나면 무조건 엎드려 큰절을 올립니다. 길냥이들이나 유기견들을 조상으로 모시는 사람 같습니다. 보실까요."

카메라가 경계의 눈빛을 드러내며 골목을 조심스럽게 탐색하고 있는 길냥이 한 마리를 포착한다. 길냥이가 동요하지 않도록 조심스러운 동작으로 큰절을 올리는 유익현.

카메라 다시 빠르게 이동한다. 유기견 한 마리가 식당 앞을 어슬렁거리고 있다. 역시 큰절을 올리는 유익현.

카메라가 원룸촌으로 접어든다. 유익현의 원룸. 도어를 향해 걸음걸이 속도로 다가서는 카메라. 유익현의 거칠어 보이는 손이 도어의 손잡이를 잡는다. 문이 열린다.

카메라 줌인하면 벽에 붙어 있는 손글씨들. 사인펜으로 또박또박 쓴 글씨들을 천천히 훑고 지나간다. 세련된 글씨체는 아니지만 정성은 느껴지는 글씨체다. 얼핏 보기에는 초등학생이 쓴 듯한 느낌을 주기도 한다. 맞춤법이나 띄어쓰기가 무시된 부분이 몇 군데 있기는 하지만 고쳐서 전달하면 아래와 같은 내용이다.

나는 말 못하는 동물들에게 너무 많은 죄를 저질렀다.
부끄럽다.

내 죄를 다 씻었다는 생각이 들 때까지 나도 동물들처럼
말을 하지 않기로 결심한다.

일종의 반성문이었다. 묘하게도 진심이 느껴졌다. 유익현은
어떤 이유에선지는 몰라도 자신의 죄를 뉘우치고 있음이 분
명하다는 확신이 들었다.

"놀랍네요."
세은이 말했다.
유익현에 대한 프로가 끝나고 나는 수목원과 관계된 몇
가지 사무적인 일들을 끝마쳤다. 그리고 세은한테 먼저 전화
부터 걸었다. 언젠가 유익현의 악행에 대해서 세은에게 상세
하게 이야기해 준 적이 있었다.
"인간도 아니에요."
유익현이 저지른 악행을 내게서 전해 들었을 때 그녀는 한
마디로 인간도 아니라고 일축했었다. 하지만 유익현은 이제
분명히 다른 사람으로 변해 있었다. 나는 텔레비전에서 본
유익현을 세은에게 그대로 이야기해 주었다.
"믿을 수가 없네요."
세은도 유익현의 변화에 놀라움을 표명했다. 악습이야말
로 어떤 강력 접착제보다 강한 접착력을 가진 요물이다. 일
단 달라붙기만 하면 절대로 떨어지지 않는 근성을 가지고 있

다. 의지력이 남다른 사람들조차도 진저리를 친다. 결국 패가 망신하거나 인생을 완전히 말아먹는 모습을 보고 나서야 가까스로 떨어져 나간다. 노름을 예로 들어 보자. 다시는 하지 않겠다고 손가락을 잘라 버리고도 끊지 못했다는 사람들이 있다. 손가락을 자르고 발가락에 화투장을 끼고 노름을 했다는 사람도 있다. 그런데 유익현은 악습을 끊었다.

유익현.

나는 응징이 시작되면서 그와의 인연이 끝난 것인 줄 알았다. 앞으로 그를 만날 일은 없다고 생각했다. 그의 모습을 텔레비전으로 보게 되리라고는 생각해 본 적이 없었다.

나는 달라진 유익현을 보고 난 다음부터 갈등에 시달리기 시작했다. 저 정도면 용서해 주어야 하지 않을까. 착잡한 심경이었다. 나는 유익현이 고양이를 한창 괴롭히던 시절에 출연했다면 어떤 반응을 불러일으켰을까를 생각해 보았다.

"인간이 아니다."

"주소를 밝혀라."

"천벌을 받을 놈."

"똑같은 고통을 당하면서 죽는 모습을 보고 싶다."

온갖 비난과 저주가 퍼부어졌을 것이다.

그러나 이번 프로를 본 사람들은 어떤 반응을 나타내 보일까. 아직 장담하기는 이르지만 아마도 면죄부를 주어야 한다고 생각하지 않을까.

"캡틴 생각은 어떠세요."

"착잡할 따름입니다."

"응징을 멈출 수는 없나요."

"거수님들은 의외로 단호한 입장들이십니다."

"끝까지 응징하자는 쪽이시군요."

"반성을 했다 하더라도 죄를 다 털어 버릴 때까지는 응징을 계속하는 쪽이 타당하다는 소견이십니다. 피해자의 원한을 풀어 주는 것만이 응징의 목적은 아닙니다. 가해자의 입장도 고려한 응징이지요. 응징을 하는 김에 속죄까지 할 수 있는 기회를 만들어 주자는 뜻도 내포되어 있습니다. 속죄를 하려면 어떤 가책도 없어야 합니다. 흐릿한 얼룩조차도 남지 않도록 깨끗하게 지워야 한다는 겁니다. 그래야 가해자도 피해자도 새롭게 살아갈 수가 있다는 겁니다."

"납득할 수는 있지만 왠지 안타깝네요."

"가급적이면 빨리 진행을 해서 마무리를 짓는 편이 유익현을 돕는 결과겠지요."

"이럴 때는 성선설 쪽으로 마음이 기울어져요."

"죽을 때까지 나쁜 짓만 계속하는 놈들을 보면 생각이 달라질걸요."

텔레비전을 시청하고 나는 김상현 정원사를 충북 보은으로 급파했다. 남은 대못을 마저 박고 오라는 임무를 부여했던 것이다. 빙의목을 자청했던 대추나무에게는 채널링으로 양해를 구했다. 아무튼 큰일에 동참해 주어서 고맙다는 치사도 덧붙였다. 나는 어쩌면 대추나무의 마음이 유익현에게 전해져서 그런 변화를 초래했는지도 모른다는 생각을 하고 있었다. 하지만 입증할 방도는 없었다.

"어릴 때의 인연이지만 아픔을 함께할 수 있다는 사실만으로 저는 행복합니다."

나는 빙의목의 말을 듣고 마음이 더욱 착잡했다. 당연히 모든 만남이 호연이 될 수는 없다. 당연히 모든 만남이 악연이 될 수도 없다. 하지만 진실로 인간이 만물의 영장이라면 모든 만남이 가급적이면 호연이 되도록 노력하려는 의도를 품고 있어야 한다. 아직 세 발의 대못이 박히는 아픔을 참아 내야 하는 형벌이 남아 있기는 하지만 유익현도 빙의목도 잘 견딜 수 있을 거라고 나는 믿었다.

"서울에는 봄이 오고 있어요."

세은은 도처에 개나리가 활짝 피어 대낮에도 등불처럼 환하게 주위를 밝히고 있다고 말했다.

"다목리는 아직 겨울입니다."

"박 검사님한테 서울에서 봄을 몇 무더기만 체포해서 다목리로 보내 달라고 부탁해 보세요."

"참 기발한 아이디어네요. 한번 부탁해 보고 싶습니다."

다목리는 올 들어 유난히 봄이 도래할 조짐이 보이지 않는다. 개구리도 일찍 잠에서 깨어났다가 겨울을 방불케 하는 눈보라나 지랄 같은 꽃샘바람을 만나 당황해서 다시 동면으로 들어가 버리는 해프닝을 보여 주었다.

"캡틴은 다목리에 봄이 오면 제일 먼저 무얼 하고 싶으세요."

"궁금하신가요."

"궁금해요."

"솔직히 말해도 될지 모르겠네요."

"무슨 밥인데 그렇게 뜸을 들이세요."

"세은 씨하고 관련이 있는 밥입니다."

"식욕이 바싹 당기네요. 뜸을 더 들이면 밥이 탈지도 몰라요. 빨리 말씀해 보세요."

"파로호로 낚시를 떠나 볼까 생각 중입니다."

"낚시를요."

"싫으신가요."

"파로호로 낚시를 가면 어떤 즐거움이 있는데요."

"물속에까지 눈부신 진달래꽃이 만발해 있습니다."

"멋져요."

"말로만 듣던 무릉도원을 실지로 볼 수가 있습니다."

"대박."

세은은 빨리 봄이 오면 좋겠다고 말했다. 나는 동반 낚시를 가겠다는 뜻으로 받아들였다.

하지만 화천은 아직도 겨울이다. 입춘이 지났는데도 먼 산들은 머리 꼭대기에 허연 잔설을 모자처럼 뒤집어쓰고 있다.

강물도 완전히 얼음이 풀린 상태는 아니다. 그늘진 곳에는 아직도 얼음이 녹지 않은 채로 남아 있다. 단지 눈보라가 휘몰아치지 않는다는 사실만으로도 하늘을 향해 성은이 망극하옵니다를 읊조려야 할 판국이다.

막 잠이 들 무렵인데 미간에 채널링을 신청하는 진동이 느껴진다. 굉장히 가까운 거리에서 보내는 신호로 감지된다. 이 정도의 신호면 다목리에 살고 있는 나무일 가능성이 높다.

"다목리 수목원에 살고 있는 상수리나무입니다."

채널링이 개설되자 젊은 상수리나무 한 그루가 모습을 드러낸다. 삼십 년생쯤으로 추정되는 상수리나무다.

"말씀드리기 죄송해서 한참을 망설이다 채널링을 요청하기로 결단을 내렸습니다. 어린 자식을 걱정하는 부모의 마음은 나무나 사람이나 다 똑같다는 생각으로 용기를 내어 채널링을 신청하게 되었습니다. 양해를 부탁드립니다."

"걱정하지 말고 말씀해 보세요."

"주무시려던 참인 거 같은데 정말 죄송합니다."

"저는 잠들었을 때도 채널링 신호는 포착합니다. 당연히 잠을 깨어 채널링에 임합니다. 한밤중이라도 상관이 없습니다."

"정말 죄송합니다."

상수리나무는 자꾸만 죄송하다는 말을 연발한다.

"괜찮으니까 무슨 사연인지 한번 말씀해 보세요."

"다수의 문제가 아니라 저만의 문제로 채널링을 해도 되나 싶어서요."

나는 그 말을 듣고 상수리나무가 망설이는 이유를 알게 되었다.

"그럼요. 어떤 문제라도 채널링을 개설해서 문제를 의논하고 해결 방안을 모색할 수 있어요. 걱정하지 말고 말씀하세요."

나는 단풍 분재 거수님의 제의를 받아 가짜 버스 정류장을 만드는 일에 앞장섰던 사례를 상수리나무에게 들려주었다.

"부담을 많이 덜었습니다. 가벼운 마음으로 말씀드리겠습니다."

"그러세요."

나는 긴장을 풀어 주기 위해 웃음을 머금은 얼굴로 상수리나무를 다독여 주었다.

상수리나무에서 열리는 열매를 사람들은 도토리라고 칭한다. 신갈나무, 떡갈나무, 갈참나무, 졸참나무에서 열리는 열매의 총칭이 도토리다. 사람들은 도토리로 묵을 만들어 먹는다. 도토리로 만든 묵은 구황 식품으로 인기가 있다. 임진왜란 때 선조가 피난을 가서 항상 수라상에 올리라고 하여 도토리나무를 항상 상(常) 자를 쓰는 상수리나무라 부르게 되었다는 설이 전해진다. 서로 별 차이가 없는데도 각자 자기가 잘났다고 우길 때 도토리 키 재기라는 속담을 쓴다.

다목리 수목원의 상수리나무 한 그루가 채널링을 요청한

이유는 재작년 가을에 자신에게서 분리된 한 알의 도토리 때문이다.

상수리나무의 얘기를 요약하면.

어떤 띨띨한 다람쥐가 재작년 가을 자신에게서 분리된 그 도토리 한 알을 물고 가다 실수로 돌더미 사이에 분실해 버리고 말았다. 그런데 기특하게도 그 도토리가 돌더미 사이에서 싹을 틔워 지금까지 자라고 있다. 그러나 간신히 싹을 틔워 자라기는 했지만 주변 환경이 척박해서 아무래도 오래 살아남을 가능성이 희박하다. 그래서 갓 태어난 새끼 도토리나무를 옮겨 심어 달라는 부탁이었다.

"내일 아침 기상하자마자 옮겨 심어 드릴 테니까 걱정하지 말아요."

"감사합니다. 감사합니다."

상수리나무는 몇 번이나 감사하다는 말을 남기고 사라졌다. 자식을 생각하는 마음은 나무나 사람이나 마찬가지라는 생각을 했다.

아침에 일어나 경건한 마음으로 목욕재계를 했다. 창고에서 꽃삽을 찾아냈다. 아직 세 명의 정원사들은 모두 출근하지 않은 상태였다.

김상현 정원사 29세.

고일봉 정원사 37세.

장영기 정원사 50세.

김상현 정원사만 나보다 나이가 아래였다. 세 사람 다 다목리에 거주하고 있었다. 고일봉 정원사와 장영기 정원사는 결혼을 해서 아이들과 부인이 있었고 출퇴근을 하는 입장이었다. 물론 나무들에 대한 전문 지식은 부족했지만 매우 근면 성실한 편이어서 소규모의 수목원을 관리하는 데는 별로 불편하지 않았다. 하지만 상수리나무가 부탁한 사안 정도는 나 혼자서도 충분히 수행할 수 있었다.

다목리 수목원은 아직 조성 중인 상태였다. 개방해서 관광객들을 불러들일 계획도 없었고 전문화할 생각도 없었다. 이를테면 나의 개인적인 취미 생활을 영위할 목적으로 시작한 일이었다. 그런데 시간이 흐르면서 조금씩 욕심이 불어나기 시작했다. 면적도 확장되고 수종도 늘어났다.

나무를 대할 때는 생각에 의존하지 말고 마음에 의존해야 한다. 생각은 머리에 대한 의존도가 높고 영혼은 마음에 대한 의존도가 높다. 머리는 오해의 어머니일 경우가 많고 마음은 이해의 아버지일 경우가 많다. 경험에 의하면 마음은 나무들과의 합일에 도움을 주는 사례가 많았지만 생각은 나무들과의 합일에 방해가 되는 사례가 많았다. 그런데도 사람들은 거액을 처들여서 유치원과, 초·중·고등학교와, 대학과, 학원을 짓는다. 지어서, 마음 좋은 사람을 양산해 내는 일에는 주력하지 않고 머리 좋은 사람을 양산해 내는 일에만 주력한다. 쌍칼이다.

나는 목욕재계를 끝낸 다음 동서남북 각 방향에 두 번씩 경건한 마음으로 큰절을 올렸다. 한 번은 정령들에게 감사하는 마음으로, 또 한 번은 요정들에게 감사하는 마음으로 올리는 큰절이다. 정령은 나무들의 영혼이고 요정은 풀들의 영혼이다.

나는 집을 나와 자신의 어린 자식 때문에 걱정이 태산 같은 상수리나무 한 그루와 합일된 의식으로 걷기 시작한다.

"직진하세요. 좌회전하세요. 목표 지점 백 보 전방입니다. 앞에 산딸기 덤불 조심하세요. 가시가 있습니다."

상수리나무가 내비게이션. 나는 내비게이션이 지시하는 대로 동작을 수행하면서 갓 태어난 상수리나무를 찾아가고 있는 중이다. 비좁고 가파른 산길을 헐떡거리면서 조심스럽게 걷는다. 우습지만 체력이 이십 대와 다르다는 생각을 한다. 덥다. 이마에 땀까지 송글송글 맺히기 시작한다. 나는 불현듯 봄이 가까이 도래해 있다는 사실을 직감한다.

"됐어요. 걸음을 멈추세요. 거기서 돌무더기 뒤쪽을 살펴보세요."

있었다. 상수리나무 한 포기가 아주 연약한 모습으로 고개를 내밀고 있었다. 움이 트고 있었다. 자세히 보지 않으면 움인 줄 모를 정도로 작아 보였다.

나는 다시 동서남북 네 방향을 향해 각 방향 두 번씩 도합

여덟 번의 큰절을 올렸다. 이번에는 각 방향의 자연을 다스리시는 천지신명들께 이 어린 생명을 잘 보살펴 달라는 뜻으로 올리는 큰절이었다.

나는 준비해 온 꽃삽으로 조심스럽게 어린 상수리나무 주변의 흙들을 파내기 시작했다.

진달래 필 무렵

다목리에도 봄이 왔다. 올해는 봄이 안 올지도 모른다는 생각까지 들게 만들 정도로 늑장을 부리다가 이제야 봄이 왔다. 바람꽃과 현호색은 이미 피었다 져 버렸고 지금은 개나리와 진달래가 한창이다.

온 세상에 봄이 와도 내 가슴에 꽃이 피지 않으면 진정한 봄이 아니라는 말이 있다. 남들이 듣기에는 다소 닭살스럽지만, 내 가슴에는 365일 한세은이라는 꽃이 피어 있었다. 그런데도 나는 왜 그토록 봄을 기다렸을까. 어쩌면 세상이 지독하게 을씨년스럽고 척박했기 때문은 아니었을까.

아무튼 대한민국 최북단 화천군 상서면 다목리에도 눈부

신 봄이 왔다. 양지바른 산비탈마다 눈부신 연분홍 진달래가 만발해 있다. 봄이 되면 세은과 낚시를 가겠노라는 계획이었다. 드디어 실행에 옮길 때가 온 것이다. 이제 날짜를 조율해서 출조하는 일만 남았다. 조사(釣士)들 사이에서는, 낚시로 치자면 대낚이 으뜸이고, 대낚으로 치자면 붕어가 으뜸이라는 말이 진리로 통한다.

"월척이다."

낚시에 대해 잘 모르는 사람들은 큰 고기만 보면 월척이라고 소리친다. 하지만 물고기가 크다고 다 월척(越尺)이라는 말을 쓰지는 않는다. 월척은 글자대로 해석해서 체장(體長)이 한 자가 넘는다는 뜻이다. 잉어나 쏘가리나 가물치나 누치 따위는 다 잡어(雜魚)에 속한다. 월척이라는 말은 오직 붕어한테만 사용한다. 물론 다른 물고기한테 사용한다고 누가 시비를 걸거나 고발을 하지는 않는다. 하지만 조사의 범주에 들지는 못한다. 아무 물고기나 크다고 무조건 월척이라고 표현하면 조력이 짧은 티를 내는 것이다. 조사라는 호칭보다 조졸(釣卒)이라는 호칭이 어울린다.

나는 군 복무를 마치고 백수로 지낼 때 낚시를 알게 되었다. 조황이 좋다는 곳을 두루 순례하면서 오직 잡는 재미 하나로 낚시에 심취했다. 그러다 진짜 조사를 만났다. 강화도 어느 저수지에서였다.

낚시꾼들은 그를 황 프로라고 불렀다. 낚시 채널에서 볼 수 있는 프로 조사는 아니었다. 낚시 채널에서 볼 수 있는 프로 조사들은 일반 조사들에 비해서 엄청난 차이를 가지고 있다. 낚싯대를 열 대 정도나 좌르륵 펼쳐 놓고 낚시질을 하면서 채비법이나 집어법을 설명한다. 물고기를 잡으면 한 마리건 열 마리건 모두 방생한다.

하지만 내가 만난 황 프로는 딱 한 대만 펼치고 낚시질을 한다. 바늘도 외바늘을 쓴다.

"낚시가 수행이라는 사실을 아는 순간부터 조사 소리를 들을 자격이 있는 거여. 그 사실을 모르면 물괴기를 허벌나게 잘 잡아도 조졸인 거여."

오십 대 초반의 아저씨였다. 대한민국 어디서나 볼 수 있는 평범한 아저씨. 어딘지 모르게 가난해 보이고 어딘지 모르게 어리숙해 보이고 어딘지 모르게 푸근해 보이는 아저씨.

"낚시에도 등급이 있나요."

"암만."

"제일 높은 등급이 뭔데요."

"나도 어떤 책에서 읽은 얘긴디 그 경지를 조선의 경지라고 하더구먼. 배 만든다는 뜻으로 쓰는 조선이 아니고 낚시의 신선이라는 뜻이여."

"낚시의 신선은 어떤 경지를 보여 줄 수 있나요."

"무간선이라고 혀서 아예 낚싯대를 내던져 뿌린 상탠 겨. 아예 낚싯대를 내던져 뿌린 상태로 세월도 낚고 하늘도 낚고 그러니께 뭐시냐 천하를 다 낚는단 말이지. 나가 말혀 놓고 나서도 뭔 말을 혔는지 알 수가 없네. 하여간 눈에 뵈는 것들도 낚고 눈에 뵈지 않는 것들도 낚는단 말인 겨."

"황 프로님은 어떤 등급에 속하세요."

"나는 만년 초졸이여."

"다른 조사 분들은 잡은 물고기를 다 방생하시잖아요. 그런데 황 프로님은 왜 방생을 하지 않으세요."

"방생할 괴기면 뭣 하러 잡는댜. 그거 다 뚝멋이여. 자비심이 넘치는 척해 쌓는 거지. 아, 진실로 지가 자비심이 넘치는 넘이면 거 뭐다냐 낚싯대부터 버려야 하지 않겄어."

"물고기를 집에 가지고 가면 요리해서 잡수시나요."

"자네 살신성인이라는 말 들어 본 적 있는감. 내가 잡은 물괴기는 살신성어하는 물괴기여."

살신성인(殺身成仁). 자신의 몸을 죽여 자비를 이룬다는 뜻이다.

살신성어(殺身成魚). 자신의 몸을 죽여 비로소 물고기로서의 소임을 완성한다는 뜻이다. 황 프로의 설명이었다.

"물괴기한테 자비를 베풀 기회를 주는 거여."

기묘한 논리였다.

나는 황 프로를 만나고부터 낚시의 진미를 알게 되었다. 그러나 황 프로의 철학적인 면은 모두 습득하지 못했다. 나로서는 이해하기 어려운 부분이 많았다. 그래도 기술적인 면은 별다른 어려움이 없었기 때문에 중급 수준은 습득할 수 있었다. 그때까지 나는 황 프로의 이름도 주소도 직업도 모르고 있었다. 강화도 저수지로 낚시를 가기만 하면 언제라도 만날 수 있는 인물이라고만 생각하고 있었다.

"가족들은 없으세요."

나는 그가 가족에 대한 얘기를 하는 것을 한 번도 들어 본 적이 없었다. 그저 말하기 싫은 사연이라도 있는 모양이라고 짐작했다. 아무튼 사회에서 내가 만난 사람 중에서는 가장 빨리 말을 더듬지 않고 대화를 나눌 수 있었던 사람이다. 황 프로는 나이 차이도 많이 나고 취향이나 성격 차이도 많이 나는 것 같았는데 이상하게도 나를 편안하게 만들어 주는 성품을 간직하고 있었다.

"황 프로님은 고향이 어디세요."

"카시오페이아."

"설마요."

"정말이여."

그는 자신이 외계인이라고 말했다. 나는 그의 말을 농담으로 받아들일 수밖에 없었다.

그런데 무슨 일이 생긴 것일까. 강화도의 그 저수지를 찾아가도 황 프로를 만날 수가 없었다. 그의 근황을 알고 있는 낚시꾼은 아무도 없었다. 정말 카시오페이아로 떠나 버린 것일까. 전국의 소문난 낚시터를 두루 순례하는 동안 나는 한 번도 황 프로를 만난 적이 없었다. 그의 모습은 내 기억의 앨범 속에서 점점 희미한 모습으로 퇴락해 가고 있었다.

황 프로는 잡어의 입질에는 반응하지 않았다. 입질만 보고도 어종을 알 수 있었다.

"피래미여."

"끄릴세."

"얼쑤, 붕어께서 오셨구먼."

그는 오직 붕어만을 잡아서 집으로 가져가는 낚시꾼이었다. 붕어는 민물고기 중에서 입질이 담백하고 성품이 유순한 물고기였다. 그래서 대부분의 조사들은 붕어를 최상의 낚시 대상으로 평가하기를 주저하지 않았다. 낚시꾼들은 다 아는 사실이지만 조황이 가장 좋을 때가 붕어의 산란기였다. 어떤 지역에서는 조팝나무가 꽃 필 때 붕어가 산란을 하고 어떤 지역에서는 아카시아가 꽃 필 때 붕어가 산란을 한다. 그때 출조를 하면 제대로 손맛을 볼 수 있다.

조팝나무. 좆밥나무가 아니다. 특히 조팝나무가 꽃 필 때 여자와 출조를 하게 되면 각별히 발음을 조심해야 한다. 좆밥, 아니, 조팝나무는 꽃들이 튀겨 낸 좁쌀을 연상시키기 때문에 붙여진 이름이다. 회초리처럼 가늘고 연약한 가지에 튀겨 낸 좁쌀처럼 작고 하얀 꽃들이 빽빽하게 피어서 몽둥이 같은 모양을 형성한다. 바람이 불면 어지럽게 흔들린다. 어지럽게 흔들리면서 내뿜는 꽃냄새가 또한 현기증을 일으킬 정도로 향기롭다. 한국의 산야에 두루 분포해 자생하는데 최근에는 가정집에서 울타리 대용으로 심거나 관상용으로 심기도 한다. 조선 시대에는 궁중에서 약재로 사용했다는 기록이 있다. 학질을 낫게 하고 가래를 토하게 만든다. 현대에 이르러서는 버드나무와 함께 아스피린 원료를 추출하는 식물로도 알려져 있다.

다른 지역에서는 4월이면 조팝나무가 꽃을 피우지만 다목리에서는 5월이 되어야 조팝나무가 꽃을 피운다. 그러니까 조팝나무꽃이 필 때 출조를 하면 산란기를 놓치게 된다. 진달래꽃이 필 때가 적기다. 양봉하는 사람들은 당연히 개화기에 신경을 쓴다. 벌들이 꽃에서 꿀을 얻어 내기 때문이다. 하지만 낚시꾼들이 왜 개화기에 신경을 쓰는 것일까. 붕어의 산란기에 맞추기 위해서다.

다목리는 모든 꽃들이 다른 지역보다 늦게 핀다. 다른 지역보다 일찍 피는 꽃은 한겨울 나뭇가지에 피는 눈꽃뿐이다. 파로호의 붕어들은 진달래가 한창 필 무렵, 4월 10일쯤에 산란을 시작한다. 손맛을 보고 싶다면 그때 출조를 해야 한다.

나는 휴대폰으로 세은에게 그 사실을 소상하게 알렸다. 그다음 내 차를 몰고 화천 시내로 나가 세은이 사용할 낚시 가방 한 세트를 꾸렸다.

"캡틴이 얼굴만 가지고 오면 된다고 하셔서 정말 얼굴만 가지고 왔어요."

세은은 버스를 타고 다목리까지 왔다고 말했다. 밤낚시를 하고 난 다음에 승용차를 운전해서 서울까지 갈 자신이 없다는 생각에서 내린 결정이었다. 다행히 서울 동서울터미널에서 화천 다목리까지 오는 버스가 있었다. 세은은 새하얀 티셔츠와 샛노란 바람막이 점퍼와 스키니진을 입고 있었다. 파로호는 다목리에서 차로 1시간 정도의 거리에 위치해 있었다.

"서울로 가실 때는 제 차로 모시겠습니다. 걱정하지 마옵소서."

나는 하인처럼 정중하게 허리를 숙여 보였다.

내 차는 랜드로버 디스커버리였다. 시골길을 부담 없이 달리기에는 안성맞춤인 차였다. 낚시용품점에 들러 세은을 위해 모자 하나를 구입했다.

"물가에서는 살갗이 금방 타 버려요."

마트에 들러 맥주와 안주와 간식들도 챙겼다.

"캡틴이 연애 경험이 없다고 박 검사님이 말씀하셨는데 아무래도 거짓말 같아요."

"왜 갑자기 그런 말씀을 하십니까."

"저한테 자상하게 구실 때 보면 연애 구장에서 선수 생활 오래 하신 분 같거든요."

"오해십니다."

"순수한 남자라는 사실은 믿어 드릴 수 있어요."

나는 거처를 다목리로 옮긴 다음 자주 낚시를 갔었다. 물론 혼자만의 출조였다.

"세상에서 가장 할 일 없는 사람이 어떤 사람인지 아세요."

내가 세은에게 물었다. 세은은 모른다고 고개를 가로저어 보였다.

"낚시하는 사람이랍니다."

"그럼 저는 지금 세상에서 가장 할 일 없는 사람이 되기 위해 화천에 온 셈이네요."

"웃자고 하는 소립니다."

"어머, 제가 죽자고 따졌나 봐요."

"그런데 낚시하는 사람보다 더 할 일 없는 사람이 어떤 사람인지 아십니까."

"글쎄요."

"낚시하는 사람 옆에서 구경하는 사람이래요."

"저는 낚시를 하러 온 사람이니까 한심한 사람이라는 건 분명하네요. 그래도 옆에서 구경하는 사람은 아니니까 다소 위안이 되네요. 그런데 할 일 없는 사람 소리 들어 가면서까지 낚시를 하는 이유가 뭔가요."

"직접 해 보시면 압니다."

"제가 낚시에 관한 속담 하나를 알고 있는데요."

"그래요. 어떤 속담인지 무척 궁금합니다."

"장점보다는 단점을 부각시킨 속담인데요."

"단점을 부각시킨 속담이라면 낚시를 싫어하는 사람이 만든 속담일 겁니다."

"캡틴은 낚시를 옹호하는 쪽이로군요."

"아직 조사의 반열에는 들지 못하는 수준이지만 단점보다 장점이 더 많은 도락이라는 사실만은 인정합니다."

"낚싯대 한쪽 끝에는 떡밥이 매달려 있고 다른 한쪽 끝에는 바보가 매달려 있다. 어때요. 아니라면 어디 한번 반박해 보세요."

"반박할 여지가 없는 속담입니다."

물고기의 아이큐가 4라고 말하는 사람들도 있고 물고기의 기억력이 4초라고 말하는 사람들도 있다. 하지만 아이큐와 기억력이 4를 넘지 못하는 미물에게 종일 떡밥을 던져 주고 종일 농간을 당하고 결국 빈 어망으로 돌아가 본 사람은 그 속담을 반박할 수 없을 것이다.

파로호에는 낚시 포인트마다 좌대들이 설치되어 있다. 옛날에는 물고기를 잡아 생계를 영위하는 어민들이 적지 않았다. 그러나 북한에 금강산댐이 생겼다. 당시 대한민국의 대통령은 금강산댐의 수문을 열면 남한에 막대한 홍수 피해가 예상된다는 명분으로 서둘러 평화의 댐을 축조토록 조처했다.

신문과 방송들은 위기감을 조성하기에 여념이 없었다. 총만으로 전쟁을 하는 시대는 지났다. 북한이 금강산댐 수문만 열면 서울은 물바다가 되고 금강산댐 하류 지역의 시민들은 대부분 물귀신이 되고 만다는 공포감이 확산되고 있었다.

각 방면의 전문가라는 자들이 나타나서 남한에 방어적인 댐을 축조하는 방안이 공표되고 서둘러 착공이 이루어졌다. 온 국민의 호응과 동참이 이루어졌다. 연일 매스컴을 동원해서 모금 운동을 벌이기 시작했다. 남녀노소가 방송국 앞에 줄을 이었다. 어린이들이 코 묻은 돈을 움켜쥐고 방송국으로 달려가 모금함 앞에서 기다리는 장면이 연일 방영되고 있었다. 남녀노소를 불문하고 나라를 위기에서 구해야 한다는 결의를 번뜩이며 지갑을 열었다. 그리하여 순식간에 평화의 댐이 축조되었다.

평화의 댐이 축조되면서 물길이 달라졌고 물길이 달라지면서 조황도 달라졌다. 설상가상으로 특별한 연구나 검토를 거치지 않은 상태에서 배스라는 외래종 물고기가 전국의 인공댐호에 방류되었다. 화천도 예외는 아니었다. 화천댐 상류와 화천댐 하류에 연계되어 있는 춘천댐 그리고 평화의 댐에까지 배스가 무분별하게 방류되었다.

왜 정치가들은 뻑하면 자신이 농어민을 얼마나 사랑하는가를 입증하려고 애쓰는 것일까. 왜, 평소에는 관심조차 기울이지 않다가 선거철이 되기만 하면 강으로 나가 물고기를 방류하거나, 논두렁에 앉아 막걸리를 마시는 모습을 보여 주고 싶어 안달이 나는 것일까. 아직도 히틀러가 부러운 것은 아닐까. 어느 책에서 읽었는데 히틀러가 가장 자랑하는 자신의 업적이 두 가지 있는데 한 가지는 폭스바겐이라는 국민차를 만든 것이고 다른 하나는 독일의 잉어를 개량해서 향어를 만든 것이라고 한다. 하지만 자연 번식은 불가능하다. 반드시 양식을 해야만 증식이 가능하다.

하지만 배스는 다르다. 배스는 환경에 대한 적응력이 강하고 병충해에도 강한 체질을 가지고 있으며 식욕이 왕성하고 공격력도 강한 외래종 물고기다. 그리고 자연 증식이 가능하다. 뿐만 아니라 전 수역을 누비며 토종 물고기들을 왕성하게 잡아먹는다.

배스의 무분별한 방류로 낚시꾼들이 좋아하는 붕어는 현격하게 개체 수가 줄었고 피라미나 납자루처럼 체형이 왜소한 어종들은 멸종 위기에 처하고 말았다. 순식간에 수중 생태계는 급격한 변화를 맞이했다. 물고기를 잡아서 생계를 유지하던 어부들에게도 막대한 타격이 가해졌다. 하루에 수백 명씩 몰려들던 낚시꾼들의 발길까지 점차 줄어들더니 종국에는 낚시터가 한산해졌다. 낚시터 주변의 식당들도 문을 닫는 경우가 많아졌다.

군청에서는 연일 회의가 벌어졌다.

"가장 시급한 문제는 어떻게 하면 어족 자원을 보호할 수 있느냐입니다."

"낚시꾼들을 다시 불러들이려면 옛날처럼 조황이 좋은 낚시터를 복원하도록 특단의 조처를 강구해야 합니다."

"낚시꾼들이 붕어를 구경하기 힘들어졌다고 얘기합니다."

"배스를 군청에서 적당한 가격으로 사들이는 건 어떨까요."

"사들여서 어떻게 처리합니까."

"어묵 같은 식품을 가공해서 상품화하는 거지요."

"먼저 그물을 치는 행위부터 금지시켜야 합니다. 그물을 치는 행위를 허용하면 치어들까지 잡을 가능성이 있기 때문에 어족 자원을 고갈시킬 우려가 있습니다."

"어부들의 생계는 어떻게 책임질 겁니까."

"제한적으로 좌대를 설치하는 방안은 어떨까요."

결국 어부들의 그물 사용은 금지되었고 낚시 포인트마다 좌대가 설치되었다. 나는 좌대를 설치할 수밖에 없었던 화천의 현실을 대충 세은한테 들려주었다.

우리가 파로호에 도착한 것은 오후 3시쯤이었다. 좌대로 가기 위해 모터보트에 탑승했다. 부우우아아앙 하는 굉음을 발하면서 빠르게 질주하는 쾌속정이 아니라 토토토토통통통통 하는 엔진음을 발하면서 느리게 서행하는 모터보트였다. 그래도 모터보트가 지나갈 때는 새하얀 물보라가 일어났고 드넓은 호수의 표면이 멀미를 앓듯 심하게 일렁거렸다.

호수 주변에 산들이 병풍처럼 둘러쳐져 있었다. 병풍 속에는 수묵담채를 연상시키는 봄 풍경들이 들어앉아 있었다. 시선이 닿는 곳마다 연분홍 진달래가 온통 절정을 이루고 있었다. 연분홍 진달래는 호수 속에도 무더기로 피어 일렁거리고 있었다. 이따금 졸음에 겨운 백로가 한쪽 다리를 들고 미동도 없이 호수 기슭에 서 있는 장면이 지나갔고 이따금 물고기를 잡는 일에 정신이 팔려 있던 가마우지가 깜짝 놀라 날개를 푸득거리며 날아오르는 장면도 지나갔다.

보트를 이용해서 좌대까지 이동하는 동안 세은은 계속해서 비명에 가까운 탄성을 발하고 있었다. 너무나 아름다운 경치 때문이었다. 연분홍 진달래가 만개한 산들이 서녘으로 기우는 봄볕 속에서 어질어질 상사병을 앓고 있었다.

"왜 파로호라고 이름 붙였을까요. 어쩐지 우리나라 호수 이름 같지 않아요."

좌대에 오르자 세은이 말했다.

"이승만이라는 이름은 들어 보셨지요."

"대한민국 초대 대통령 아닌가요."

"맞습니다."

"그분은 왜요."

"그 양반이 파로호라고 작명했습니다."

"무슨 뜻인가요."

"오랑캐를 물리친 호수라는 뜻입니다."

6·25 당시 화천 전투를 통해 북한군과 중공군 수만 명이

수장되었다고 전해진다. 수백 명도 아니고 수만 명이다. 한밤 중 낚시터에 앉아 있으면 사방은 적요하다. 가끔 병사 하나가 물 위로 불쑥 머리를 내밀고 살려 주세요, 라고 소리칠 듯해서 등골이 오싹해질 때도 있다.

"저는 이승만을 좋아하지 않습니다."

"좋아하지 않는 이유라도 있나요."

"친일파들에게 면죄부를 준 장본인이나 다름없는 존재이기 때문입니다. 오늘날까지 친일파들이 득세할 수 있는 계기나 기반을 조성해 준 당사자도 이승만이라고 생각합니다. 저는 친일파 소리만 들어도 치가 떨리는 놈입니다. 뿐만 아니라 이승만은 동란 때 국민을 버리고 혼자 살겠다고 도망친 대통령입니다. 후손들로부터 지탄받아 마땅한 초대 대통령이지요."

나는 말하면서 점차 자신의 목소리가 격앙되고 있음을 의식했다. 그리고 잠깐 사이 괜히 말했다는 자괴감에 휩싸였다. 세은과의 첫 출조였다. 이승만 때문에 기분을 망치고 싶지 않았다.

"무슨 일이 있는 거 아닌가요."

갑자기 세은이 하늘을 가리키며 불안한 표정으로 내게 물었다. 헬리콥터 한 대가 요란한 프로펠러 소리를 흩뿌리면서 파로호 상공을 가로지르고 있었다.

"무슨 일 말입니까."

"저거 무슨 일이 있을 때나 출동하는 거 아닌가요."

"아무 일이 없을 때도 저러고 다닙니다."

"어쩐지 불안해요."

"그냥 쇠로 만든 대형 잠자리 한 마리가 날아가고 있다고 생각하세요."

화천에는 3개 사단이 주둔하고 있었다. 운전을 하다 보면 도로에서 탱크의 행렬을 만날 때도 있었다. 같은 도로에서 뒤를 따라가던 민간 차량들이라면 아무리 급한 일이 있어도 속수무책, 탱크와 동일한 속도를 유지하면서 뒤를 따라가야 한다. 추월은 꿈도 꿀 수 없는 국면이다. 처음 보는 사람들은 전쟁이라도 터진 줄 알고 낯빛이 사색으로 변하는 경우까지 있다.

"여기서 이십오 킬로미터만 더 가면 북한군 진지가 보입니다."

낚시터 사장님의 말씀이다.

"처음에 화천 올 때는 첩첩산중에 길이 끝도 없이 이어져서 곧장 가다 보면 북한이 나올지도 모른다는 생각이 들어 더럭 겁이 나기도 했어요."

세은의 말이다.

요즘 북한은 수시로 미사일을 쏘아 올린다. 그때마다 군대는 비상이 걸린다. 비상이 걸리면 군인들의 외출 외박이 금지된다. 당연히 화천 경제는 계절에 상관없이 얼어붙는다.

북한은 인권이 존재하지 않는다. 체제 유지에 방해가 된다고 생각하면 지위 고하를 막론하고 가차 없이 제거해 버린다. 절대 권력자의 비위를 건드리거나 심기를 불편케 하는 존재들도 살아남기 힘들다는 사실이 공개 처형으로 입증된다.

북한은 예술도 존재하지 않는다. 예술적 재능을 가진 인재들이 오로지 체제 유지를 위한 도구들로만 이용된다. 텔레비전을 보면 유치원에 다닐 나이의 어린애들까지 체제 유지와 집권 찬양의 도구로 양성돼서 거의 로봇에 가까운 언행과 기예를 보여 준다. 무슨 행사라도 벌일 때는 마치 정신과 영혼을 송두리째 빼앗긴 사람들처럼 오로지 집권자 한 명만을 위해 미친 듯이 박수를 치고 함성을 지르고 눈물까지 흘려 댄다. 다른 별에서 집단 이주해 온 외계인들 같다.

그런데 대한민국 내에도 정치적 취향이나 성향이 참 유별난 사람들이 더러는 있다. 북한의 체제를 찬양하거나 동경하는 발언을 서슴지 않는 사람들이 간혹 나타나기도 한다. 나로서는 도저히 납득하기 어려운 사람들이다.

대한민국의 정치가들은 북한에 대한 모순과 반감을 교묘하게 이용해서 정치적 이득을 도모하는 부류들이 적지 않다. 정적에게 종북좌빨이라는 누명을 씌워 반국가적인 인물로 모함하거나, 사상이 불순한 인물로 단정해서 사형까지 시켜 버린 사례도 있었다. 심지어는 멀쩡한 사람들까지 간첩으로 몰아서 몇 년씩 감옥살이를 시키거나 끔찍한 고문을 가해서 폐인을 만들어 버리는 사례도 적지 않았다. 특히 이승만이 집권했던 자유당 시절에는 그런 일들이 비일비재했다고 전해진다.

6·25동란을 겪은 세대들은 빨갱이라면 치를 떠는 사람들이 대부분이다. 정치판에서는 그런 특성을 악용한 조작과 모함 들이 성행했다. 억울한 사람들이 속출했다. 아직도 정치판에서는 조작과 모함이 정적을 물리치는 기본 덕목으로 활용되고 있다.

어쩌다 책임자가 청문회 증인석에라도 앉게 되면, 모릅니다, 기억이 안 납니다, 그런 사실이 없습니다 따위의 답변으로 일관한다. 세상이 많이 달라졌는데도 창의력이 결여된 정치가들은 프레임을 벗어나지 못한다. 선거 때만 되면 고장난 녹음기처럼 헛소리를 지속적으로 남발하는 정치가들도 적지 않다.

"저 사람은 종북좌빨입니다."

"저 사람이 당선되면 대한민국은 빨갱이 천국이 되고 맙니다."

그런데도 아무 검증도 요구하지 않고 속아 주는 사람들이 적지 않다. 나는 그 사실이 놀라울 따름이다.

"여기 자주 데려와 주세요."

가방에서 낚시 장비들을 꺼내고 있는데 세은이 말했다.

"여기가 마음에 드세요."

"그럼요."

"다행입니다. 저야 물론 대환영이지요. 제 심정을 솔직히 말씀드리면, 빨리 세은 씨가 낚시에 중독되었으면 하는 바람입니다."

"제가 낚시에 중독되면 캡틴한테 무슨 이득이라도 있나요."

"세은 씨를 자주 볼 수 있겠지요."

헬리콥터의 프로펠러가 흩뿌리던 굉음이 완전히 산을 넘어가고 고즈넉한 고요가 호수 가득 용해되어 파문으로 멀리까지 퍼져 나가고 있었다.

"아직 낚시를 해 보지는 않았지만 저는 경치만으로도 황홀해요."

"화천에서 제가 오 분 대기조 노릇을 하고 있을 테니 언제든지 전화만 주십시오."

나는 낚시 장비들의 이름과 용도를 세은에게 낱낱이 설명해 주기 시작했다. 그러는 동안 낚시터 사장님이 미리 주문했던 토종닭 백숙을 보트로 배달해 주었다.

"더 필요한 거 있으시면 지금 말씀해 주세요. 퇴근하고 나면 전화하셔도 못 옵니다. 처음에는 손님들 요구를 일일이 다 들어 드렸는데 밤을 새워도 끝이 없었어요. 다 가족들하고 행복하게 살자고 하는 짓인데 한 달 내내 가족들 얼굴조차 보기 힘들었어요. 그래서 저도 퇴근 시간을 정했지요."

"필요한 건 다 챙겼습니다."

나는 자주 출조를 다닌 덕분에 좌대 생활에 익숙해져 있었다. 저녁 식사를 끝내고 나면 세은에게 구체적인 낚시법을 가르쳐 줄 예정이었다. 하지만 저녁 식사 전에 한 가지 전수할 일이 남아 있었다. 바로 토종닭 백숙 국물에 칼국수를 넣고 끓여서 기막히게 맛있는 음식을 만드는 일이었다.

"이런 요리는 누구한테 배우신 거예요."

"황 프로님한테 배운 겁니다."

"황 프로님이라니요."

"저한테 낚시를 가르쳐 주신 분이지요."

나는 황 프로에 대한 얘기를 대충 간추려서 세은에게 들려주었다.

"처음에는 대놓고 나를 어이, 말더듬이, 하고 불렀어요."

"교양이 없는 분이시로군요."

"그런데 왠지 싫지가 않았어요. 전혀 악의가 느껴지지 않았거든요."

나는 마음이 통하지 않는 사람들과 대화를 하면 상대가 누구든 말을 더듬는다. 하지만 마음이 통하는 순간부터 전혀 말을 더듬지 않는다. 황 프로의 경우는 만난 지 세 번 만에 말을 더듬지 않게 되었다.

"저는 세 번째 만났을 때도 말을 더듬으셨는데."

"황 프로님은 제가 말을 더듬지 않게 되었을 때도 호칭을 바꾸지 않았어요."

"어이, 말더듬이, 하고 부르셨단 말인가요."

"그렇습니다."

토종닭 백숙은 칼국수를 넣고 다시 끓이자 분량이 늘어나

서 저녁 식사와 아침 식사를 충분히 때우고도 남을 분량이
되었다. 세은은 먹어 보더니 탄복을 금치 못했다.

"둘이 먹다가 하나가 죽어도 모른다는 뜻을 이제야 알게
되었어요."

"그 정도입니까."

"보기에는 그저 그랬는데 막상 먹어 보니 기가 막히네요."

"남았으니까 내일 아침에 한 번 더 드실 수 있습니다."

"캡틴이 이런 음식을 만들 수 있다니 뜻밖이에요."

"그러고 보니 세은 씨가 한 번도 제가 끓인 라면을 들어 보
신 적이 없군요."

"라면이야 어지간하면 다 맛있게 끓이지 않나요."

"황 프로님이 끓이신 라면을 세은 씨가 들어 보셨다면 절
대로 그런 소리 안 하실 겁니다."

황 프로는 이상하게도 라면을 끓이기만 하면 국물의 양을
제대로 조절하지 못하는 단점을 가지고 있었다. 어떤 날은 싱
거워서 먹기가 거북하고 어떤 날은 짜서 먹기가 거북했다. 싱
겁다고 말하면 소금을 넣어서 먹으라고 말했다. 짜다고 말하
면 물을 부어서 먹으라고 말했다. 하지만 황 프로는 짤 때는
짠 대로 군소리 없이 먹었고 싱거울 때는 싱거운 대로 군소
리 없이 먹었다. 그런데 신기하게도 그가 끓인 닭백숙 칼국수
만은 싱겁지도 않았고 짜지도 않았다. 나로서는 이해하기 어
려운 부분이었다.

설거지를 끝내고 실습 낚시가 시작되었다.

"지금부터 던지는 기술을 가르쳐 드릴게요."

던지기를 익혔으면 낚시의 반을 익혔다는 말이 있을 정도로 던지기는 중요하다. 나는 세은에게 앞치기라는 기술부터 가르치기 시작했다.

앞치기. 던지기 기술 중에서 가장 일반적이고 실용적인 기술이다. 오른손잡이일 경우, 오른손으로는 낚싯대를 들고 왼손으로는 떡밥으로 감싼 바늘을 가볍게 잡는다. 낚싯대로 떡밥의 예상 낙하지점을 겨냥한다. 왼손으로는 떡밥이 매달린 바늘을 가볍게 쥐고 최대한 뒤로 당기면서 낚싯줄의 탄력을 팽팽하게 유지한다. 낚싯대 끝을 가볍게 들어 올리는 것과 동시에 왼손으로 잡고 있던 떡밥을 방출한다. 낚싯대가 지렛대 역할을 하면서 떡밥은 멀리까지 날아가 예상 낙하지점에 떨어진다.

세은이 사용하는 낚싯대는 2.4칸이다. 세은은 앞치기만 몇 번을 반복했고 마침내 떡밥이 정상적으로 투척되는 단계에 도달했다. 기본적인 기술을 다 가르치고 나니까 날이 저물었다. 어둠이 산 밑에서부터 좌대까지 성큼성큼 걸어왔고 순식간에 호수는 어둠에 잠식당했다.

"달이 뜨고 있네요."

내가 맞은편 산을 가리키며 말했다. 능선 한쪽이 환하게 밝아지면서 달이 빼꼼히 얼굴을 내밀고 있었다.

"저토록 선명한 빛을 발하는 달은 처음 보는 것 같아요."

"서울에서는 달 자체를 보기조차 힘들지요."

"뼛속까지 다 환해지는 느낌이에요."

"아뿔싸."

달이 실체를 완전히 드러냈을 때 나는 탄식하듯 소리쳤다. 보름달이었다.

"왜 그러세요."

세은이 의아해하는 목소리로 물었다.

"오늘이 보름이군요."

"보름이 어때서요."

"낚시가 잘 안 됩니다."

"물고기가 잘 안 잡힌다는 얘기인가요."

"그렇습니다."

"왜 그렇지요."

"확실치는 않지만 달의 인력이 물고기들에게 영향을 미치기 때문이라는 설이 있습니다. 그래서 낚시꾼들은 보름달이 뜰 때는 출조를 하더라도 기대를 크게 가지지는 않습니다."

"가는 날이 장날이 아니라 오는 날이 장날이었군요."

"그러게 말입니다."

"죄송해요. 제가 날을 잘못 잡았어요."

"죄송하긴요. 달력을 살펴보지 않은 제 잘못이 더 큰걸요. 하지만 잘 안 잡힐 뿐이지 아예 안 잡히지는 않을 겁니다."

"저는 아예 안 잡혀도 괜찮아요. 내친 김에 달이나 낚으면 되지요 뭐. 낚시 첫날부터 달도 낚고 산도 낚고 세월도 낚게 생겼으니 초보를 훌쩍 뛰어넘어 한 경지 한다는 소리까지 듣게 생겼네요. 낚시 시작하자마자 황 프로님이 말씀하셨다는 무간선으로 등극하는 거 아닐까요."

세은은 낙천적인 성격을 가지고 있었다. 하지만 나는 우려감을 떨쳐 버릴 수가 없었다. 물고기가 안 잡히면 불어 터진 무료함이 호수 위를 둥둥 떠다니게 된다. 그런 상황에서 하품만 연발하다 빈 어망으로 돌아가야 할지도 모른다. 첫 출조에서 무료함만 느끼다 돌아가면 다시 낚시를 할 기분이 생기지 않을 가능성이 농후했다. 세은이 낙천적이기는 하지만 오늘이 자칫 낚시를 회피하는 시발점이 될 수도 있었다.

"그런데 캡틴한테 뭐 하나 물어봐도 될까요."

"뭔데요."

"왜 낮달은 있는데 밤해는 없지요."

달은 낮에도 떠서 해와 함께 하늘을 지켜 준다. 그런데 해는 다르다. 밤에 떠서 달과 함께 하늘을 지켜 주지 않는다. 직무유기 아니냐. 세은의 주장이었다.

나는 휴대폰으로 줄기차게 검색을 해 보았다. 하지만 해답이 될 만한 게시물을 발견하지는 못했다. 나도 낮달을 수없이 보아 왔었다. 그런데도 왜 밤해는 없을까를 생각해 본 적이 없었다. 나는 세은의 얼굴만 쳐다보고 있었다. 새삼 예쁘다는 생각이 들었다.

"세은 씨하고 파로호로 낚시를 갔었다. 하지만 아무 일도 일어나지 않았다. 사실이라면 분명히 심각하게 숙고해 봐야 할 문제 아니냐. 니가 도대체 몇 살이냐. 미성년자냐. 보편타 당성에서 너무 멀리 도망쳤다는 생각은 들지 않냐. 너 설마 발기부전증 환자는 아니겠지."

나는 서울 무교동의 유명한 낙지집에서 박태빈 검사와 마주 앉아 소주를 마시고 있었다. 안주는 당연히 낙지볶음이었다. 속이 쓰릴 정도로 매운 맛이었다. 소주에 취하지 않고 안주에 취하는 듯한 기분이었다.

"너 아무 소리도 안 하는 거 보니까 발기부전증 맞구나. 혼자 가기 뭐하면 나하고라도 비뇨기과 한번 가 보자."

"미친놈. 나 군필자라는 거 너도 알잖아."

"발기부전증이면 군 면제냐. 낮은 포복을 너무 많이 해서 포경수술이 저절로 이루어졌다는 구라보다 더한 억지야."

"인마, 거총이 안 되면 발사가 안 되는데 그런 무용지물을 미쳤다고 입대시키냐. 군대가 자선 사업체냐. 거총이 안 되는 놈을 입대시켜서 먹여 주고 재워 주고 입혀 주는 건 국력 낭비야."

"다목리에 처박혀 살더니 성 기능은 감퇴되고 개그 본능만 급성장했구나."

조금 전에 세은을 화원까지 데려다주었다. 낚시를 철수하고 곧장 서울로 내달았다. 랜드로버 디스커버리에 세은을 동승시키고 눈부신 봄날의 드라이브를 즐겼던 것이다.

"결혼할 때까지 너의 순결을 보호하고 싶다는 거냐, 아니면 세은 씨의 순결을 보호해 주고 싶다는 거냐."

"동물적으로 사는 것보다 식물적으로 사는 것이 내 체질이나 성격에 맞는 것 같다."

"넌 인마, 동물이야."

"난 인마, 동물 하기 싫어."

오늘은 금요일. 박태빈 검사도 업무에 대한 부담 없이 술을 마실 수 있는 날이라고 했다. 오랜만에 우리는 일상의 고단함을 낙지처럼 볶아서 안주로 삼고 속절없이 흐르는 세월, 암울한 시간들을 소주잔에 녹여서 목구멍 너머로 삼키고 있었다.

"그래, 조과는 괜찮은 편이었냐."

박태빈 검사도 화천에 왔을 때 내 성화를 이기지 못하고 두 번인가 동반 출조를 한 경험이 있었다. 매번 조황이 좋지 않았다. 그래서 박태빈 검사는 낚시에 대한 호감을 끊고 반감을 가지게 되었다.

"보름이었기 때문에 기대에는 못 미쳤지만 조과는 제법 괜찮은 편이었어. 세은 씨가 붕어를 일곱 마리 잡았고 내가 열두 마리를 잡았지."

"화천 물고기는 나한테 왜 그러냐."

"화천 물고기가 너한테 뭘 어쨌는데."

"한 마리도 안 잡혀 줬잖아."

"물고기는 잡지 말고 범죄자들이나 잡으라는 뜻 아닐까."

"짜식이 둘러대기는. 화천 물고기 역성들어 주는 거 보니까 너도 화천 사람 다 됐구나."

"서울까지 온 김에 충북 보은에나 한번 다녀올까 싶다."

"보은에는 무슨 일로."

"대추나무 한 그루를 만나 볼 예정이다."

"대추나무라니."

나는 박태빈 검사에게 유익현과 빙의목에 대한 얘기를 들려주었다. 채널링을 통해서 고맙다는 말을 전할 수도 있지만 직접 만나서 전하는 것이 도리라는 생각이 들었다.

얼마 전 박 검사와 나는 노정건 선생님께 얼마간의 자금을 보내 드렸다. 처음보다는 많은 액수였다. 처음에는 익명으로 보내 드렸지만 이번에는 실명으로 보내 드렸다. 그동안 임대해서 사무실과 주거 공간으로 쓰고 계시던 건물을 주거 공간으로만 쓰시고 번듯한 사무실도 하나 차리시라는 뜻을 편지로 전해 드렸다. 혼자만 고군분투하지 마시고 직원들도 몇 명더 뽑으셔서 여유 있게 환경 운동을 하셨으면 좋겠다는 말도 덧붙였다. 물론 선생님만 알고 계셨으면 좋겠다고 신신당

부해 두었다. 몇 달 전에 있었던 일이다.

나는 오늘 공주로 내려가 《민초정론》 사무실부터 방문해서 노정건 선생님을 찾아뵈었다. 선생님은 편지대로 번듯한 사무실을 마련하셨고 두 명의 직원들도 새로 채용하셨다. 나는 선생님의 소개로 직원들과 인사를 나누었다. 다행히 선생님은 박태빈 검사와 내가 지속적으로 자금을 지급하기로 했다는 말은 하지 않으셨다. 선생님께 큰 힘이 되려고 노력하는 제자들 중에서 가장 외모가 출중한 제자들이라고만 소개하셨다.

그런데 오늘 《민초정론》 사무실에서 뜻밖의 인물 하나를 만났다.

"음마, 이 냥반도 거시기서 만난 적이 있는디."

그는 강력한 전라도 사투리로 나를 거시기에서 만난 적이 있다고 말했는데 나는 그의 모습도 생경했고 그의 사투리도 생경했다.

"참, 서로 구면이지."

선생님까지 그렇게 말씀하셨다.

그가 악수를 청하는 손을 내밀었고 나는 망설이면서 그 손을 잡을 수밖에 없었다.

"그때 정안 알밤 휴게소에서 한판 붙었던 건달들 중의 한 명이야. 동언이는 눈여겨볼 새가 없었으니까 기억이 안 날 수도 있겠지. 다행히 이 친구는 동언이를 알아보는구먼."

선생님의 설명이었다. 나는 그제야 그가 정안 알밤 휴게소에서 세은에게 얻어터진 조폭 중의 하나라는 사실을 기억해 낼 수 있었다.

"양일욱이라고 허요. 나으 나와바리는 청량리지라우. 아, 머시냐, 건달계에서는 청량리 탈곡기 허믄 다들 아는디, 어뜬 놈이건 나으 주먹이 스치기만 혀도 옥수수를 왕창 털려 분다는 뜻이지라우."

"정동언입니다."

우리는 악수와 함께 통성명을 주고받았다. 청량리 탈곡기는, 정안 알밤 휴게소에서 세은이 땅을 짚고 날렵한 발차기 묘기를 보여 줄 때, 정확하게 안면을 가격당해서 고목처럼 풀썩 쓰러졌던 인물이다. 덩치가 가장 실해 보였다.

노정건 선생님께서 그때의 건달들 중에서는 나이가 제일 많았다고 귀띔해 주셨다. 삼십 대 중반이었다. 나보다는 다섯 살이나 많았다.

"지는 그때 형님께서 저으 사시미를 확 빼사 붓을 때 이 청량리 탈곡기는 여그서 한칼에 디져 붕구나, 하고 생각했슴다. 근디 형님께서는 본인의 팔뚝을 쫘악 그서 불고는 사진을 찍더니 이걸 조정갑이헌티 보여 줘 불고 약속한 돈을 받아 내라고 말씀하셨슴다. 지는 그 순간, 머시냐, 뜨겁게 끓는 감동의 도가니 속에 콱 빠져 불고 말았슴다. 이거시다. 이거시 바로 싸나이다. 나가 그런 생각을 해 부렀습다. 나가 진정 형님으로 뫼셔야 할 분은 바로 이분이시다. 조정갑이처럼 건달헌티 돈 몇 푼으로 장난질이나 치는 넘들은 나으 형님이 될 자격이 없다. 혀서 나가 오늘 허벌나게 쪽팔려 부러도 여까지 왔어라우. 형님, 지발 저를 거시기해 주십쇼. 지가 이래뵈도 가오빨 하나는 죽여 부는 청량리 탈곡기 아녀라우. 아무헌티나 무릎을 꿇는 양아치가 아님다. 지는 건달임다, 형님. 지를 제발 거시기해 주십쇼."

청량리 탈곡기는 한마디로 노정건 선생님께서 자기를 동생으로 삼아 주기를 간청하고 있는 중이었다. 쉽게 물러날 태세가 아니었다. 하지만 노정건 선생님은 수락도 거부도 하지 않으셨다.

나는 청량리 탈곡기가 꼬장이라도 부리면 어떻게 하나 조금씩 불안해지고 있었다. 하지만 노정건 선생님은 어떤 사태가 벌어져도 대처할 방도가 준비되어 있는 듯한 표정이셨다. 직원들도 마찬가지였다. 태연한 표정으로 집무에 열중해 있었다.

《민초정론》은 노정건 선생님을 필두로 세 명의 기자들이 고군분투하고 있었다. 하지만 보수는 쥐꼬리 수준이었다. 수익이 될 만한 통로, 광고라든가 지원금이 일체 봉쇄된 상태였다. 노정건 선생님에 대한 존경심과 환경을 살리겠다는 사명감이 없으면 현상 유지가 불가능해 보였다.

사무실에는 진열장 하나가 만들어져 있었다. 진열장 속에는 환경과 관련된 기관이나 단체에서 발급한 상장과 펜던트, 감사패와 상패들이 즐비하게 진열되어 있었다. 하지만 아무리 생각해 보아도 자금난을 해결할 수 있는 방안은 없는 것 같았다. 지금까지《민초정론》을 지탱해 오셨다는 사실 자체가 기적이었다. 나는 박태빈 검사와 의논해서《민초정론》소유의 빌딩 한 동을 축조해 드릴 계획을 세우고 있었다.

노정건 선생님께 다음을 기약하고 유익현이 살았던 보은으로 가기 위해 사무실을 나왔다.

유익현의 고향집.

지금은 마을 전체가 폐허로 변해 있었다. 재개발 지역으로 지정되면서 사람들이 모두 땅을 팔아 버리고 이사를 가 버리는 바람에 마을도 거의 황폐화되어 있었다. 하지만 재개발을 맡았던 회사가 부도를 내면서 재개발은 무제한 연기된 상태였다.

목재 울타리들은 거의 쓰러져 있었고 토담이나 돌담 들도 거의 허물어져 있었다. 유리창들도 보기 흉하게 깨져 있었고 문짝들도 열린 채로 비틀어져 있었다. 어디선가 좀비들이 누더기를 걸친 모습으로 슬금슬금 기어 나와 눈알을 까뒤집고 내 뒤를 쫓아올 듯한 분위기였다. 삭막하면서도 을씨년스러운 분위기였다. 세상 사람들이 모두 다른 별로 이주해 버리고 나 혼자 남아 이 마을을 떠돌고 있는 듯한 느낌이었다.

마을은 온통 대추나무투성이였다. 주택 부근에도 도로 부근에도 전답 부근에도 대추나무가 서 있었다. 대추나무가 없으면 천벌을 받는다고 생각하는 사람들이 살았던 마을 같았다. 집집마다 몇 그루씩 대추나무가 심겨 있었다. 대추나무들은 한결같이 푸르고 무성한 모습으로 주인 없는 집들을 지키고 있었다.

나무들에게 길을 물어 가며 유익현이 어릴 때 살았던 집을 찾아냈다. 제법 규모가 큰 양옥이었다. 빙의목 역할을 했던 대추나무가 뒷마당에 그대로 서 있었다. 늠름하고 건강해 보였다. 나는 대추나무에게 먼저 큰절을 올렸다.

"뉘신데 저한테 절을 하시는지요."

"다목리에서 내려온 캡틴 정동언입니다."

"아, 채널링을 한다는 그분이시군요."

나는 인사를 끝내고 유익현의 근황을 아는 대로 전했다.

"잘된 일입니다. 잘된 일입니다."

빙의목은 기쁨을 감추지 못했다. 나무들에게도 눈이 있었다면 나는 어쩌면 빙의목의 눈물을 볼 수 있었을지도 모른다.

"채널링으로 전하셔도 되는데 직접 여기까지 오시다니요. 송구스럽습니다."

"채널링으로 대못을 뽑아 드릴 수는 없지 않습니까. 직접 와서 뽑아 드려야지요. 직접 한번 뵙고 싶기도 했고요."

나는 연장을 꺼내 대못을 하나하나 뽑아내기 시작했다. 그
동안 살이 자라서 대못을 조이고 있었기 때문에 뽑을 때마
다 끔찍한 통증이 느껴질 것이다.

　까드득, 까드득, 못이 뽑히는 소리가 나를 전율케 만들고
있었다. 그러나 빙의목은 묵묵히 고통을 참아 내고 있었다.
대못들은 모두 스물두 개였다. 겉으로 드러나 있는 부분은
모두 녹이 새빨갛게 슬어 있었다.

　나는 대못들을 전부 수거해서 미리 준비한 헝겊에 싸서 여
행용 가방 속에 보관했다. 기회를 보아 유익현을 찾아가서 빙
의목에 대한 이야기도 들려주고 대못도 보여 줄 생각이었다.
이제는 그럴 수가 있을 것 같았다.

　"여름에 다시 오겠습니다."

　내가 빙의목에게 말했다.

　"오늘로 볼일이 다 끝나지 않으셨나요."

　빙의목이 물었다.

　"빙의목님이 기르신 풋대추를 좀 얻어서 유익현 씨한테 선
물하려고요."

　"제 마음을 읽으신 것 같군요. 제가 가장 하고 싶었던 일
입니다. 고맙습니다. 올해는 어떤 해의 대추보다 달고 맛있는
대추가 열리도록 소망을 다해 보겠습니다."

　나는 왔던 길을 되돌아 나오고 있었다. 풍경들이 아까와는
딴판으로 달라져 있었다. 빈 집 화단에 선명한 빛깔로 피어

있는 꽃들이 보였고 하늘을 가로지른 전깃줄에 촘촘히 앉아
수다를 떨고 있는 제비들도 보였다. 어디를 뒤져 봐도 좀비는
나타날 것 같지 않았다.

이에는 이 눈에는 눈

"평소 교수님을 흠모해 오던 대학원생인데요."

양평 유원지 부근에 소재한 호텔이다. 세은이 로비에서 휴대폰으로 조찬길 교수에게 전화를 걸고 있다. 어찌나 애교가 넘치는 목소린지 내가 질투를 다 느낄 정도다.

"여기 양평에 있는 호텔에 와 있는데요. 오늘 교수님 뵙고 긴히 드릴 말씀이 있어서요."

세은은 연극계나 영화계로 진출했어도 크게 성공하지 않았을까 싶을 정도로 연기가 천연덕스럽다.

"무척 바쁘신 거 알겠지만요, 제가 오늘 교수님께 술 한잔 대접하면 안 될까요."

그녀는 지금 자신의 부실한 석사 학위 논문을 통과시키기 위해 조찬길 교수를 유혹하는 대학원생을 연기하고 있다.

로비에 앉아 있는 사람들의 의상이 한결같이 화사해 보인다. 이제는 완연한 봄이다. 사람들의 옷차림이 그것을 확실하게 증명해 주고 있다.

"솔직히 말씀드릴게요. 아무리 생각해도 제 논문이 형편없다는 생각이 들어서요. 오시겠다는 확답을 듣기 전에는 이름을 밝히고 싶지 않아요. 논문 제목도 오시면 말씀드릴게요. 직접 얼굴 보시면 대번에 아실 거예요."

봄이기 때문일까. 아니면 유원지 부근이기 때문일까. 차를 몰고 오면서 목격한 사람들 전부가 유난히 화사한 차림새였다. 특히 호텔이 가까워지면서 여자들은 화사함과 섹시함을 최대한 부각시킨 듯한 차림새였다.

봄은 만물이 소생하는 계절이라는 말이 있다. 하지만 한 가지 덧붙일 말이 있다. 봄은 만물이 소생하는 계절일 뿐만 아니라 성욕이 소생하는 계절이기도 하다.

세은은 오늘 조찬길 교수를 유혹해야 하는 임무를 부여받았기 때문에 민망스러울 정도로 야한 옷차림으로 외출했다. 한 가지 걱정스러운 점이 없지는 않았다. 조찬길 교수가 세은을 알아볼 수도 있지 않을까 하는 점이었다. 두 사람은 구면이었다. 참치집에서 잠깐 본 적이 있었다. 기억력이 뛰어난 사람이라면 세은을 알아볼지도 모른다.

하지만 세은은 차림새도 화장도 그때와는 완전히 다른 여자로 변신해 있었다. 세은의 차림새는 심하다 싶을 정도로 선정적이었다. 나조차도 거리에서 만나면 못 알아볼 것 같다는 생각이 들 정도였다. 그러니까 참치집에서 경황없이 지나쳤던 여자를 조찬길 교수가 알아볼 리가 없다는 생각도 들었다.

"이 미모에 남자 친구가 없겠어요."

세은이 떡밥에 기름을 바르기 시작한다. 하지만 조찬길 교수는 경계심을 쉽게 풀지 않을 기세로 보인다.

"평소 제가 존경하던 교수님이신데 그럴 리가 있겠어요. 물론 논문이 아니라면 이런 기회 안 만들었을 거라는 건 확실하지만요."

일말의 의심조차 허용하지 않도록 철저한 복선도 잊지 않는다.

껄마. 학생들 사이에서 불리는 조찬길 교수의 별명이다. '껄떡거림을 멈추지 않는 색마'를 줄여서 껄마라고 부른다. 어떻게 아직까지 쫓겨나지 않고 강단에 붙어 있는지 납득이 안될 지경이다.

"교수님께서 부탁할 일이 있으면 언제라도 연락하라고 저한테 명함까지 주셨잖아요."

조찬길 교수는 예쁜 여학생들한테만 부탁할 일이 있으면 언제든지 연락하라는 말과 함께 명함을 내미는 습관이 있다.

그리고 예쁜 여자들한테는 유독 학점과 논문 점수가 인색하다는 소문이다. 예쁜 여자들은 거의 알고 있는 사실이다.

"저요. 물론 예쁘지요. 교수님께서는 예쁜 여학생들한테만 인색하시잖아요."

하지만 세은의 애교 넘치는 전화에도 조찬길 교수는 쉽게 넘어오지 않을 태세인 모양이다. 세은이 피해 여학생들을 직접 만나 알아낸 정보들이다. 피해 여학생들은 응징하자는 의견에 만장일치로 찬성을 표명했다. 하지만 조찬길 교수는 노정건 선생님의 방문 이후로 경계심을 더욱 강화한 모양이다. 통화가 길어지고 있다.

"물론 거절하셔도 저는 괜찮아요. 까짓 학위쯤 포기해 버릴 수도 있어요."

이번에는 세은 쪽에서 은근히 물러설 태세를 나타내 보인다. 과연 껄마가 굴러들어 온 떡을 쉽게 포기할 수 있을까.

"프런트에는 마틸다라는 이름으로 기록돼 있을 거예요."

껄마가 호텔에 무슨 이름으로 예약했는가를 묻고 있는 모양이다. 보안에 철저를 기하기 위해 세은은 프런트에서 혼자 예약을 신청하는 용의주도함을 보였다. 만에 하나 조찬길 교수가 기록을 담당한 호텔 직원에게 꼬치꼬치 캐물었을 때, 남자하고 함께 예약했다고 말하면 계획이 무산될지도 모른다는 생각 때문이었다.

"영화 〈레옹〉 보셨나요. 제가 거기 나오는 여자애를 닮았대요. 남들이 미친년 취급을 하거나 말거나 영화에 나오는 마틸다처럼 조그만 제라늄 화분을 들고 다니기도 해요."

생각도 행동도 평범한 여자는 아니라는 생각을 하도록 만드는 멘트였다. 하지만 제라늄은 현장을 염사할 목적으로 선택한 화초다. 화초의 크기가 작으면 염사 범위가 좁다는 단점이 있기는 하지만 호텔 룸에서라면 별다른 지장이 없다.

"어마나, 정말요. 감사합니당 교수님. 예쁘게 꽃단장하고 기다리겠습니다앙. 육공일팔 호실입니당."

다행히 걸려든 모양이다. 하지만 다 된 밥에 코를 빠뜨리지 않도록 지금부터 더 조심을 해야 한다. 완벽하게 생포를 해서 제자들을 상대로 저질렀던 성추행과 성폭행을 자백받기 전까지 방심은 금물이다.

"누구세요."

조찬길 교수와 통화를 끝낸 지 삼십 분 정도 지났을 때였다. 밖에서 노크 소리가 들렸다. 제라늄이 자동으로 염사를 시작했다. 세은이 누구냐고 물었다.

"조찬길 교수님이 보내서 온 사람입니다."

남자 목소리였다. 정중한 어투였다. 문을 여니 한눈에 조폭이구나 싶은 남자 하나가 세은에게 구십 도로 깍듯하게 허리를 굽혀 보였다. 반소매 티셔츠를 입고 있었다. 근육질의 팔뚝 가득 문신이 새겨져 있었다. 단색이 아닌 컬러판 총천연색 문신이었다. 흔해 빠진 용이나 호랑이나 독수리 따위가 아니었다. 일편단심도 아니었고 차카게 살자도 아니었다. 조폭의 팔뚝에는 시뻘건 화염을 뿜으면서 진군하는 거북선 한 척이 새겨져 있었다. 거기 한문으로 애국애족(愛國愛族)이라는 네 글자가 선명하게 새겨져 있었다.

안톤 슈낙이 대한민국에 살았더라면 아마도 「우리를 슬프게 하는 것들」이라는 자신의 수필에, 조폭의 팔뚝에 새겨진 거북선과 애국애족이라는 글씨는 왠지 우리를 슬프게 한다, 라는 구절을 첨가했을 것이다. 부정부패를 상습적으로 저지르는 탐관오리들일수록 애국애족이라는 말을 자주 들먹거린다. 그리고 실지로 자신들이 국가와 민족을 위해 일한다는 망상 속에서 살아간다. 그 밑에 빌붙어 사는 떨거지들도 마찬가지다.

"죄송하지만 교수님의 안전을 위해서 잠깐 방 안을 살펴보겠습니다."

조폭은 말릴 사이도 없이 세은을 밀치듯 룸으로 들어가더니 여기저기를 훑어보기 시작했다. 욕실을 들여다보기도 하고 커튼을 들춰 보기도 하고 침대 밑을 들여다보기도 했다. 그리고 휴대폰을 꺼내 들더니 어딘가로 전화를 걸었다.

"접니다, 형님. 확인했습니다, 형님. 안전합니다, 형님. 다 확인했습니다. 굉장히 이쁘십니다, 형님. 구라 아닙니다. 정말입니다, 형님. 형님. 알겠습니다. 저는 그럼 이만 물러가겠습니다, 형님. 즐거운 시간 되십시오, 형님. 감사합니다."

도둑놈 제 발 저린다는 속담이 있다. 악인들일수록 의심이 많아서 언제 어디서도 경계심을 풀지 않는다. 조찬길 교수도 마찬가지다. 양평에 있는 조폭에게 사실 확인과 안전 점검을 지시했음이 분명해 보였다.

세은과 함께 룸에 있었더라면 어떤 결과를 초래했을까. 하마터면 계획이 무산될 뻔했다. 나는 만약을 생각해서 아래층에 룸 하나를 따로 얻어서 제라늄이 전송하는 영사를 관찰하고 있었다. 제라늄은 작은 화분에 심겨 있었다. '2H FLOWER'에서 판매용으로 기르던 화초였다. 짙은 선홍색 꽃이 피어 있었다. 세은은 제라늄을 룸에서 가장 높은 위치에 해당하는 서랍장 위에 비치해 놓고 있었다. 방 안의 전경이 가장 잘 보이는 장소였다. 하지만 앞으로 각별히 조심해야겠다는 생각이 들었다. 조폭을 미리 보내서 상황을 점검해 보다니, 조찬길이 저 정도로 주도면밀할 줄은 몰랐다. 자칫 실수라도 저지르면 역공을 당할 수도 있겠다는 생각이 들었다.

"교수님께서 지금 출발하신답니다. 실례가 많았습니다. 그럼 편히 쉬십쇼."

조폭은 정중하게 인사를 하고 자리를 피했다. 한껏 예절을 다하는 듯이 보였지만 존재 자체만으로도 어쩐지 위협적인 분위기를 풍기고 있었다. 폭력이 짐승의 법칙이라면 비폭력은 인간의 법칙이라는 말이 있다. 간디의 말이다. 그렇다면 우리가 사는 세상은 지금 짐승의 법칙대로 살아가고 있을까, 아니면 인간의 법칙대로 살아가고 있을까. 어쩌면 인간의 법칙을 위장한 동물의 법칙대로 살아가고 있는 것은 아닐까.

식물들은 단순 명료하다. 감나무에서는 감이 열리고 밤나무에서는 밤이 열린다. 이것이 원칙이다. 밤나무에서 감이 열리거나 감나무에서 밤이 열리면 반칙이다. 반칙이 심하면 퇴장해야 한다. 하지만 인간들 중에서는 밤나무에서 파인애플이 열렸다고 사기를 치거나 감나무에서 블루베리가 열렸다고 사기를 치는 무리들이 활개를 치고 살아간다. 원칙도 무시하고 상식도 무시하면서 살아간다. 원칙과 상식을 무시하면 진실과 양심이 상실된다. 진실과 양심이 상실된 세상에서는 사랑과 행복도 상실된다.

식물들은 무엇보다도 사랑과 행복을 갈망한다. 삼라만상이 그것을 성취하기 위해 존재한다고 생각한다. 그들은 우주의 중심이 사랑과 행복이라는 믿음을 버리지 않는다. 혹한의 겨울 어지럽게 흩날리는 눈보라도 사랑과 행복이고, 뜨거운 여름 박살 나서 번뜩거리는 뙤약볕도 사랑과 행복이다. 한 포기 풀도 사랑과 행복이요, 한 그루 나무도 사랑과 행복이다. 그들의 말을 듣고 있으면 이 세상에 사랑과 행복이 아닌 것은 존재하지 않는다. 달콤한 당근도 사랑과 행복이요, 쓰라린 채찍도 사랑과 행복이다.

그러나 사람들은 가끔 당근을 주어야 할 때 채찍을 주고 채찍을 주어야 할 때 당근을 준다. 대상에 대한 사랑이 부족해서다. 대상에 대한 사랑이 부족하면 대상과의 합일도 어려워진다. 대상과의 합일이 어려워지면 대상과의 소통도 어려워진다. 대상과의 소통이 어려워지니까 대상과의 충돌이 발생한다. 대상과의 충돌이 발생하니까 대상과의 폭력이 발생한다. 그리고 그 빌어먹을 악순환은 끊임없이 반복된다.

사랑이 존재하지 않으면 행복도 존재하지 않는다. 불행과 고통만이 존재한다. 불행과 고통만 존재하는 세상 중심에 탐욕이 도사리고 있다. 사랑이 있어야 할 자리에 탐욕이 있고 행복이 있어야 할 자리에 불행이 있다.

4대강 사업은 탐욕 때문에 저질러진 일종의 폭력이요 고통이다. 그 무지막지한 폭력과 고통 속에서 수많은 생명체들이 시들어 가고 있다. 그러나 주모자들은 시종일관 모르쇠로 일관한다. 그들 뒤에는 막강한 권력이 도사리고 있다. 가능하다면 보복대행전문주식회사가 그들을 응징해 버릴 것이다. 만화의 주인공을 연상시키는 대사이기는 하지만 정의와 사랑이라는 이름으로 그들을 응징해 버릴 것이다.

오늘 그중의 한 명이 선발되었다. 아직 당사자는 도착하지 않았다. 긴장감 속에서 시간이 느리게 흐르고 있다. 무료하다. 박태빈 검사의 아재개그가 그리워질 지경이다. 하지만 참아야 한다.

제라늄은 아까부터 세은이 묵고 있는 호텔 룸을 천천히 회

전시켜 보여 주고 있다. 벌써 몇 번째다. 세은은 휴대폰으로 열심히 포켓몬을 잡고 있다. 요즘 세은이 심취해 있는 모바일 게임이다. 휴대폰 화면은 보이지 않았지만 동작만 보아도 포켓몬을 잡고 있다는 사실을 간파할 수 있다. 어제부로 레벨 28이 되었다고 자랑했었다.

요즘 박 검사는 참신한 소재를 개발 중이라는 핑계로 아재 개그를 중단한 상태다. 며칠 전에는 내가 먼저 전화를 걸어 아재개그를 방출했다.

"사자를 잡아서 끓인 국을 뭐라고 하냐."

"어쭈, 어딜 감히 역습을."

"대답해 봐. 사자를 잡아서 국을 끓이면."

"모르겠다."

"동물의 왕국."

"창작이냐."

"도용이다."

"창의력 좀 길러라."

세상이 웃음을 허용하지 않는 분위기였다. 조류독감이 극성을 떨어대고 있었다. 수천 마리의 닭들이 폐사되고 있었다. 엎친 데 덮친 격으로 구제역까지 확산되고 있었다. 관계 당국이 공급한 백신이 아무 효험을 나타내지 못했다. 물백신이라는 신조어가 생겼고 수천 마리의 오리와 닭들, 수백 마리의 소들이 폐사되어 땅에 묻혔다. 이번에도 책임자는 나타나지 않았고 수습은 여전히 우왕좌왕이었으며 축산 농가만 막대한 피해를 입었다.

"안녕."

조찬길 교수가 들어서고 있다. 꽃다발과 와인병을 안고 있다.

"그동안 안녕하셨어요 교수님, 저 가현이에요. 교수님한테 환경영향학 수강하는 심가현. 기억하시죠."

"그럼, 기억하지."

의심하지는 않는 눈치다. 정장 차림이다. 상의를 벗고 넥타이를 푼다. 세은이 재빨리 상의와 넥타이를 받아 옷장에 보관한다.

"술은 제가 발렌타인 삼십 년산으로 준비했는데 교수님께서도 술을 가지고 오셨군요."

발렌타인 삼십 년산은 시중에서 약 사십만 원 정도를 지불해야 살 수 있는 술이다. 하지만 조찬길 교수는 직접 와인을 들고 나타났다.

"스페인의 천재 양조가로 알려져 있는 알바로 팔라시오스가 비에르조 지역의 멘시아로 만드는 페탈로스인데 우리 대학에서 이번에 개교 칠십 주년 기념 와인으로 선정했어."

조찬길 교수가 와인에 대해 설명했는데 외래어가 하도 많이 섞여 있어서 무슨 말인지 도무지 알아들을 수가 없었다. 아마도 자신의 박식함을 과시하기 위해 들고 온 와인이 아닐까 싶은 생각이 들었다. 조찬길 교수가 술을 좋아한다는 소리는 들었어도 와인을 좋아한다는 소리는 듣지 못했다. 미처 체크를 못했던 사실이다. 나의 불찰이다.

세은이 발렌타인 삼십 년산과 간단한 안주들을 준비했지만 조찬길 교수는 프런트에 와인 잔을 가지고 오라는 전화를 건다. 와인 잔이 오자 조찬길 교수는 세은의 바로 옆으로 자리를 옮기더니 세은에게 잔을 건넨다. 어느새 한쪽 손이 세은의 무릎 위에 놓여 있다. 와인을 따른 다음 다른 손이 슬그머니 세은의 어깨 위로 올라간다. 저러다 젖가슴이라도 만지는 것이 아닐까, 나는 걱정과 분노가 동시에 치밀어 오른다. 만져도 세은은 작전상 가만히 있을지도 모른다. 달려가 훼방이라도 놓고 싶은 심정이다.

"잠깐만요."

세은이 조찬길 교수의 손을 가만히 제지한다. 나는 안도감을 느낀다.

"이러면 곤란한데."

조찬길 교수가 난처한 표정을 짓는다. 목소리에 불만이 약간 섞여 있다.

"어머, 교수님. 죄송해요. 하지만 여기까지 오셔서 뭐 서두르실 필요가 있겠어요. 술 한잔 하신 다음, 먼저 목욕부터 하시고 저를 사랑해 주셔도 되잖아요."

세은이 교태 어린 목소리로 속삭인다. 탄복을 금치 못할 연기다. 교수가 세은의 잔에 와인을 따른다. 새삼 빛깔이 고와 보인다. 세은이 와인 병을 이어 받아 조찬길 교수의 잔에 따른다. 무릎에 얹혀 있던 조찬길 교수의 손이 자꾸만 위로 올라간다.

쌍칼.

하지만 세은은 그때마다 상대편이 기분 나쁘지 않을 정도로 손을 제지하면서 목욕을 권유한다.

"급하게 구실 거 없다니까요. 먼저 씻고 오세요, 교수님."

조찬길 교수는 하는 수 없다는 표정을 지으며 셔츠와 바지를 벗고 욕실로 들어간다.

예스.

세은이 주먹을 쥐고 팔을 꺾어 내리며 예스, 라고 입만으로 환호를 발한다. 나는 시나리오를 알고 있었지만 행여 엉뚱하게 전개되면 어떻게 하나 하고 심장이 폭발해 버릴 지경이다.

이윽고 욕실 문이 열린다. 조찬길 교수는 하얀 목욕용 타월로 아랫도리만 감추고 있다. 그는 탁자 가까이로 다가와서 남은 와인을 단숨에 마셔 버리고는 서둘러 세은에게 다가선다. 세은은 물러서거나 제지하지 않고 팔을 활짝 벌리고 있다. 세은을 와락 끌어안는 조찬길 교수.

일순, 조찬길 교수가 악 하는 비명을 발하며 사타구니를 움켜잡고 앞으로 고꾸라진다. 세은이 무릎으로는 세차게 낭심을 공격하고 머리로는 턱을 들이받아 버린 것이다. 급소 공격과 동시에 전광석화 같은 동작으로 다른 부위를 공격하는 것이 세은의 주특기다. 걸리면 거의 실신이다.

조찬길 교수는 한동안 숨을 가누지 못한 채 헐떡거리고 있다. 불알이 터졌는지도 모른다. 턱뼈가 으스러졌는지도 모른다.

세은은 옷장을 연다. 벗어 놓은 조찬길 교수의 옷들을 뒤적거려 휴대폰을 꺼낸 다음 배터리를 제거해 버린다. 그리고 감추어 두었던 밧줄과 청테이프를 꺼낸다. 민첩한 동작으로 조찬길 교수의 손목을 뒤로 해서 상체를 포박할 때까지 조찬길 교수는 반항 한번 하지 못한다. 세은은 조찬길 교수의 상체를 포박한 다음 발목까지 단단히 묶어 버린다. 마지막으로 입을 청테이프로 봉쇄해 버린다. 그때까지 조찬길 교수는 신음을 연발하면서 허리조차 제대로 펴지 못한다.

"제가 누군지 궁금하시죠. 저는 보복대행전문주식회사에서 행동 대장이라는 직책을 맡고 있는 마틸다예요. 당신의 제자는 아니랍니다. 마틸다는 오늘 제가 급히 지은 별명이지요. 암살자 레옹의 마스코트 아시죠. 참, 〈레옹〉이라는 영화 보신 적 있으세요."

하지만 조찬길 교수는 대답하지 않았다. 그러자 세은의 발이 빠르고 세차게 조찬길 교수의 턱 밑을 파고들었다.

으윽.

조찬길 교수가 입을 봉쇄당했는데도 충분히 들을 수 있을 정도의 데시벨로 비명 소리를 발했다. 선명하지는 않았지만 확연하게 고통을 짐작할 수 있는 비명 소리였다.

"앞으로 대답을 회피하거나 거짓 대답을 할 때마다 당신의 턱만 걷어차겠어요. 지금도 많이 부으셨네요. 잘 생각하고 처신토록 하세요. 저기 작은 화분 보이시나요. 제가 영화 〈레옹〉의 마틸다처럼 마스코트로 들고 다니는 제라늄 화분이에요. 물론 영화에서는 제라늄이 아니라 아글라오네마라는 식물을 데리고 다녔지만요."

세은은 어린애를 달래는 듯한 어조로 말하고는 한쪽 발을 높이 쳐들어 보였다. 여차하면 걷어찰 수도 있다는 시위 같아 보였다.

"참 못 말리는 교수님이시네. 이 와중에도 눈길이 제 아랫도리를 급하게 훑으시다니. 제 버릇 개 못 준다는 속담을 생각나게 만드시네. 턱 한 번 더 차이고 싶으세요."

조찬길 교수가 고개를 황급히 가로젓고 있었다.

"성주혜, 김경은, 강하연. 세 명의 학생들을 아시죠. 당신은 입만 벌리면 거짓말을 하니까 아예 입을 봉쇄해 버렸어요. 알면 고개를 끄덕거려 주시고 모르면 고개를 가로저어 주세요. 성주혜, 김경은, 강하연. 아세요."

세은이 물었다. 조찬길 교수가 고개를 끄덕여 보였다.

"당신이 성희롱을 하거나 성추행을 하거나 성폭력을 행사했던 학생들이에요. 그 학생들이 저한테 당신을 응징해 달라고 의뢰해 왔어요. 경찰이나 검찰에 고발하기 전에 먼저 망신부터 주고 싶대요. 그리고 자기들이 당한 것 이상으로 수치심도 느끼게 만들어 주고 싶대요. 당신은 앞으로 제자들한테 저지른 범죄에 대한 죗값을 톡톡히 치르게 될 거예요. 그러기 전에 먼저 공개적으로 반성하고 사죄하는 계기를 만들어 드리겠어요. 입을 봉쇄한 테이프를 제거해 드릴 테니까 제발 인간답게 대화에 임해 주세요."

세은이 청테이프를 제거해 주었다. 조찬길 교수는 폭력에 대해 지나친 공포심을 드러내 보이는 성정을 가지고 있었다. 나는 그가 군미필자이기 때문일 거라고 짐작했다. 군미필자들은 대부분 거친 언행에 대해서는 지나친 거부감을 나타내 보인다. 내성이 부족하기 때문이다. 인터넷으로 검색해 본 바에 의하면 조찬길 교수는 군미필자였다. 첩첩산중에 들어가 혼자 열공을 하는 바람에 소집 통지서를 받지 못했다는 얘기도 있었고 희귀병 때문에 면제를 받았다는 얘기도 있었다.

"아가씨, 제발 나한테 폭력만은 쓰지 맙시다."

조찬길 교수는 세은에게 노골적인 애원도 서슴지 않았는데 그의 의식 깊숙이 내재해 있던 비굴함까지 배어나 오는 듯한 느낌을 받았다.

"폭력이 싫으시면 인간다운 면모를 좀 보여 주세요."

세은은 조찬길 교수의 머리를 쓰다듬어 주면서 달래듯이 말하고 있었다.

"나는 명색이 교수요. 이런 모욕적인 대우도 사양하겠소."

"그러십니까, 교수님. 하지만 저는 교수님 식성대로 밥상을 차려 드릴 수는 없습니다. 그냥 드리는 대로 처잡수시는 건 어떨까요."

"내가 무엇을 그리 잘못했소."

"교수라는 작자가 제자들을 성희롱하거나 성추행하거나 성폭행하고서도 잘못을 인정할 수 없다는 겁니까."

"잘못을 인정할 수 없다는 건 아니지만 잘못을 반드시 폭력으로만 응징해야 하느냐고 묻고 싶소."

"그러면."

"자비라는 말도 있고 용서라는 말도 있지 않습니까."

"옛말에 산을 만나면 산이 되고 물을 만나면 물이 되라고 했습니다. 들어 보신 적 있습니까."

"있소."

"그런데 쓰레기를 만나면 어떻게 해야 하나요."

세은이 물었다. 교수는 잠시 생각하는 표정을 짓고 있었다. 그러다 입을 열었다.

"나중에는 어떻게 되더라도 당연히 쓰레기가 되어야 하지 않겠소."

"아닙니다."

세은이 강력한 어조로 부인했다.

"당장 치워야 합니다."

조찬길 교수는 그만 입을 다물어 버렸다. 보복대행전문주식회사는 나름대로의 쓰레기 분리수거법을 보여 줄 것이다. 세상을 정화시킬 수만 있다면 때로는 잔인하게 때로는 냉혹하게 응징을 감행할 것이다.

"제자들한테 저지른 잘못을 시인하고 죗값을 치른다고 모든 것이 다 끝난다고는 생각지 마세요. 사대강 사기에 앞장선 죗값도 치러야 해요. 갈 길이 멀지요. 당신은 국민들의 막대한 혈세를 강바닥에 쑤셔 박도록 부추기는 일에 당신의 모든 재능을 총동원했어요. 강연을 다니고 칼럼을 쓰고 엉터리 자료나 보고서를 조작해서 사대강 사업의 정당성과 경제성을 부풀려 조국 강산을 황폐화하는 악행에 앞장을 섰어요. 뒷구멍으로는 적법과 불법을 가리지 않고 거액을 챙기는 일에도 여념이 없었지요. 우리는 그 증거와 자료들을 충분히 구비하고 있어요."

세은은 핸드백 속에 보관해 두었던 소형 카메라를 꺼내서 조찬길 교수 정면에 설치하기 시작했다. 성능이 좋은 신형 카메라였다. 준비한 시나리오대로라면, 조찬길 교수가 앞으로 카메라 앞에서 무엇을 할 것인지, 그리고 어떤 태도와 마음가짐을 가져야 할지를 소상하게 설명해 줄 차례였다.

"우리는 이미 피해자들의 진술 영상을 확보해 두었어요.

아주 구체적이고 자세한 내용의 진술 영상이에요. 하지만 보여 드릴 수는 없어요. 보시고 나서 변명할 여지나 빠져나갈 구멍을 모색할 수도 있으니까요. 사실 그대로의 솔직한 고백이 필요해요. 반성하거나 후회하는 대목이 들어가면 더욱 좋아요. 하지만 가식을 떨 가능성이 짙으니까 강요는 하지 않겠어요. 어디다 쓸 건지는 묻지 마세요. 솔직하게 자백만 해 주세요. 여러 가지로 쓸모가 있을 거예요. 협조해 주시리라고 믿어요. 일단 시험 삼아 교수님의 턱을 한 대 걸어차 보겠어요. 만약 허위 진술을 하거나 잔머리를 굴리시면 어떻게 되는가를 알게 해 드리고 싶어요."

퍽.

세은의 발이 빠르고 날카롭게 조찬길 교수의 턱을 가격했다. 조찬길 교수가 뒤로 벌러덩 자빠졌다.

"일어나세요."

세은이 재촉했다. 냉랭한 목소리였다. 조찬길 교수가 안간힘을 쓰면서 일어나고 있었다. 세은이 손을 뻗었다. 조찬길 교수가 겁먹은 눈동자로 고개를 황급히 젖히면서 피하는 시늉을 해 보였다.

"왜 이러세요. 겁먹을 필요 없어요. 정작 남들 협박할 때는 폭력배들 자주 불러다 쓰시면서 본인이 직접 폭력을 당하는 건 끔찍하게 싫어하시는군요. 하지만 테이프를 입에 붙인 상태로 가해자 진술을 받아 낼 수는 없잖아요. 다시 한 번 말씀드리지만 허위 진술을 하거나 잔머리를 굴리시면 이번에는 낭심이에요. 교수님의 그 죄 많은 낭심을 걷어차 드릴 거예요."

"아가씨, 부탁 하나 합시다."

"무슨 부탁인데요."

"나 소변이 급한데."

조찬길 교수가 화장실을 보내 달라고 말했다. 세은이 조찬길 교수의 얼굴 가까이에 자신의 얼굴을 바싹 디밀고는 조찬길 교수를 뚫어져라 쳐다보기 시작했다. 그러다 입가에 가느다란 웃음 한 가닥을 떠올렸다.

"일어서 보세요."

세은이 부드러운 어조로 말했다. 마치 엄마가 어린애를 타이르는 장면을 연상시키는 목소리였다. 조찬길 교수는 카메라를 마주한 자세로 의자에 앉아 있었다. 세은이 일어서 보라고 말하자 의아한 표정으로 엉거주춤 일어섰다.

그때였다. 가까스로 몸을 일으켜 똑바로 서는가 싶었는데 갑자기, 퍽, 세은의 발길질이 빠르고 세차게 조찬길 교수의 사타구니를 파고들었다.

으악.

조찬길 교수가 사타구니를 움켜쥐고 앞으로 고꾸라졌다. 세은이 다시 청테이프로 조찬길 교수의 입을 봉쇄해 버렸다.

"이봐요, 교수님. 제가 분명히 잔머리 굴리지 말라고 경고

했어요. 당신의 그 죄 많은 물건 오늘부로 아예 못 쓰게 만들어 드릴까요. 대답하세요."

조찬길 교수가 다급하게 고개를 가로저어 보였다. 자신의 집무실에서 노정건 선생님을 대할 때와는 전혀 다른 모습이었다. 그때는 거만하고 당당하던 모습이었다. 그러나 세은에게 폭행을 몇 번 당하더니 비굴하기 짝이 없는 태도를 보이기 시작했다.

나는 조찬길 교수가 다급하게 고개를 가로젓는 장면을 보면서 실소를 금치 못했다. 그는 자신이 폭력을 가장 두려워하기 때문에 남들도 폭력을 가장 두려워한다는 믿음을 가지고 있는지도 모른다. 그래서 조폭들을 노정건 선생님께 보냈는지도 모른다. 지금 상황을 보면 크게 틀리지 않는 추측 같다.

"우리는 당신이 저지른 비리들을 낱낱이 알고 있어요. 증거들도 모두 확보해 두었어요. 당신이 지금까지 쌓아 온 명성과 재산과 권위를 한꺼번에 다 날려 버리고 싶다면 경찰이나 검찰의 힘을 빌리셔도 좋아요. 하지만 그러고 싶지 않다면 우리가 하는 일에 순순히 협조해 주세요. 아시겠어요. 대답하세요."

조찬길 교수가 고개를 끄덕거려 보였다.

"자, 테이프를 떼어 드리겠어요."

세은이 조찬길 교수의 입을 봉쇄했던 테이프를 제거해 주었다.

"몇 가지 궁금한 점이 있는데 여쭈어봐도 되겠소."

"반드시 대답해 드린다는 보장은 없지만 일단 물어는 보세요."

"도대체 보복대행전문주식회사는 직원들이 몇 명이나 됩니까."

조찬길 교수는 보복대행전문주식회사의 실체를 알고 싶어 하는 눈치였다.

"수만 명일 수도 있고 수억 명일 수도 있어요."

"그분들한테 월급 주려면 국고를 다 털어도 모자라겠소이다."

"걱정하지 마세요. 무료 봉사하시는 분들이 태반이니까."

"회장님 성함을 알고 싶소."

"비밀인데요."

"아가씨 성함은 어떻게 되십니까."

"오늘부터 마틸다로 불러 주세요."

"어떤 정치적 인맥과 연결되어 있습니까."

"한마디로 비호 세력을 알고 싶은 거겠지요."

"솔직히 말해서 내가 모시는 보스와 아가씨가 모시는 보스가 잘 아는 사이일 수도 있다는 생각을 했소. 어떤 오해나 편견 때문에 편이 될 수도 있는데 적이 되어 싸울 수도 있지 않겠소."

"절대로 그럴 리는 없으니까 떡볶이 먹고 닭 트림하는 소리 그만하세요."

"솔직히 배후도 없이 이런 간 큰 짓을 하면 뒤끝이 비참해질 수도 있는데."

"자연계의 모든 생명체들이 우리 회사를 도와주고 있으니까 우리에 대한 걱정은 푹 놓으시고 교수님 앞가림이나 잘하세요."

"자연계의 모든 생명체들이 도와준다는 신념을 가지고 계시는 걸 보면 그린피스와도 연관이 있는 것 같은데."

"마음대로 생각하세요."

조찬길 교수는 보복대행전문주식회사가 어떤 목적으로 설립되었는지를 물었고, 사옥은 어디 있는지를 물었고, 규모는 어느 정도인지를 물었지만, 세은은 모든 질문에 구체적으로 대답해 주지는 않았다. 그저 아리송한 대답으로만 일관했다. 사실 그대로를 말했을 뿐인데도 일반 사람들에게는 아리송한 얘기로 들릴 수밖에 없었다. 조찬길 교수는 결국 입을 다물어 버리고 말았다. 말해 봤자 솔직한 대답을 얻어 내지 못할 거라고 생각하는 것 같았다.

"카메라를 보면서 사실대로만 말씀하세요. 제 모습은 들어가지 않아요. 하지만 목소리는 들어갈 거예요. 중요한 것은 우리가 확보하고 있는 피해자들의 진술과 일치해야 해요. 우리에게 필요한 것은 당신이 제자들한테 어떤 잘못을 저질렀는지 당신의 입으로 직접 말하는 영상이에요. 준비하세요.

제가 레디, 고우, 하고 사인을 드리면 시작하세요. 아시겠죠."

세은이 말했다.

"무, 무슨 얘기를 하라는 겁니까."

"아랫도리가 주체 불능이신 교수님. 낭심을 한 번 더 세차게 걷어차이고 싶으세요."

"아닙니다."

"먼저 성주혜 학생을 성폭행한 사실부터 자백하세요. 되도록이면 상세하게."

세은이 요령을 설명해 주고 있었다.

노정건 선생님 앞에서는 그토록 위엄과 거만과 냉정을 보이던 인간이 폭력을 몇 번 당한 뒤로 저렇게 비굴해지다니. 저것이 지식의 실체인가 싶기도 하고, 저것으로 얼마나 많은 학생들에게 가식과 위선을 떨었을까를 생각하니, 화가 머리 끝까지 치밀어 올라 세은이 면상을 발길질로 짓뭉개 주었으면 싶을 지경이었다.

"자, 긴장하세요. 엔지(NG)가 나올 때마다 한 번씩 낭심을 걷어차 버릴 거예요. 축구 선수가 페널티킥 하듯이 힘껏 걷어차 드릴 테니까 가급적이면 거짓말을 하거나 잔머리를 굴리지 않도록 최대한 신경 써 주세요. 시작합니다. 레디, 고우."

드디어 큐 사인이 떨어졌다. 지나치게 폭력을 두려워하는 특성의 조찬길 교수가 마침내 고백을 시작했다.

"제가 죽을죄를 지었습니다. 성주혜 양은 제 연구실에서 조교로 일하는 학생이었습니다. 성실하고 착하고 순진해서 딸같이 생각하고 있었습니다. 저를 존경하고 잘 따르던 학생이었지요. 조교로 일한 지 일 년 정도가 지났을 땝니다. 여름 방학 때였는데 이 학생이 너무 짧은 미니스커트를 입고 연구실에 출근했습니다. 솔직히 말해서 저는 성욕을 주체할 길이 없었습니다. 충동을 억제하지 못하고 허리를 와락 끌어안았지요. 그런데 완강하게 반항했습니다. 저는 당황했습니다. 힘으로 제압하는 수밖에 없다는 생각을 하게 되었습니다. 세차게 따귀를 몇 대 갈기고 바닥에 쓰러뜨렸습니다. 그러는 동안 주체할 수 없을 정도로 성욕이 끓어올랐습니다."

"잠깐."

고백이 강간 장면으로 접어들자 갑자기 세은이 브레이크를 걸었다. 여기까지는 시나리오대로 차질 없이 진행되고 있었다. 그런데 왜 브레이크를 걸었을까. 나는 무슨 영문인지 몰라서 어리둥절하고 있었다.

"아랫도리가 통제 불능이신 교수님. 듣다 보니까 같은 여자 입장에서 화를 참기가 힘들어졌어요. 미니스커트를 입은 모습을 보고 성욕을 느껴 강간을 감행하는 남자라면 수영복을 입은 모습을 보고는 살인을 저지를지도 모르겠군요. 해수욕장에 당신이 나타나면 온통 시체가 나뒹굴고 피비린내가 진동하겠어요. 한 대 걷어차 드리고 계속 진행할게요."

세은이 말했다.

조찬길 교수는 카메라를 마주하고 의자에 앉아 있었다. 세은이 조용하면서도 냉기 어린 목소리로 말했다.

"일어나, 이 짐승 새끼야."

실행증(失行症)

　세은을 서울까지 데려다주고 혼자 차를 몰아 화천으로 가는 중이었다. 완연한 봄이었다. 사방에 꽃들이 만개해 있었다. 나무들은 연둣빛에서 초록빛으로 변해 가고 있었다.

　포천이 가까워질 무렵이었다. 갑자기 이마에 강하고 다급한 진동이 느껴졌다. 긴급 채널링을 요청하는 신호였다. 모든 생명체들은 그 생명체만의 고유 주파수를 가지고 있다. 나의 고유 주파수는 모든 식물들과의 원활한 채널링을 위해 모든 식물들에게 숙지되어 있다. 식물들이 주파수를 이용해 단시간에 나의 소재를 파악하는 일은 그다지 어려운 일이 아니다.

나는 일단 차를 갓길에 정차하고 급히 채널링을 개설했다. 긴급 요청이라 만약을 생각해서 시동은 끄지 않았다. 채널링이 개설되자 염사가 먼저 전송되었다. 허름한 양옥집 한 채가 연기에 휩싸여 있었다. 화재가 시작되고 있는 중이었다. 화재는 안방이라고 추정되는 장소에서 시작된 것 같았다. 불길이 가장 세어 보였다. 시커먼 연기 속에서 불꽃들이 춤을 추면서 천장 쪽으로 치솟아 오르고 있었다.

집 뒤편에 제법 큰 밤나무 한 그루가 서 있었다. 채널링을 요청한 밤나무였다. 나는 팔자에도 없는 소방관 노릇이지만 뛰어들어야 할 경우에는 뛰어드는 수밖에 없다는 각오를 굳히고 있었다.

"방 안에 팔순의 할머니가 계시는데 스물두 살짜리 손녀가 할머니를 내버려 두고 강아지만 안고 나왔어요. 지금 넋이 나가 있는 데다 강아지한테 정신이 팔려서 할머니가 방 안에 있다는 사실은 까마득히 잊어버리고 있어요."

손녀는 강아지를 안고 마당에 서 있었다. 믹스견이었다. 믹스견은 불길에 놀란 듯 미친 듯이 안방을 향해 짖어 대고 있었다. 손녀는 강아지를 달래기에 여념이 없었다. 정말 할머니의 존재는 까마득히 잊어버린 상태 같았다.

아무리 아끼는 반려견이라도 그렇지, 할머니를 먼저 구해야지 반려견을 먼저 구하다니. 나도 다몽이를 키우고 있기는 하지만, 목숨이 위태로운 상황에서 사람보다 먼저 개를 구하다니, 아무리 생각해도 납득이 되지 않았다. 요즘은 이사를 갈 때 늙은 남편을 버리고 이사를 가는 경우가 많아서 늙은 남편들이 개를 끌어안고 먼저 조수석에 앉아서 기다린다는 얘기가 생각났다. 어느 커뮤니티에서는 반려견과 모르는 사람이 물에 빠졌을 경우 누구를 먼저 건지겠냐는 질문에 압도적으로 반려견이라고 대답하는 유저들이 많았다는 사실도 떠올랐다.

밤나무의 제보에 의하면 화재 현장은 승용차로 2분 정도 걸리는 거리였다. 나는 전속력으로 차를 몰았다. 현장에 도착하니 불은 염사를 통해 보았던 장면보다 약간 더 활성화되어 있었다.

"할머니 어느 방에 계세요."

나는 강아지를 안고 있는 손녀를 안전한 거리까지 끌어내고 할머니가 있는 방의 위치를 물었다. 그제야 손녀는 할머니가 생각난 듯 발을 동동 구르면서 소리치기 시작했다.

"할머니, 뒷방에 계세요. 아저씨, 우리 할머니를 구해 주세요. 할머니, 할머니."

나는 랜드로버 디스커버리에 장착되어 있던 소화기를 꺼내 들고 뒷방으로 달려갔다. 앞문은 이미 불이 번져서 한 걸음도 들어갈 수가 없는 상황이었다. 뒤꼍으로 돌아가 뒷방이 있는 위치에서 상황을 살펴보았다. 창문도 있었고 뒷문도 있었다. 하지만 뒷문은 열리지 않았다. 요지부동, 안으로 굳게

잠겨 있었다.

창문으로 실내를 살펴보니 할머니는 허리를 새우처럼 바짝 구부린 자세로 팔베개를 한 채 곤히 잠들어 있었다. 다행히 불은 아직 뒷방까지 번진 상태가 아니었다. 나는 우선 환기를 위해 소화기로 창문의 유리창을 깨뜨렸다. 할머니가 유리창 깨지는 소리에 놀라 잠에서 깨어났다. 그리고 있는 힘을 다해 소리쳤다.

"도, 도둑이야아. 도둑이야아."

나는 어처구니가 없었지만 집에 불이 났다는 사실부터 알려야 했다.

"할머니, 집에 불이 났어요. 빨리 문부터 열어 주세요."

그러나 할머니는 가는귀가 먹었는지 들은 척도 하지 않고 도둑이야 소리만 연발하고 있었다. 나는 소화기를 이용해 뒷문을 부수기 시작했다. 매캐한 냄새가 코를 찔렀다. 금방이라도 불길이 뒷방까지 덮칠 것 같았다. 마음은 조급한데 의외로 뒷문은 견고했다. 계속 안간힘을 다했지만 점차 힘이 소진해 간다는 자각이 나를 당황케 만들고 있었다. 결국 나는 궁리 끝에 멀찍이 물러나서 이판사판, 전속력으로 달려가 몸 전체를 문짝에다 내던져 버렸다.

우지끈.

다행히 작전은 주효했다. 그제야 사람 하나가 간신히 들어갈 정도의 공간이 확보되었던 것이다. 나는 방 안으로 뛰어들어가 서둘러 할머니를 들쳐 업고 밖으로 나왔다. 매캐한 냄새 속에서 불길이 지붕까지 사납게 치솟아 오르고 있었다. 어느새 뒷방까지 불길이 번지고 있었다. 순식간이었다.

"감사합니다, 캡틴님. 저를 심고 가꾸어 주신 할머니예요."

밤나무가 말하는 소리였다.

"캡틴이 구해 주신 할머니는 저를 심고 가꾸셨을 뿐만 아니라 뒷동산에 무려 마흔세 그루의 밤나무를 심고 가꾸기도 하셨어요."

밤나무는 할머니의 선행을 간추려서 내게 들려주었다. 밤나무의 말에 의하면 할머니는 가을이면 밤을 주워 모았다. 그리고 추운 겨울 포천 시내로 나가 밤을 구워서 팔았다. 할머니는 그 돈을 무려 이십 년 동안이나 한 푼도 쓰지 않고 모았다. 그리고 못 배운 한을 풀기 위해 억대의 장학금을 대학에 기증했다.

나는 밤나무의 말을 들으며 왜 조찬길 교수의 모습을 떠올렸을까. 마음이 착잡했다.

"고마워, 젊은이. 고마워, 젊은이."

할머니는 내 손을 아프도록 움켜잡고 흔들면서 고맙다는 말만 되풀이하고 있었다. 멀리서 소방차의 사이렌 소리가 들려오고 있었다.

다목리.

아침 일찍 일어나 수목원을 둘러보았다. 나무들은 잘 자라고 있었다. 자주 대화를 나누어 불편함을 점검하고 문제가 생기면 세은이 처방을 해 주어서 나무들의 건강 상태는 비교적 양호한 편이었다.

집으로 돌아와 세수와 양치질을 하고 아침을 먹었다. 나는 식사를 할 때마다 미안해진다. 육식을 할 때는 동물들한테 미안해지고 채식을 할 때는 식물들한테 미안해진다. 하지만 목구멍은 포도청이 아니라 살생부다. 목숨을 연명하기 위해서는 반드시 다른 생명체를 죽여야 한다. 자갈을 주식으로 삼고 모래를 반찬으로 삼아서 끼니를 때울 수는 없는 노릇이다.

식생활 문제를 놓고 나무들과 인간을 비교해 보면 부끄러움은 더욱 자명해진다. 나무들은 하늘에다 가지들을 그물처럼 펼치고 햇빛도 달빛도 건지고 별빛도 건져다 육체와 정신과 영혼에 필요한 양식을 만든다. 심지어는 땅에다 자신의 잎을 떨구어 영양가 있는 흙을 만들어 뿌리로 빨아들이는 지혜까지 겸비하고 있다.

날이면 날마다 아침 일찍 출근해서 상사의 눈치를 살피거나 듣기 싫은 잔소리를 듣지 않아도 된다. 저녁에 축 늘어진 어깨로 퇴근해서 마누라 눈치를 살피거나 설거지를 하거나 쓰레기를 치우거나 애들과 놀아 주지 않아도 이혼 위협에 시달리지 않는다. 사시장철 움직이지도 않고 한자리에 붙박여서 의식주 문제를 모두 해결하는 것이다. 화장을 하지 않아도 아름다운 외모를 간직할 수 있고 대학을 나오지 않고도 먹고사는 문제를 고민할 필요가 없으며 예수님이나 부처님을 신봉하지 않아도 죄짓지 않고 살아갈 수 있다. 얼마나 위대한가.

나는 아침 식사를 끝내고 백량금과 마주 앉았다. 날마다 한 번 이상씩은 공부 삼아 거치는 통과의례다. 나는 주로 질문을 던지는 쪽이고 백량금은 주로 대답하는 쪽이다.

"육식을 할 때는 동물들한테 미안해지고 초식을 할 때는 식물들한테 미안해지는데 아무것도 안 먹고 목숨을 연명할 수는 없잖아. 어떻게 해야 할까."

"팔자소관이라고 생각하세요."

백량금의 말에 의하면 타고난 팔자소관은 돼지의 귀를 토끼처럼 길어지게 만들거나 토끼의 코를 돼지처럼 납작하게 만드는 것만큼이나 힘들다는 것이다.

"먹는 놈은 먹어야 하는 팔자소관으로 태어나고 먹히는 놈은 먹혀야 하는 팔자소관으로 태어나는 거지요. 지구상에서 살아가는 생명체들로서는 수정이나 삭제가 어려운 프로그램이에요. 하지만 가끔 예외적인 사태가 발생해서 정반대의 현상을 보여 주기도 하지요."

"그 프로그램은 누가 설계하는 거야."

"모르지요."

"식물들도 하나님의 존재를 믿나."

"인간이 만든 하나님의 존재는 믿지 않고 본디 있는 하나님의 존재는 믿어요."

"인간이 만든 하나님은 어떤 하나님이지."

"모순투성이의 하나님이지요."

"어떤 점에서."

"전지전능하시다면 선악과를 따 먹기 전에 선악과를 만들지 말았어야지요. 뱀 따위한테 속지 않는 아담과 이브를 만들든가."

"식물들은 책을 읽지 않는데 무엇으로 지식을 습득하고 전파하지."

"우리도 책을 읽어요."

"설마."

"천지가 책으로 가득 차 있어요."

"무슨 소리야."

"해도 책이고 달도 책이고 별도 책이지요."

백량금의 말대로라면 하늘에는 셀 수 없이 많은 책들이 있다.

수성. 금성. 목성. 토성. 천왕성. 닻별. 해왕성. 은하수. 여우별. 별똥별. 직녀성. 견우성. 북두칠성. 무한대.

빛을 간직하고 있는 책들이다. 이 책들을 읽으면 영혼이 빛난다.

양떼구름. 뭉게구름. 먹장구름. 소나기구름. 새털구름. 비늘구름. 비행운. 렌즈구름. 면사포구름. 무한대.

무한 자유를 담고 있는 책들이다. 잠깐 읽고 나면 어느새 사라져 버리는 특징을 가지고 있다. 자유로운 영혼을 일깨워 준다. 작자 미상이다.

참새. 제비. 직박구리. 박새. 딱새. 후투티. 갈매기. 종달새. 뻐꾸기. 독수리. 꾀꼬리. 까마귀. 매. 황조롱이. 날다람쥐. 휘파람새. 물총새. 유리새. 무한대.

노래가 내장되어 있으며 날개가 달려 있는 책들이다. 육신의 날개를 통해 의식의 날개와 영혼의 날개를 가지는 법을 설파한다.

매미. 잠자리. 풍뎅이. 나비. 하루살이. 똥파리. 나방. 벌. 무한대.

날개가 있는 책과 날개가 없는 책으로 분류된다. 날개가 있는 책들은 하늘을 공간적 배경으로 내용이 전개되지만 날개가 없는 책들은 땅을 배경으로 내용이 전개된다. 빙하기 때 부피를 급격히 줄였기 때문에 오늘날까지 존속이 가능했다는 설이 있다. 지구상에서 가장 종류가 많은 책이다.

먼지. 황사. 휴지. 비닐봉지. 나뭇잎. 미풍. 강풍. 눈보라. 비바람. 무한대.

만존재의 가치를 깨닫게 해 주는 책이다. 가령, 모래알이라는 책에는 모래알이라는 이름의 우주가 들어 있다는 사실을 깨닫게 해 준다. 작은 것 속에 큰 것이 들어 있고 큰 것 속에 작은 것이 들어 있다.

제트기. 여객기. 헬리콥터. 스텔스기. 정찰기. 드론. 방패연. 가오리연. 행글라이더. 패러글라이더. 열기구. 애드벌룬. 풍선. 풍등. 인공위성. 무한대.

인간이 자연을 모방해서 만들어 낸 책이다. 자연이 만들어 낸 책들에는 정가가 명시되어 있지 않지만 인간이 만들어 낸 책들일 경우에는 요금을 지불해야 구독이 가능한 경우가 태반이다.

백량금은 하늘에도 무수한 책들이 존재하지만 땅에도 무수한 책들이 존재하는데 그것들은 모두 무한대와 연결되어 있다고 했다.

"하나의 이름은 한 권의 책이에요."

"식물들이 책을 읽는 이유는."

"사랑이 가득한 존재로 살아가기 위해서지요."

"사랑이 가득한 존재로 살아가면."

"존재 자체가 행복이 되는 삶을 살 수가 있는 거지요."

책에 대한 고정관념이 깨져 버리면서 의식이 한꺼번에 확장되는 순간이었다.

그런데 식물들이 말하는 사랑은 어떤 것일까. 식물들도 사랑 때문에 밤잠을 못 이루고, 식물들도 사랑 때문에 한없이 울고, 식물들도 사랑 때문에 상처를 받고, 식물들도 사랑 때문에 살의를 느끼고, 식물들도 사랑 때문에 자살을 감행할까. 나는 갑자기 많은 궁금증에 사로잡히기 시작했다.

"식물들의 입장에서 고찰하면 사랑은 고통에 가까울까, 쾌락에 가까울까."

"캡틴님이 말한 고통과 쾌락은 서로 반대말 아닌가요."

"반대말이야."

"식물들이 말하는 사랑은 절대어예요."

"절대어라니."

"반대말이 없다는 뜻이에요."

사랑은 반대말이 없는 절대어.

식물들이 말하는 사랑만 그런 것이 아니라 예수님이나 부처님이 말하는 사랑도 그런 것일지도 모른다. 인간들은 증오라는 말을 사랑의 반대말로 쓰고 있다. 미움이라는 말도 사랑의 반대말로 쓰고 있다. 그러나 사랑을 절대적 기준으로 본다면 증오나 미움조차도 사랑에서 기인하는 것은 아닐까.

"인간들은 대개 이성에 대한 사랑 때문에 밤잠을 못 이루기도 하고, 한없이 눈물을 흘리기도 하고, 깊은 상처로 고통을 받기도 하지요. 때로는 미움을 느끼기도 하고 때로는 원망을 느끼기도 하고 때로는 살의를 느끼기도 합니다. 하지만 식물들은 그 정도로 이성에 대해 처절한 감정을 느끼지는 않아요. 암수가 있는 식물들도 있기는 하지만 이성에 대해 그토록 집착하는 경우는 없어요. 식물들은 꽃가루받이를 목적으로 야기되는 심리적 현상을 사랑으로 착각하지는 않아요. 그건 단지 번식을 위한 생리적 현상에 불과하지요. 인간들은 가끔 사랑에 빠졌을 때 콩깍지가 씌었다는 표현을 쓰잖아요. 하지만 그것은 뇌의 전략이래요. 우수 유전자를 물려줄 수 있는 상대와 성행위를 가지도록 만들기 위해 이성을 마비시키는 화학물질을 배출하는 거지요. 화학물질에 의해 이성이 마비되면 물불을 안 가리게 된다면서요. 그 기간이 대개 삼 년 정도 된다고 하던데."

"그런 건 도대체 어디서 주워들은 거야."

"캡틴이 텔레비전 보실 때 저도 유심히 보거든요."

"인간의 사랑이 콩깍지 현상에 가깝다면 식물들의 사랑은 어떤데."

"보다 본질에 접근해 있는 사랑, 다시 말하면 범우주적인 사랑이죠."

"열등감 느끼게 만드네."

"동물들은 성범죄를 저지르는 경우가 비일비재하지만 식물들은 성범죄를 저지르는 경우가 전무해요."

어떤 음유시인은 식물의 꽃과 섹스를 결부시켜 시집을 출간하기도 했고 어떤 사진작가는 식물의 꽃을 여자의 성기와 흡사한 모양으로 찍어서 전시회를 열기도 했지만 식물이 성추행이나 성폭행을 저질렀다는 소리는 들어 보지 못했다. 식물들의 세계에는 야동도 존재하지 않고 야설도 존재하지 않는다. 그들은 오로지 정직하고 담백한 사랑만 하는 것일까.

"식물들도 종의 보전을 위해 가끔 곤충들을 속이는 수가 있기는 해요."

"예를 들자면."

"자신의 꽃이 너무 보잘것없어서 경쟁력을 상실했다고 판단한 식물이 이파리를 꽃처럼 보이도록 진화해서 곤충들을 유혹하는 거지요."

"꿀은 주나."

"꿀도 안 주죠."

"사기 아냐."

"사기죠."

"일종의 범죄 아니야."

"보복대행전문주식회사에 응징해 달라고 신고할까요."

"피해를 본 곤충들이 많으면 생각해 볼 문제겠지만 피해가 경미한 것 같으니 일단 보류해 두기로 하지."

"식물들의 이름을 살펴보면 재미있어요."

"거의 인간들이 붙인 이름일 텐데."

"속았다, 라는 뜻이 내포되어 있는 이름을 가진 식물들도 상당수지요. 너도밤나무, 나도바람꽃."

기존의 식물에 '너도'라는 접두사나 '나도'라는 접두사가 들어가면 대개 기존의 식물과 흡사해서 속았다는 의미를 내포하고 있다는 설명이었다. 물론 그것은 식물의 잘못이 아니다. 식물의 의도와는 아무 상관 없이 인간이 잘못 판단했다가 수정해서 붙인 이름으로 추정된다.

백량금과 대화를 나누다 보면 거의 명상에 가까운 효과를 얻어 낸다. 명상은 인도, 중국, 일본, 한국 등 고대 동양에서 행해진 종교적 수행 방식의 하나였다. 하지만 오늘날은 힐링의 한 방편으로 세계적인 주목을 받고 있다.

힐링.

이 단어는 영어이며 치유라는 뜻으로 쓰인다. 그런데 온 나라 안에 힐링이라는 단어가 급성 전염병처럼 떠돌고 있다. 온 국민이 환자가 되어 있다는 뜻일지도 모른다.

병들지 않은 육체.

병들지 않은 정신.

병들지 않은 영혼.

대한민국 사람 중에서 과연 그 세 가지를 겸비하고 있는 사람이 몇 명이나 될까.

종교 지도자들 중에서도 드물 것 같은 양상이다. 종교적 본질은 시궁창에다 내던져 버리고 오직 교세 확장이나 재산 증식에 여념이 없는 종교 지도자들이 활개를 치는 세상이다. 정치판에 빌붙어 시정잡배나 다름이 없는 짓을 서슴지 않는 사이비 종교 지도자들도 부지기수다.

믿음. 소망. 사랑.

그중에 제일은 사랑이라고 노래하지만 실천은 뒷전인 종교 지도자나 신도들은 또 얼마나 많은가.

희망이 고갈된 모습으로 오갈 데 없이 거리를 떠도는 행려

병자들. 무너져 가는 폐가에서 혼자 쓸쓸히 죽음을 기다리는 독거노인들. 아무도 찾아오지 않는 병실, 혼자 생사를 넘나드는 고통과 싸워야 하는 난치병 환자들.

끝나지 않는 전쟁과 끝나지 않는 학살과 끝나지 않는 증오들을 없애기 위해 종교가 보여 줘야 할 것은 종교적 이기주의나 배타주의가 아니라 사랑과 용서와 자비를 실천하는 모습이다. 하지만 지구상에서 그것이 가능할까. 종교를 가진 사람들이 훨씬 더 독선적이고 배타적이고 이기적일 때가 많은데 과연 그것이 가능할지 의문이다.

산타클로스 영감탱이는 교회가 없는 시골의 어린이도 찾아가서 선물을 주도록 하라. 무슨 이유에선가 자주 우는 어린이, 지랄 같은 부모나 이웃들이 착하지 않다고 손가락질하는 어린이, 지상에 교회가 있는지 하나님이 있는지조차도 모르는 어린이한테도 선물을 주도록 하라. 어린이들한테까지 조건부로 선물을 나누어 주는 영감탱이라면 순수하게 어린이를 사랑한다고는 볼 수 없다. 아버지들한테 임무를 전가하지도 마라. 어릴 때부터 물질에 현혹되어 짝퉁에게 속아도 함구하고 살아가는 계기가 된다. 반성하라고 폐단을 말해 주면 반성 대신 발끈하는 모습을 보여 주는 것이 종교인들의 특징이다.

나는 세은이 종교를 가지고 있지 않은 것을 정말 다행스럽게 생각한다. 종교 때문에 다투거나 종교 때문에 갈등을 겪지 않는 것을 예수님 은혜, 부처님 은혜, 그리고 천상에 존재하는 모든 신들과 지상에 존재하는 모든 신들의 은혜라고 생각한다. 백량금. 한세은. 박태빈. 노정건 선생님과의 인연에도 감사를 드린다.

나는 식물들과 소통을 할 때마다 한없이 작아지는 나를 자각하게 된다. 도대체 존재 자체가 행복이 되려면 나는 몇 년이나 더 살아야 할까.

"존재 자체가 행복이 되는 경지면 도인이나 성자의 경지 잖아."

"아직 도인이나 성자의 반열에 드시지는 못하더라도 예비 도인이나 예비 성자의 반열에는 드실 수 있잖아요."

"내 수준으로는 그것도 넘보기 힘들어."

"지나친 겸손은 자만으로 보일 수도 있대요."

"솔직히 말해서 나는 너무 밑천이 바닥이거든."

"외람되지만, 머리 공부는 접어 버리시고 마음공부에만 주력 하시면 캡틴님은 금방 성자나 도인의 반열에 오르실 거예요."

"아부인지 칭찬인지 아리송하네."

나도 교회는 다니지 않지만 가끔 성경은 꺼내 읽는다. 좋은 구절이 있으면 마음에 새기려고 노력한다. 절에는 다니지 않지만 가끔 불경도 꺼내 읽는다. 역시 좋은 구절이 있으면 마음에 새기려고 노력한다. 하지만 읽을 때뿐이다. 읽을 때는 '착하게 살아야지' 하던 인격이 하루도 지나지 않아 '차카게 살아야지'로 변질된다.

사람들은 가까운 사람이 개업을 했거나 이전을 했거나 확장을 했거나 기타 축하할 일이 있을 때는 대개 선물로 화분을 보낸다. 특히 대형 화분으로는 떡갈잎고무나무 화분이 인기가 있다. 뽕나무과에 속하는 식물 중에서 잎이 가장 넓고 공기 정화 능력이 탁월한 나무로 알려져 있다. 이파리 한 장을 떼어 냉장고에 보관하면 음식물 냄새를 제거해 주는 효과도 있다. 비교적 기르기 쉬운 식물이다. 처음 사탕동산 어린이집 폭행 사건을 제보한 식물이 바로 떡갈잎고무나무다.

백량금이 제보를 받고 다른 어린이집에도 알아보니 한 여자가 어린이집을 세 군데나 순례하면서 상습적으로 어린이들을 폭행한 사실이 밝혀졌다. 그녀는 2012년 7월에 어린이 폭행 사건으로 한 번 구속되어 징역 10월에 1년간 집행유예를 받은 전력을 가지고 있다. 그 후로 그녀는 위조한 자격증, 위조한 표창장 등으로 어린이집을 운영하는 원장들을 속이고 재취업해서 다시 어린이들을 폭행하는 만행을 저질렀다.

28세. 뛰어난 미모에 뛰어난 언변, 사교성도 좋은 편이다.

떡갈잎고무나무는 피해를 당한 어린이의 엄마가 사탕동산 어린이집 입학식날 기증한 식물이다.

장면 1

사탕동산 어린이집.

크리스마스에 대비한 곰돌이반 어린이들의 재롱 잔치 연습이 한창이다. 곰돌이반은 5세 어린이들로 구성되어 있다. 담당 보육사는 28세의 박화령이다. 아이들은 보육사님이라고 부르지 않고 선생님이라고 부른다.

하지만 그녀는 위조한 자격증으로 불법 취업을 했으며 그 사실을 아무도 모르고 있는 상태다. 나무들만 정보 교환을 통해 그녀의 위법 사실을 인지하고 있다. 그녀는 부모들 사이에서 아이들을 가르치고 돌보는 일에 가장 적극적인 모습을 보여 주는 보육사로 알려져 있다. 사탕동산 어린이집 보육사들 중에서 원장에게 가장 신임을 얻고 있는 보육사로 알려져 있기도 하다.

크리스마스가 며칠 남지 않았다. 학습실에는 잣나무 트리와 반짝이는 삼색 전구들이 설치되어 있다. 어린이들은 〈곰세 마리〉라는 노래를 따라 율동을 연습하고 있다. 그런데 유독 자주 틀리는 어린이가 있다. 방기혁 어린이다. 박화령 선생이 방기혁 어린이를 향해 활짝 웃어 보인다. 그 순간 어린이들은 매우 경직된 표정을 짓지만 CCTV에는 클로즈업 기능이 없어서 포착되지 않는다. 박화령 선생은 CCTV를 곁눈질로 흘깃 쳐다보고는 환한 표정으로 웃으면서 방기혁 어린이에게로 걸어간다.

학습실 구석에는 갈색 매트 한 장이 깔려 있다. 평소 자유 시간에도 어린이들은 그 매트에 올라가지 않는다. 다정다감 한 표정과 몸짓을 보이며 방기혁 어린이를 학습실 구석 갈색 매트 위에 세우는 박화령 선생. 갈색 매트는 CCTV에 포착되 지 않는 사각지대에 깔려 있다. 박화령 선생은 그 사실을 잘 알고 있다.

그녀는 가까이 있는 사람들조차도 잘 들을 수 없을 정도 로 조용한 목소리를 만들어 구령을 외친다.

"차렷, 열중쉬엇, 차렷. 뒤로 돌아."

황급히 차렷과 열중쉬어와 뒤로 돌아를 수행하는 방기혁 어린이. 박화령 선생은 방기혁 어린이가 뒤로 돌아 자세를 취 하고 있는 상태에서 무지막지하게 발길질을 가한다. 앞으로 고꾸라지는 방기혁 어린이. 한동안 정신을 차리지 못한 채 고꾸라져 있다. 박화령 선생이 방기혁 어린이의 팔목을 우악 스럽게 움켜잡고 강제로 일으켜 세운다. 방기혁 어린이는 금 방이라도 울어 버릴 듯한 표정이다.

"울면 주삿바늘로 찌를 거야. 그리고 절대로 엄마한테 이 르면 안 돼. 왜 안 될까. 방기혁 어린이, 니 입으로 한번 말 해 봐."

박화령 선생은 들릴락 말락 한 목소리로 말하고는 귀를 기 울이는 시늉을 해 보인다.

"서, 선생님이 저를 죽이고 어, 엄마까지 죽여요."

방기혁 어린이의 대답이다. 얼굴이 공포에 질려 있다.

맞벌이 부부일 경우 어린이집은 야구로 치자면 구원투수에 해당한다. 작금의 대한민국은 악착같이 돈을 벌지 않으면 인간 대접을 받고 살아갈 수가 없는 나라다. 사회구조가 그렇게 짜여 있다. 하지만 아이를 혼자 집에 내버려 두고 돈을 벌러 나갈 수는 없는 노릇이다. 수년 전에 아이를 집에 혼자 내버려 두고 방문까지 잠근 상태에서 돈을 벌러 나갔던 부부가 있었다. 그런데 화재가 발생, 아이가 불 속에서 타 죽어 버린 사건이 있었다.

어린이는 나라의 미래다. 이 말을 부정할 사람은 거의 없을 것이다. 하지만 현실적으로 나라의 미래는 적지 않은 문제점을 안고 있다. 특히 맞벌이 부부들에게는 아이를 양육하는 일이 가장 부담스러운 문제다. 사랑스럽기 짝이 없는 존재임은 분명하지만 현실은 사랑을 표현할 시간조차 허용하지 않는다. 단지 먹고사는 문제 하나 때문에 가장 사랑하는 존재와 함께 있을 시간조차 부족하다. 돈은 벌어야 하는데 아이를 먹여야 하는 문제, 입혀야 하는 문제, 가르쳐야 하는 문제를 해결할 방도는 난감하다.

하지만 어린이집이 있다. 어린이집이야말로 그 번거롭고 다양한 문제들을 일거에 모두 날려 버릴 수 있는 구원투수다. 전문 인력과 전문 시설들이 갖추어져 있다. 그러나 모든 어린이집들이 완전무결하지는 않았다. 가끔 급식이 잘못되어 식중독이 일어나는 경우도 있었고, 시설이 부실해서 아이들이 다치는 경우도 있었고, 보육사의 자질이 부족해서 어처구니없는 불상사를 일으키는 경우도 있었다.

사탕동산 어린이집도 마찬가지였다. 아이들이 자다가 경기를 일으키는 경우도 있었고, 어린이집에 가지 않겠다고 버티는 아이들도 있었고, 몸에서 멍이 발견되는 경우도 있었다. 아이들을 추궁해서 원인을 알아보기도 하고 경찰에 신고를 해서 수사를 의뢰해 보기도 했지만 사실이 밝혀지지는 않았다. 아이들이 구체적으로 상황을 말해 주지도 않고 경찰이 철저하게 수사에 임하지도 않은 상태로 사건은 흐지부지 묻혀 버리고 말았던 것이다. 학부모들은 적극적으로 진실을 밝히는 일에 주력했지만 어린이집 측은 이 문제를 거론하고 싶어 하지 않는 기색이 역력했다.

"우리 사탕동산 어린이집에 애들을 상대로 폭력을 휘두를 보육사가 있다고 생각하는 사람은 언제라도 저한테 귀띔해 주세요."

원장은 그렇게 말했고, 보육사들도 터무니없는 억측으로 단정하고 있었다. 원장은 오로지 돈 버는 일에만 팔을 걷어 붙이는 성미였다. 돈 쓰는 일에 관한 얘기라면 아예 솜으로 귓구멍을 틀어막는 성미였다. 학부모들이 구닥다리 디지털 도어록을 바꾸자고 몇 번이나 의견을 피력했지만 전문업체가 설치하는 경보 장치와 시스템 자체가 번거로울 뿐만 아니라 제법 돈이 들어간다는 이유 때문에 계속 교체를 보류하고 있는 상태였다. 여자였고 수전노였고 오십 대였다. 슬하에 2남 1녀가 있었는데 모두 미국에 이민을 가서 살고 있었다.

거수님들과의 채널링을 통해 상의해 본 결과 박화령은 몇 년 전 법적 처벌을 받은 바가 있는데도 아직 반성을 하지 못한 태도를 보이고 있다. 미루어 짐작건대 지속적인 재발 가능성이 농후하다. 특히 가해자 박화령의 성격으로 미루어 언젠가는 더 비극적인 결과를 초래할 염려가 있다고 사료된다.

"이번 사건은 박태빈 검사에게 정식으로 응징을 의뢰하는 편이 옳을 것 같습니다."

거수님들의 의견이었다. 하지만 박화령이 증거 불충분으로 풀려날 가능성이 높다는 의견이 대두되었다.

"아동 폭력의 경우에는 반드시 확실한 증거가 있어야 합니다."

다행히 2015년에 어린이집에는 의무적으로 CCTV를 설치해야 한다는 법령이 마련되었다. 하지만 박화령은 CCTV의 사각지대인 갈색 매트 위에서만 어린이들한테 폭력을 행사했다.

나는 노정건 선생님께 전화로 상황을 소상히 말씀드리기에 이르렀다.

"청량리 탈곡기가 활동해 줄 기회가 의외로 빨리 와 주었네."

노정건 선생님의 의견이었다.

장면 2

한밤중. 모두가 깊은 잠에 빠져 있을 시간이다.

어둠이 운집해 있는 사탕동산 어린이집.

정체불명의 그림자 하나가 현관 앞으로 다가선다. 어떤 기다란 물체를 어깨에 메고 있다. 조심스럽게 주위를 탐색하다가 이윽고 안심했다는 듯 바지 주머니에서 휴대폰을 꺼내 드는 정체불명의 그림자. 플래시 기능을 작동시킨다. 플래시 불빛에 희미하게 드러나는 정체불명의 그림자는 얼굴을 전혀 알아볼 수가 없다. 검은 복면을 쓰고 있기 때문이다.

현관문에는 디지털 도어록이 설치되어 있다. 이미 번호를 잘 알고 있는 듯 눌러 대는 정체불명의 그림자. 문이 쉽게 열린다. 복도를 통과해서 학습실로 들어간다. 복면을 쓰고 있기는 하지만 체형이나 동작으로 추정컨대 남자가 분명하다.

남자는 학습실에 이르러 CCTV 카메라와 갈색 매트를 번갈아 쳐다본다. 그러다 어깨에 메고 있던 기다란 물체를 CCTV 밑에 설치한다. 휴대용 사다리다. 정체불명의 그림자는 CCTV의 카메라를 갈색 매트와 일직선이 되도록 조정하고 있다.

장면 3
어린이집 식당이다. 벽시계가 12시 50분을 가리키고 있다. 박화령 선생이 급식판 설거지를 하고 있다. 급식판 하나에 음식이 남아 있다. 밥도 남아 있고 시금치나물도 남아 있다.

이름표를 확인하는 박화령 선생. 송은솔이라는 이름표가 붙어 있다. 돌아다니는 어린이 하나를 불러 송은솔 어린이를 데리고 오라고 명령한다. 송은솔 어린이가 겁먹은 표정으로 박화령 선생 앞에 도착한다. 박화령 선생은 활짝 웃는 얼굴로 송은솔 어린이를 갈색 매트까지 데리고 간다.

"송은솔 어린이. 왜 밥하고 시금치를 남겼지요."

속삭이는 소리로 묻는다.

"맛이 없어서요."

"밥은 뭘로 만드나요."

"쌀로 만들어요."

"쌀은 누가 만드나요."

"농부들이 만들어요."

"그래요. 농부들이 개고생을 해서 만들어요. 송은솔 어린이는 농사꾼한테 죄를 지은 거예요. 죄를 지은 사람은 어떻게 해야 하나요."

그러나 송은솔 어린이는 대답하지 않는다. 공포에 질려 숨이 넘어가 버릴 듯한 표정이다.

"시금치는 왜 남겼어요."

이번에도 송은솔 어린이는 대답하지 않는다. 엄마의 증언에 의하면 송은솔 어린이는 평소에도 유난히 시금치를 싫어한다. 억지로 먹이면 토하기까지 할 정도다.

"송은솔 어린이. 남긴 음식을 다 먹도록 하세요."

송은솔 어린이는 식판에 남아 있던 밥과 시금치를 억지로 다 먹은 다음 갈색 매트에 토하기 시작한다.

"선생님이 식판에 밥을 남기면 안 된다고 말했잖아요."

토하고 있는 송은솔 어린이를 무자비하게 발로 짓밟고 있는 박화령 선생.

장면 4

퇴근 시간이다. 추적추적 비가 내리고 있다. 어린이들은 모두 집으로 돌아가고 사탕동산 어린이집은 조용하고도 조용하다. 빗소리도 고즈넉하다.

박화령 선생도 핸드백을 어깨에 걸치고 우산을 집어 든다. 다들 먼저 퇴근해 버렸다. 혼자 남아서 뒷정리를 하던 박화령 선생만 남았다. 우산을 펼쳐 들고 현관문을 나선다. 갑자기 우산 위로 왁자하게 쏟아지는 빗소리.

"출근하면서 모처럼 세차했는데 비가 쏟아지구 지랄이얌"

그녀는 혼잣소리로 투덜거린다.

그녀가 현관문을 벗어나 빗소리를 들으며 몇 걸음을 옮겨놓았을 때였다. 두 명의 사복형사가 비를 맞은 채로 다가와 그녀 앞을 가로막고 있었다. 한 명은 점퍼를 착용하고 있었고 한 명은 바바리를 착용하고 있었다.

"박화령 씨 맞습니까."

점퍼 차림이 물었다.

"그런데요."

박화령 선생이 대답했다.

"경찰입니다. 당신을 아동 폭력 혐의로 긴급 체포합니다."

바바리가 그녀에게 미란다원칙을 고지하고 있었다.

"당신은 묵비권을 행사할 수 있으며……."

그녀의 손목에 수갑이 채워졌다.

"대한민국 경찰은 확실한 증거도 없이 나약한 여자한테 함부로 수갑을 채워도 되는 건가요. 이거 무지막지한 인권침해 아닌가요."

"아까 원장님 입회하에 이미 시시티브이 확인하고 결정적 증거물로 채택했어요."

"시시티브이에 뭐가 찍혔는데요."

"송은솔이라는 애에게 강제로 식판에 남은 음식물을 먹이는 장면, 토하고 있는 애를 당신이 마구 짓밟는 장면."

교활하기 짝이 없는 박화령 선생도 뜻밖이라는 표정을 감추지 못하고 있었다.

식판에 남은 음식물을 강제로 먹이는 장면이라니, 도대체 어떻게 보았다는 거야. 분명히 갈색 매트는 CCTV가 잡아내지 못하는 사각지대였는데 언제 누가 바꾸어 놓았지.

그녀의 얼굴은 그렇게 중얼거리고 있는 듯이 보였다. 밤중에 청량리 탈곡기가 똘마니를 시켜 CCTV 각도를 바꾸어 놓았다는 사실을 그녀가 알 턱이 없었다.

그녀는 자격증을 위조해서 불법으로 취업을 했으며 전과까지 있는 데다 신고 의무자에 해당한다. 이번에 빵깐에 들어가면 가중처벌로 제법 오래 썩을 여지가 다분하다. 그녀는 당연히 여빵깐에 수용될 것이다. 여자들은 대부분 선천적으로 강한 모성애를 간직하고 있다. 그녀가 어린애에게 무자비한 폭력을 행사해서 빵깐에 들어오게 되었다는 사실을 알면 동료 죄수들이 어떤 반응을 보일지 자명하다. 그녀는 출감할 때까지 적의 속에서 온갖 조롱과 모욕을 감내해야 할 것이다.

이이제이(以夷制夷). 오랑캐를 써서 오랑캐를 무찌른다는 뜻이다. 이번 경우는 죄수를 써서 죄수를 자연스럽게 응징하는 결과를 얻어 낸 셈이다.

사탕동산 어린이집 폭력 사건이 신문과 방송을 통해 보도되었다. 세상이 발칵 뒤집어졌다. 물론 청량리 탈곡기의 똘마니가 CCTV 각도를 조정한 사실은 완벽하게 묻혀 버렸다. 사탕동산 어린이집 관계자들 중에서 CCTV의 각도가 변경되었다는 사실을 이상하게 생각하는 사람은 아무도 없었다. CCTV의 각도가 변경되었다는 사실을 아는 사람조차도 없었다.

철저한 수사를 지시한 것은 박태빈 검사였다. 그러나 신문이나 방송에서는 수사가 언급되지 않았다. 이후 신문과 방송에 어린이집 폭행 사건이 보도되자 세상은 발칵 뒤집어졌다. CCTV에 잡힌 폭행 장면이 인터넷에 유포되면서 네티즌들의 공분은 날이 갈수록 증폭되는 양상을 보였다. 네티즌들은 각종 커뮤니티를 통해 박화령 선생을 지목해서 무지막지한 악플 세례를 퍼붓기 시작했다. 입에 담지도 못할 욕설과 저주가 오뉴월 장맛비처럼 연일 박화령 선생에게로 쏟아져 내리고 있었다. 악플에 사용된 낱말들을 모두 벽돌로 바꿀 수만 있다면 최단기간에 이집트의 피라미드를 능가하는 규모의 피라미드도 축조할 수 있을 분량이었다.

발기발기 찢어 죽여도 시원치 않을 년.

전과까지 있었던 년이네.

보육사 자격증도 짝퉁이랍니다.

경찰들이 수사를 의뢰받고 건성으로 대충 조사를 한 다음 흐지부지 묻힌 적도 있군요. 씨팔.

그러니까 견찰 소리 듣는 겁니다.

피해 어린이는 죽을 때까지 끔찍한 트라우마에 시달려야 할지도.

개호로 쌍년이네.

박화령, 기다려라. 내 똥오줌을 식판 가득 담아서 배가 터질 때까지 처먹이고야 말 테니까.

밤길 조심해라. 쌍년.

자격 미달자를 보육사로 채용한 것이 잘못.

관리자 새끼야. 내 글 또 지우면 뒈질 줄 알아라.

애들을 왜 어린이집 같은 시설에 보내냐. 힘들더라도 직접 키워야 되는 거 아니냐.

급식충 새끼. 세상 물정 모르는 소리 하고 자빠졌네.

내가 이래서 애를 안 낳는 거다.

대한민국 인구 감소의 결정적 원인이 드디어 밝혀졌다.

씨팔, 이민 가고 싶다.

사탕동산 어린이집. 치과 병원까지 운영하면 돈 꽤나 벌겠는데. 죽이는 창업 아이디어 아닌가.

동업합시다. 굽신굽신.

보호해 달라고 아이를 맡겼는데 존나게 두들겨 패다니, 미친년 아니냐.

세상에 믿을 놈 하나 없다는 말 오늘따라 뼈저리게 느낍니다.

대한민국은 너무 많이 망가졌어.

헬조선.

"도움이 필요해서 전화했어."

어느 날 박태빈 검사가 내게 도움이 필요하다는 전화를 걸었다.

"무슨 도움."

"십 대 가출 소녀들을 납치해서 유흥업소나 성매매 업소에 상습적으로 팔아넘긴 인신매매범들이 검찰에 넘겨졌는데."

여기서 박태빈 검사는 잠시 말을 끊었다.

"넘겨졌는데."

나는 궁금해서 다음 말을 재촉했다.

"경찰이 칼침까지 맞아 가면서 격투 끝에 일망타진한 놈들이야. 모두 다섯 놈들이었는데 수사관이 두목 격인 놈을 따로 심문하고 있었어. 그런데 심문하던 수사관이 잠시 방심한 틈을 타서 그 두목 격인 놈이 도망을 쳐 버렸다."

박 검사의 말을 그대로 옮기면, 동일 전과가 많은 데다 살인 혐의까지 겹쳐 있어서 지체하면 불법적인 루트를 이용, 해외로 잠적해 버릴 가능성이 높은 놈이었다.

놈들은 터미널이나 전철역 부근을 주 무대로 가출한 십 대 소녀들을 유인, 유흥업소나 성매매 업소에 팔아넘겼다. 피해를 당한 십 대 소녀들의 증언에 의하면 유흥업소나 성매매 업소에서 받은 보수를 상습적으로 갈취했을 뿐만 아니라 의

류나 가구 따위를 터무니없이 높은 가격으로 강매하기도 했다. 도망을 치거나 말을 듣지 않으면 무지막지한 폭행도 불사했다. 어떤 소녀는 심하게 폭행을 당해서 코뼈가 부러지기도 했고, 어떤 소녀는 두 놈에게 연달아 강간을 당하기도 했다.

두목 격인 놈은 사십 대 중반이고 똘마니 두 놈은 삼십 대 초반, 그리고 여자가 한 명 끼어 있었는데 역시 삼십 대 초반이었다. 사람이 그 나이가 되도록 선악을 구별하지 못하고 짐승들보다 못한 짓거리를 하면서 살아야 한다니, 부처님도 마주치면 일단 몽둥이를 집어 들지 않을까 사료된다.

사람이 고등어를 잡아서 팔거나, 메뚜기를 잡아서 팔거나, 멧돼지를 잡아서 파는 행위는 어느 정도 납득이 간다. 하지만 아무리 돈이 좋기로서니 사람이 사람을 무슨 동물처럼 사냥해서 돈을 받고 파는 행위는 도저히 납득이 되지 않는다. 그것도 가출한 미성년자들을 유흥업소나 성매매 업소에 팔아넘겼다니, 인간 대접을 해 줄 수가 없는 놈들이다. 사람을 파는 놈이나 사는 놈이나 사람으로 대접받을 자격이 없다. 그것들은 악마이거나 악마의 하수인이다.

강도. 강간. 방화. 살인. 횡령. 보험 사기. 염전 노예. 아동 폭력. 음주운전. 보이스 피싱. 방산 비리. 데이트 폭력. 퍽치기. 공갈. 협박.

세상이 갈수록 살벌해지고 있다. 천사들은 다 어디서 무엇을 하고 있을까. 모조리 장기 휴가라도 보내 버린 것일까, 아니면 파업 선언이라도 해 버린 것일까. 악마들이 오만 극성을 다 떨어 대는데도 수수방관만 하고 있는 양상이다.

실행증이라는 용어가 있다. 일종의 행동 장애와 관련된 용어다. 신체적으로는 모든 상태가 정상적인 사람이 필요한 어떤 행동을 수행하지 못하는 상태를 지칭한다. 즉 기본적인 운동 능력이나 감각 능력에 아무 장애가 없는데도 행동을 수행하지 못하는 경우가 있다.

가령, 축구공을 주면서 차라고 하면 차는 방법도 알고 찰 필요성도 느낀다. 하지만 차지 못한다. 그러나 앞에 골대를 설치해 주면 축구공을 차게 된다. 또 다른 예를 들어 보자. 경례를 할 필요성도 알고 경례를 하는 방법도 안다. 역시 운동 능력이나 감각 능력에 아무 장애가 없는 상태다. 하지만 어찌 된 셈인지 경례를 수행하지 못한다. 그런데, 군대 생활 할 때의 상관을 대면시키면 경례를 할 수 있게 된다.

어쩌면 현대인들은 모두 실행증에 걸린 상태는 아닐까. 인간이라는 이름으로 태어나, 인간이라는 이름으로 살면서, 인간이라는 이름으로 수행해야 할 덕목들을, 제대로 수행하지 못하는 상태에서 애매모호한 삶을 영위하고 있는 것은 아닐까. 치유법은 없는 것일까.

교육이 앞장을 서야 하는데 교육마저도 황금에 눈이 멀어 사리 분별을 제대로 하지 못하는 실정이다. 맹자의 어머니가 지금의 대한민국에서 살았다면 세 번씩 이사를 할 필요가 없었을 것이다. 오로지 강남에만 붙어 있었을 것이다. 개천에서 용이 나는 시대는 오래전에 끝났다. 지금은 강남에서 용이 나는 시대다. 한석봉의 어머니가 되살아난다면, 전등의 스위치를 끄면서 석봉아, 너는 글씨를 써서 비싸게 팔아라, 나는 어둠 속에서 한 장도 틀리지 않고 돈을 세겠다, 라고 말할지도 모른다.

빠르게 양심이 부패하고 빠르게 도덕이 실종된다. 빠르게 진실이 매몰되고 빠르게 사랑이 부식된다. 남아 있어야 할 것들은 우리 곁에서 시나브로 사라져 버리고 사라져 버려야 할 것들은 악착같이 우리 곁에 남아 있다. 이렇게 사는 것은 아닌데, 하면서도 온 인류가 속수무책으로 타락의 늪 속으로 빨려 들고 있다.

그런데 수사관은 도대체 무엇을 했기에 범인이 도망쳐 버리고 말았을까.

"니 사무실에 소속되어 있는 수사관 아니냐."

"눈치 하난 빠르셔."

"혹시 니가 방심해서 도망칠 기회를 준 거 아니냐."

"내가 실성을 했냐."

박태빈 검사 사무실에는 두 명의 수사관이 소속되어 있었다. 그날 한 명은 범인을 심문하고 있었고 다른 한 명은 서류를 정리하고 있었다. 그런데 서류를 정리하던 수사관이 과중한 업무에 지쳐 잠깐 졸음에 빠져 있었다. 사실 업무량은 감당하기 힘들 정도로 과중한데 인원은 턱없이 부족했다. 뻑하면 야근이었다. 마음 놓고 휴식을 취할 틈도 없었다. 동료가 졸고 있다는 사실을 전혀 인지하지 못한 상태에서 심문을 하던 수사관이 화장실을 다녀오겠다고 말했다. 너무 오래 소변을 참고 있었던 것이다. 더 참으면 방광이 터져 버릴 지경이었다.

"잠깐 화장실 좀 다녀올 테니 이놈 감시 좀 잘해."

깨어 있는 줄 알고 분명히 그렇게 당부까지 했다. 하지만 잠결이어서 듣지 못한 모양이었다. 참았던 소변을 해결하고 돌아오니 범인이 보이지 않았다. 이미 자취를 감추어 버린 뒤였다. 급히 밖으로 나가 보았으나 종적이 묘연했다. 공교롭게도 박태빈 검사는 자리를 비우고 있었다.

"날 보고 어떻게 도와 달라는 거냐."

"니가 어디 있는지만 알아내 주면 잡는 건 우리가 잡을게."

"그러니까 도망친 놈의 소재 파악을 해 달라는 부탁이구나."

"그렇다."

"내가 무슨 셜록 홈스냐."

"식물들이 있잖아."

"채널링을 하라는 얘기냐."

"정답."

"그거 아무 때나 하는 거 아니다."

"어떤 때 하는 건데."

"식물들이 납득할 만한 대의명분을 한번 말해 봐라."

"세상을 깨끗하게 만들기 위해서 인간쓰레기들을 청소하는 데 식물들의 협조를 좀 구하고자 합니다. 이 정도로 안 되겠냐."

"그만하면 됐다."

"너만 믿는다."

"도망친 놈의 인상착의나 신상에 관한 정보를 알려 주면 도움이 되겠는데."

"십 분 이내에 휴대폰으로 자료 보내 줄게."

통화가 끝났다. 7분 정도가 지나서 범인의 사진과 신체적 특징, 옷차림, 말씨와 도피해 있을 가능성이 많은 장소, 거주지 등이 전송되었다.

범인의 이름은 최기달(崔起達)이다. 나이 42세. 본적이 경북이고 서울 말씨를 쓴다. 그러나 필요에 따라서는 능숙하게 사투리를 쓰기도 한다. 도주 당시에는 미결수들에게 지급되는 죄수복을 입고 있었다. 웃통을 벗고 달리면서 운동 중인 사람으로 위장, 아주 태연한 모습으로 도주했을지도 모른다. 수갑을 차고 있었으나 전과 4범 이상이면 푸는 방법을 알고 있다. 최기달은 전과 6범이다.

자료는 즉각 식물들에게 전송되었고 최기달은 도주한 지 7시간 만에 붙잡혀서 다시 투옥되었다. 빵깐 동기의 자택 지하실에 은신해 있었다. 식물들이 도주 경로를 추적해서 은신처를 알아냈던 것이다. 자백에 의하면 범인은 탈북자들을 등쳐 먹는 브로커들의 도움을 받아 중국으로 도망칠 계획이었다. 탈북자들을 등쳐 먹는 브로커들은 보이스 피싱을 전문으로 하는 조선족들과도 연결되어 있었다. 박태빈 검사는 그놈들까지 일망타진해 버리는 개가를 올렸다.

오른손이 한 일을 왼손도 알게 하라

"먼저 내 돈의 행방부터 말해 주시오."

조정갑이 말했다.

"글쎄요, 아직도 은밀한 장소에 고스란히 보관되어 있기는 합니다만."

노정건 선생님의 답변이었다.

"단도직입적으로 말하겠소. 큰코다치기 전에 내 돈을 그만 돌려주시오. 나한테 부탁하고 싶은 일이나 필요한 금액이 있다면 화끈하게 말씀하시고."

"당분간 가족들이 생계는 충분히 유지할 수 있도록 통장을 건드리지는 않았습니다. 잔고도 예상보다 터무니없이 적은 액수였고요. 물론 당신의 태도 여하에 따라서 저는 통장 잔고까지를 제로 상태로 만들어 버릴 수도 있습니다."

"내 재산을 도둑질하고 당신이 이 대한민국에서 온전하게 살아갈 수 있다고 생각하시오."

"당신이 부당한 방법으로 벌어들인 재산을 제가 또 부당한 방법으로 갈취한다고 설마 무슨 일이 일어나겠습니까."

휴일이다. 조정갑의 집무실이다. 노정건 선생님이 조정갑과 면담을 나누고 있다. 두 사람이 깍듯하게 존댓말을 쓰고 있기는 한데 상대편에 대한 존경심이나 배려 따위는 전혀 느껴지지 않는다. 어쩐지 말 속에 뼈나 가시가 들어 있는 느낌이다. 집무실에 있는 커피나무 한 그루가 두 사람의 면담 장면을 염사하고 있다. 비교적 조용한 분위기다.

"요즘 오른손이 마비돼서 전혀 글을 못 쓰고 계시는 걸로 알고 있습니다만."

노정건 선생님이 말했다.

"내 손이 마비된 사실을 당신이 어떻게 아시오."

조정갑이 물었다.

미묘한 긴장감이 집무실 분위기를 냉각시키고 있었다. 조정갑은 지금까지 한 번도 오른손을 밖으로 내민 적이 없었다. 처음부터 끝까지 바지 주머니에 감추고 있었다. 그런데 노정건 선생님이 손에 대한 비밀을 알고 있다는 듯이 말하자 노골적으로 당황하는 기색이 역력했다.

"정확하게 지난 사 월 이십오 일 오후 두 시경부터 당신은 팔목이 떨어져 나가는 듯한 통증을 느끼셨을 겁니다. 그때부터 혹세무민하는 당신의 칼럼은 숨을 죽이고 있었습니다."

"그 정도로 소상하게 아는 걸 보니 아무래도 당신이 수상하다는 생각을 하게 되는구먼. 내가 모르는 사이 무슨 몹쓸 짓이라도 저지른 거 아니오."

"믿기지 않으시겠지만 저희들은 당신의 일거수일투족을 다 들여다보고 있습니다."

"저희들이란 구체적으로 누구를 말하는 거요."

"말씀드려도 당신은 짐작조차 못하실 겁니다. 저희 보복대행전문주식회사는 수많은 지성체들로 구성되어 있습니다. 숫자가 너무 많아서 추정조차 할 수 없을 정도지요."

"이럴 때 당신은 분명히 정상적인 의식구조를 가진 사람이 아니야. 이런 기상천외한 또라이한테 금고를 털렸으니, 빌어먹을, 되찾을 길이 막막할 수밖에."

조정갑은 이마를 짚으며 혼잣소리로 중얼거렸다.

"저희들은 이제 더 이상 글을 쓰시지 말라는 뜻을 당신께 전달했을 뿐입니다."

"그렇다면 내가 손을 쓰지 못하는 것이 당신들의 고의적인 소행 때문이라는 말씀이오."

"말씀하신 대롭니다."

"도대체 내 손을 어떤 방법으로 마비시킨 거요."

"사실대로 말씀드려도 당신은 수긍하지 못하실 겁니다."

빙의목의 존재와 기능을 설명한들 이해하고 납득할 사람이 몇이나 될까. 노정건 선생님은 구체적으로 설명하는 것이 무의미하다고 판단하셨음이 분명해 보였다. 과정은 생략해 버리고 결론만 요약해서 설명하고 계셨다.

"당신은 지금 당연한 죗값을 치르고 있는 겁니다. 글에도 독이 되는 글이 있고 약이 되는 글이 있습니다. 당신의 글은 독이 되는 경우가 대부분이었습니다. 따라서 손을 못 쓰게 되는 건 자업자득이고 인과응보이기도 하지요."

"감히 나한테 이런 짓을 하고도 무사할 줄 아시오."

조정갑이 단호하면서도 위협적인 목소리로 소리쳤다.

"하나도 무섭지 않습니다."

노정건 선생님이 입가에 가느다란 웃음을 떠올리고 있었다.

"저는 당신을 잘 알고 있습니다. 당신은 예나 지금이나 돈의 노예입니다. 돈을 전액 되찾기 전에는 아무 조처도 취하지 못할 겁니다. 여차하면 그 돈이 잿더미로 변해 버릴지도 모르니까요."

차분한 목소리였다.

"솔직히 말해 보시오. 도대체 당신들 정체가 뭐요. 사기꾼들인지 깡패들인지 속 시원하게 정체나 밝혀 보시오. 나한테 도대체 얼마를 기대하고 이러는 거요."

"당신은 언론인치고 너무 말귀를 못 알아듣는 분이십니다.

게다가 기억력까지 신통치 않으신 것 같습니다. 저번에도 말씀드렸듯이 우리는 더 맑은 세상을 만들기 위해 인간쓰레기들을 분리수거하거나 억울한 사람들을 대신해서 나쁜 놈들을 응징해 주는 사람들입니다. 절대로 돈을 바라고 하는 짓이 아닙니다. 일전에 조폭 똘마니들을 제게 보내셨지요. 제가 조폭 똘마니들 정도에 겁을 집어먹고 슬그머니 꽁무니를 뺄 찌질이처럼 보이십니까. 잘못 보셨습니다."

"생사람 잡지 마시오. 나는 조폭 똘마니들을 당신한테 보낸 적이 없소."

"어련하시겠습니까. 당신 같은 사람한테 진실을 기대하지는 않았습니다."

"지금 무슨 소릴 하는지 모르겠소."

"악인들은 대개 오리발을 무슨 검투사가 방패를 휴대하고 다니듯이 항시 휴대하고 다니지요. 그리고 불리할 때마다 내밀어 보입니다. 상대가 속아 줄 리가 없는데도 천연덕스럽게 거짓말을 합니다. 하지만 이번에는 당신의 언행에 따라 전 재산이 날아가 버리게 될지도 모릅니다. 설마 그 막대한 금품을 쉽게 포기하시는 건 아니겠지요."

"제발 지랄 같은 농담 따위는 때려치웁시다."

"역시 막대한 재산이 날아가 버린다는 사실에는 초연을 가장하지 못하시는군요."

"사라진 거금과 패물들에 관한 얘기를 들어 보기 전에 먼저 내 손이 왜 이렇게 됐는지부터 들어 보고 싶소."

"당신이 혹세무민하는 글을 너무 많이 쓰셨기 때문에 마비된 겁니다. 자업자득. 잘못을 저지른 대로 그에 상응하는 죗값을 받으시는 거지요. 구체적으로 사실을 말씀드려도 당신은 수긍하지 못하실 거라고 몇 번이나 말씀드렸습니다."

언론인 조정갑을 대신하는 빙의목은 다목리 수목원에 소속되어 있는 오리나무다. 오리나무는 한국의 산기슭에서 흔히 볼 수 있는 낙엽활엽수다. 너무 흔해서 그다지 귀한 취급을 받지는 못하는 나무다. 숙취 해소에 좋은 효능을 가지고 있다. 간을 보호해 준다. 기침 가래를 제거해 주는 기능도 가지고 있다. 옛사람들이 이정표로 오 리(약 2킬로미터)마다 한 그루씩 심었기 때문에 오리나무라는 이름으로 불린다.

조정갑은 돈이 생기는 일이라면 물불을 가리지 않는 성격이어서 대기업의 부당한 횡포를 합리화해 주는 칼럼이나 청렴한 학자의 주장을 왜곡 모함하는 칼럼도 서슴지 않았다. 조정갑이 글발을 휘날리면 천하에 둘도 없는 악인도 성자로 등극하고, 천하에 둘도 없는 성자도 악인으로 전락한다. 조정갑의 칼럼들은 탄력 있는 문체와 통쾌한 화법, 거침없는 공격력과 직설적인 표현으로 정평이 나 있다.

그러나 정의, 공정, 양심, 도덕 등 중요한 덕목들이 빠져 있다. 조정갑은 오로지 자신의 주장만이 정의요 공정이며 양심이요 도덕이라는 듯이 강변한다. 그러나 무분별한 전문용어의 남발, 현란한 수사법의 남용, 합리성이 결여된 주의 주장이 대부분이다. 조정갑은 단 한 번도 약자들의 손을 들어 준 적이 없다. 철두철미하게 강자들의 손만 들어 준다. 떨어지는 콩고물도 없는데 무엇 때문에 약자들의 손을 들어 주겠는가.

그는 철두철미한 배금주의자요 실리주의자였다. 그의 칼럼을 읽어 보면 언제나 강자들은 정당성을 가지고 있었으며 언제나 약자들은 부당성을 가지고 있었다. 조정갑은 강자들이 끊임없는 노력과 열정을 바쳐서 얻어 낸 명성과 재산을, 약자들이 노력과 열정도 없이 탈취하거나 분배하려는 의도를 가지고 있다고 생각하는 사람이었다. 약자들은 끊임없이 강자들을 헐뜯고 시기한다는 주장도 서슴지 않았다. 과연 그럴까. 강자들은 모두 열정과 노력으로 자리를 차지하고 있는 사람들일까. 혹시 부정한 방법이나 불의를 자행해서 그 자리를 차지한 사람들은 없을까.

"당신의 재산은 대부분 불법으로 축적한 재산이기 때문에 일부를 가난한 사람들에게 나누어 주기로 했습니다."

노정건 선생님이 말씀하셨다.

"하지만 아직 한 푼도 쓰지는 않았습니다."

"내 돈을 왜 당신이 마음대로 쓰나."

"당신을 운동선수에 비유하면 반칙을 너무 많이 저지른

선수에 해당합니다. 반칙을 많이 저지른 선수는 퇴장시켜야 합니다. 퇴장시키지 않으면 다른 선수에게 부상을 입히거나 경기를 망쳐 버리게 됩니다. 반칙이 심하면 이겼다 하더라도 우승컵을 몰수당하는 경우까지 있습니다."

"하지만 나는 아직 그라운드에 남아 있소."

"심판들이 매수당했거나 눈이 멀었기 때문입니다. 당신들의 퇴장을 외치는 관중들의 야유와 함성을 당신들은 못 들은 척 하고 있습니다. 협회도 한패입니다. 총체적으로 썩은 거죠."

"멋대로 생각하시오."

"제가 멋진 제의를 하나 하겠습니다."

"말해 보시오."

"이십 년 동안 밤을 주워 군밤을 만들어 팔아서 억대의 재산을 모으신 할머니가 그 돈을 대학에 장학금으로 기증했습니다. 그런데 얼마 전에 화재로 살던 집이 잿더미로 변해 버렸습니다. 그래서 지금은 텃밭에 비닐하우스를 설치하고 거기서 식구들과 생활하고 있지요. 당신의 돈으로 그 할머니한테 번듯한 집을 한 채 지어 드릴 수 있겠습니까."

"나하고 아무 상관도 없는 할머니잖소. 그런데 내가 왜."

"그러실 줄 알았습니다. 하지만 안타깝기 짝이 없습니다. 할머니께 집을 지어 드리겠다고 말씀하셨으면 거기 소요되는 경비의 열 배를 돌려드릴 생각이었는데. 너무 인색하시네요. 그럴 줄 알고 할머니께는 저희 보복대행전문주식회사대표님께서 자비로 번듯하게 집 한 채를 지어 드리기로 했습니다."

"내 알 바 아니오. 내 돈을 언제 돌려줄 건지만 말하시오."

"돌려드리지 않고 가난한 사람들한테 몽땅 기부할 생각인데 어떻게 생각하십니까."

"당신들이 무슨 자격으로 내 돈을 마음대로 가난한 사람들한테 기부하겠다는 말이오."

"별 노력도 기울이지 않고 남의 돈을 꿀꺽해 버리는 날도둑놈들이 활개를 치고 살아가는 시대 아닙니까. 제가 조사해 본 결과, 당신도 합법을 가장한 날도둑놈들 중의 한 명입니다."

"말조심하시오."

"당신은 아무도 모를 거라고 생각하시겠지만, 청성건설 비리를 덮어 준다는 명분으로 거액을 꿀꺽한 사실도 있고, 도경대학 부정 입학 사건을 불문에 부치겠다는 명분으로 거액을 꿀꺽했다는 사실도 있지요. 인정하시지요. 저는 다 알고 있습니다. 물론 증거까지 확보해 두었습니다."

"이제는 노골적으로 협박을 하시네. 당신이 원하는 게 뭔지 속 시원히 말씀해 보시라니까 무슨 사설을 그렇게 장황하게 늘어놓고 계시오."

"저는 이 엉망진창인 시대에 현대판 홍길동이나 현대판 임꺽정이 한 명쯤 필요하다는 생각을 하고 있는 사람입니다.

탐관오리들이나 간신 모리배들의 재산을 털어서 가난한 사람들한테 나누어 주는 현대판 홍길동이나 현대판 임꺽정. 어떻게 생각하십니까. 있어도 괜찮지 않겠습니까."

조정갑이 누구를 만났으며, 어떤 모의를 했는지, 그리고 어떤 거래가 오갔는지 등을 알아내기 위해서 나무들의 적극적인 관심과 참여가 있었다. 그중에서도 조정갑의 집무실을 지키는 커피나무와 본가에서 서재를 지키는 커피나무가 다양한 역할과 실적을 보여 주었다. 서재에 있는 커피나무는 어떤 기자로부터 선물받은 커피나무였다. 볼수록 운치가 있었다.

그래서 조정갑은 집무실에도 커피나무를 한 그루 더 기르게 되었다. 집무실의 커피나무는 열매가 열려 있는 상태였다. 열매가 없는 커피나무보다 배나 비싼 가격이었다. 몇 번을 망설인 끝에야 구입을 결정했다. 그 커피나무들이 자신의 정보를 빼돌리는 내부자들이라는 사실을 조정갑이 알고 있을 턱이 없었다.

"어디서 굴러먹던 협잡꾼 놈들인지는 몰라도 뼈도 못 추리게 만들어 줄 테니 그리 아시오."

마침내 조정갑은 언성을 높이기 시작했다. 아무도 모를 거라고 생각하고 있던 극비 사항들을 이 정체불명의 협박범들은 미주알고주알 다 알고 있다. 그리고 자신을 조롱도 하고 협박도 한다. 칼자루는 저놈들이 쥐고 있는 상태다. 섣불리 다루다가는 치명적인 되치기를 당할지도 모른다. 조정갑은 그렇게 생각하고 있는 눈치였다. 애써 태연을 가장하고는 있지만 낯빛이 약간 상기되어 있었다. 그는 인내에 한계를 느끼고 있음이 분명해 보였다.

"당신의 돈을 되찾을 수 있는 조건을 몇 가지 더 제시해 볼 테니까 선택해 보세요. 사대강에서 퍼 온 녹조라떼를 한 사발씩 원샷하실 때마다 일억씩 돌려드리겠습니다. 어때요. 원샷하시겠습니까."

노정건 선생님이 물었다.

"내가 미쳤소."

조정갑의 답변이었다.

"제가 볼 때는 미쳤습니다. 미치지 않았다면 언론인으로서는 사대강 사업을 절대로 찬성할 수가 없지요. 하지만 당신은 너무나 열광적으로 사대강 사업을 부추기는 글들을 써 갈겼습니다. 지금도 당신이 옳다고 생각하십니까."

"내가 보기에는 지금 이 시대에 구닥다리 홍길동이나 임꺽정을 코스프레하겠다는 당신이 훨씬 더 비정상적인 사람이오."

"그렇다고 칩시다. 우리는 당신이 녹조라떼를 한 사발씩 원샷하실 때마다 당신의 돈을 일억씩 돌려드리겠습니다. 하지만 거절하신다면 그때는 당신의 돈을 일억씩 가난한 사람들에게 기부하겠습니다. 물론 홍길동이나 임꺽정이라는 이름으로 기부하겠습니다. 저를 고소하신다면 당신의 전 재산을 한꺼번에 사회로 환원하도록 하겠습니다. 현명한 판단을 기대하겠습니다. 그럼 다시 연락드리기로 하고 오늘은 이만 물러가겠습니다."

노정건 선생님은 정중하게 허리를 숙여 보이고는 노기를 참지 못해서 부들부들 떨고 있는 조정갑을 뒤로하고 집무실 문을 열고 있었다.

환경을 위해 투쟁해 오신 귀 단체에 존경을 표합니다. 성금 1억을 동봉합니다. 부족하지만 산림녹화에 조금이라도 도움이 되기를 빕니다. 감사합니다.

—임꺽정

불우한 어린이들을 돕기 위해 애써 오신 귀 단체에 존경을 표합니다. 성금 1억을 동봉합니다. 부족하지만 요긴하게 쓰이기를 빕니다. 사랑합니다.

—홍길동

노숙자들께 20년간 돼지국밥을 무료로 제공해 오신 할머니께 존경을 표합니다. 성금 1억을 동봉합니다. 부족하지만 작은 도움이라도 되기를 소망합니다. 사랑합니다.

—임꺽정

불우한 이웃을 돕기 위해 불철주야 노력하시는 귀 단체의 노고에 존경과 감사의 뜻을 담아 성금 1억을 동봉합니다. 부족하지만 요긴하게 쓰였으면 좋겠습니다. 감사합니다. 사랑합니다.

―홍길동

조정갑 님께.

귀하의 돈이 위와 같이 쓰였음을 알려 드립니다. 녹조라떼를 한 사발씩 원샷하실 때마다 1억씩을 돌려 드리겠다는 약속은 아직도 유효합니다. 현명한 판단을 기다리겠습니다.

―홍길동과 임꺽정

"동언인가."

"네 선생님."

"그동안 별고 없었지."

"그럼요, 선생님."

노정건 선생님께서 전화를 하셨다.

"드디어 조정갑이 녹조라떼를 원샷하겠다고 나한테 연락을 했네."

"작전 성공이로군요."

노정건 선생님께서 조정갑과의 통화를 끝내신 다음 내게 정리해서 들려주신 내용은 이러했다.

노정건 선생님은 네 번에 걸쳐 1억이라는 성금을 개인이나 단체에 보내고 조정갑에게 그 사실을 우편으로 통보해 주었다. 조정갑은 자신의 돈이 이틀마다 1억씩 총 4억이나 성금으로 보내졌다는 사실을 알고 엄청난 충격에 사로잡혔다. 미리 예고를 했을 때는 설마 하는 심경이었다. 자기에게서 얼마간의 푼돈을 뜯어내기 위한 협박 정도로 생각하고 있었다.

그러나 사실이었다. 조정갑이 받은 우편물과 똑같은 내용의 기사가 신문으로도 보도되었고, 방송으로도 보도되었다. 겨우 이틀 만에 4억이라는 거금이 날아가 버리다니, 조정갑으로서는 눈알이 뒤집힐 노릇이었다.

조정갑은 보복대행전문주식회사에 대해 깊이 생각해 보았다. 자기로서는 감당하기 어려운 규모와 능력을 가진 회사라는 생각이 들었다. 아직 정체를 알 수는 없지만 평범치는 않은 놈들이라는 판단을 내리게 되었다. 정보를 알아내는 수준이나 협박하는 방법이 예사롭지 않았다. 어떤 거대한 힘이 뒤에서 받쳐 주고 있음이 분명했다. 그렇지 않고서야 그토록 대범하고 당당할 수가 없었다. 행여 비위라도 거슬리면 무슨 짓을 저지를지 알 수가 없는 놈들이었다. 정말 자기의 전 재산을 날려 버릴지도 모른다는 생각이 들었다. 지금까지의 동태로 짐작하건대 거대하고 막강한 힘을 가진 조직이 분명했다.

조정갑은 돈을 목숨보다 소중하게 생각하는 인물이었다.

투쟁보다 타협이 유리하다는 결론에 도달했다. 지금부터라도 내 재산을 지켜야 한다. 조정갑이 최종적으로 내린 결론이었다. 조정갑은 남의 수중으로 자기의 돈이 흘러들어 가는 꼴은 죽어도 보지 못하는 성미였다. 지금까지 살면서 돈을 벌 수 있는 일이라면 무슨 짓이든 불사했다. 이제는 돈을 지킬 수 있는 일이라면 무슨 짓이든 불사해야 할 국면에 처해 있다. 재수 없게도 정체불명의 협박범들한테 걸려들어 도합 4억이라는 거액이 날아가 버렸다. 울화통이 터지는 일이기는 했지만 일단 돈을 지키는 것이 급선무라는 생각이 들었다.

솔직히 말해서 정당한 방법으로 벌어들인 돈은 거의 없다고 해야 옳았다. 대부분 정당치 못한 방법으로 긁어모은 돈이었다. 정체불명의 협박범들에게 시달리면서도 차마 공권력의 힘을 빌릴 엄두를 낼 수가 없었다. 그러기에는 약점이 너무 많았다. 잘못하면 거물들이 줄줄이 공범으로 수갑을 차고 감옥으로 직행하는 불상사를 피할 길이 없었다. 조정갑은 몇 날 몇 밤을 숙고한 끝에 결국 녹조라떼를 원샷하기로 결심했다.

"원샷 장면을 동영상으로 촬영하겠다는 말도 전했다."

"과연 얼마나 마실 수 있을까요."

"하루에 한 사발 정도는 자신하던데."

"정말로 돈이 생기는 일이라면 무슨 짓이든 하실 분이로군요. 부당하게 벌기는 했지만 어차피 자기 소유였던 돈인데 말입니다. 저는 아무리 돈을 많이 준다고 해도 녹조라떼는 한 모금도 마실 수 없을 것 같아요."

"자기하고 동업을 하자는 농담까지 던지더라. 자기도 보복대행전문주식회사에 취직하면 엄청난 실적을 올릴 수 있다고 호언장담했어. 보수가 한 푼도 없다니까 응징할 놈들 등쳐먹으면 되지 않겠느냐고 말했어."

"만약 조정갑이 녹조라떼를 겨우 한 모금 정도 마셔 본 다음 도저히 더 이상은 못 마시겠다고 버티면 어떻게 하죠."

"애초의 계획대로 이틀마다 일억씩을 성금으로 사회에 환원하는 수밖에 없겠지."

"정말 원샷을 할 수 있을지 궁금합니다."

"하고도 남을 사람이야."

노정건 선생님은 조정갑이 녹조라떼를 마실 거라는 확신을 가지고 계시는 것 같았다.

사대강에서 발생하는 녹조 현상은 일종의 재앙이었다. 일부 구간에서만 발생하던 녹조는 본류까지 침투했고 가까이 가면 악취를 풍길 정도였다. 노정건 선생님께서 직접 드신 다음 복통에 시달렸던 경험이 있기는 하지만 생명에 지장은 없을지 걱정이었다.

"조정갑이 녹조라떼를 원샷하기로 했대요."

"생명에 지장은 없을까요."

세은에게 노정건 선생님께 들은 이야기를 전해 주자 세은도 똑같은 걱정을 했다.

"계획대로 진행되고 있는데 왜 제 마음은 전혀 기쁘지 않은 걸까요."

"쓰레기가 유용한 사회적 도구로 개량되기를 바랐는데 어쩐지 더 지저분한 쓰레기로 전락해 버린 듯한 느낌이 들어서가 아닐까요."

"적절한 표현 같네요."

엄밀하게 따져 보면, 조정갑은 반성하기 위해서 녹조라떼를 원샷하는 것이 아니라 자신의 돈을 지키기 위해서 녹조라떼를 원샷하는 것이다. 그렇게 생각하니 어쩐지 기분이 개운치는 않았다.

"원샷하는 장면을 동영상으로 찍어도 좋다는 동의도 얻어 냈어요."

"동영상은 어디다 쓰시려구요."

"자신의 잘못을 자인하는 증거물로 인터넷에 배포할까 생각 중입니다."

"반성치 않으면 매장당할지도 모른다는 경고군요."

"그렇습니다."

"인권침해라고 아우성들을 칠 텐데요."

"모자이크 처리할 겁니다."

"그래도 인권침해의 소지가 있을 거 같아요."

"그럴까요. 그럼 다른 방법을 생각해 보기로 합시다."

"조정갑이 빨리 개과천선을 하면 만사는 쉽게 해결될 텐데요."

"거액의 상금이라도 걸리면 기를 쓰고 개과천선 코스프레를 보여 줄지도 모릅니다. 하지만 진실을 기대하기는 힘들지요."

"성금을 기부한 사실을 보도 자료로 만들어 언론에 뿌리면 어떨까요."

"오른손이 한 일을 왼손도 알게 하자는 말씀이군요."

"의외로 효과가 빠를지도 몰라요."

"생각해 봅시다."

성경에는 오른손이 하는 일을 왼손이 모르게 하라고 명기되어 있다. 내 기억이 정확하다면 마태복음이다. 하지만 몇 장몇 절인지는 모른다. 선행이 미덕으로 여겨지던 시대에는 수긍이 가는 금언일지도 모른다. 하지만 오늘날에는 수긍이 가지 않는 금언이다. 오늘날에는 오른손이 한 일을 왼손도 알게 해야 한다. 그래야 선행은 귀감이 되고 악행은 지탄을 받게된다.

진정으로 선한 사람은 자신의 선행을 자랑삼지 않는다. 하지만 진정으로 악한 사람 역시 자신의 악행을 자랑삼지 않는다. 진정으로 선한 사람이 자신의 선행을 자랑삼지 않는 이유는 자신의 선행이 인간이 지니고 있어야 할 당연한 덕목이라고 생각하기 때문이다. 당연한 것은 자랑거리가 못 된다. 하지만 자신의 악행을 자랑삼지 않는 이유는 정반대다. 자신의 악행이 인간으로서 가지고 있어야 할 당연한 덕목이 아니라는 사실을 자각하고 있기 때문이다. 따라서 부끄럽게 생각하고 감추려는 성향을 드러낼 수밖에 없다.

"선행은 모래 위에 쓰여지고 악행은 바위 위에 쓰여진다는 폴란드 속담이 있어요."

내가 말했다.

"선행은 머릿속에서 쉽게 지워지지만 악행은 기억에 오래 남는다는 뜻인가요."

세은이 확인하듯 물었다.

"악행보다는 선행을 베풀면서 살자는 뜻이 내포되어 있지요."

대화가 지나치게 계몽적으로 흘러가고 있었다. 나는 정안알밤 휴게소에서 조폭들을 작살내 버리던 세은의 모습을 떠올리고 있었다. 바위 위에 새겨질 만행을 저지르던 놈들이 하수인들을 시켜 모래 위에 새겨질 일을 하는 사람들을 방해하려다 봉변을 당하던 장면. 한마디로 후덜덜한 장면이었다. 나로서는 쉽게 잊힐 장면은 아니었다.

"모래 위에 새길 일만 하고 살아도 시간이 부족한 인생인데 굳이 바위 위에 새길 일만 하고 살아야 되겠느냐, 그런 뜻이겠군요."

"정의가 지배하는 곳에서는 무기가 필요치 않다는 속담도 있습니다. 프랑스 속담인데 정의가 얼마나 위대한가를 역설한 속담입니다."

영화를 보면 배트맨, 스파이더맨, 슈퍼맨, 어벤져스, 아이언맨 등의 영웅들이 정의라는 이름으로 악당들을 물리친다. 백전백승이다. 하지만 나는 영웅들의 활약에 열광하지도 않았고 정의의 위력도 신봉하지 않았다. 영웅은 무슨 빌어먹을 놈의 영웅이냐, 현실 속에서는 정의가 패배하고 불의가 승리하는 경우를 자주 보았기 때문이다.

"황금의 대포를 쏘아붙이면 정의도 힘을 잃는다는 속담도 있습니다."

내가 말했다.

"처음 듣는 속담인데 어느 나라 속담인가요."

"이탈리아 속담입니다."

"캡틴은 참 대단하세요."

"뭐가요."

"저는 국산 속담도 겨우 몇 개만 알고 있을 뿐인데 캡틴은 폴란드 속담, 프랑스 속담, 이탈리아 속담까지 알고 계시잖아요."

"어떤 책에서 읽었는데 어떤 책인지 제목조차 생각나지 않는다는 사실이 함정이네요."

"모든 선행의 중심에는 사랑이 있고 모든 악행의 중심에는 탐욕이 있다. 이건 어때요. 무슨 잠언집에서 훔쳐 온 것 같기는 하지만."

"어느 나라 속담인가요."

"방금 제가 만든 건데요."

"세계 명언집에 수록해도 손색이 없는 말입니다."

"말해 놓고 나니 어디서 읽은 듯한 느낌이 들기도 하네요. 괜히 세계 명언집에 수록했다가 표절 시비에 휘말릴지도 몰라요."

"검색해 보겠습니다."

"쑥스러워요. 그만두세요."

하지만 나는 검색해 보았다. 없었다.

"수록하셔도 되겠습니다. 모든 선행의 중심에는 사랑이 있고 모든 악행의 중심에는 탐욕이 있다. 한세은."

우리는 동시에 소리 내어 웃었다.

세상에서 가장 나쁜 놈들은 오로지 자기만의 안위와 쾌락만을 위해서 살아가는 놈들이다. 남의 슬픔이나 고통 따위는 신경 쓰지 않는다. 바로 옆에서 사람이 죽어 나가도 무관심으로 일관한다. 일본이 독도를 자기네 땅이라고 우기든 말든, 중국이 고려사를 자기네 역사라고 우기든 말든, 당장 자기에게 피해가 오지 않으면 신경 쓸 이유가 없다고 생각한다. 너는 너대로 살면 되고 나는 나대로 살면 된다고 말한다. 하지만 정작 자신이 벼랑 끝에서 연약한 나뭇가지 하나를 붙잡고 매달려 있을 때, 모든 사람들이 거들떠보지도 않고 지나가면, 그때도 너는 너대로 살면 되고 나는 나대로 살면 된다고 말할 수 있을까.

안녕하십니까

우리나라 인사법들은 거의가 상대편의 안위를 묻는 방식이 주류를 이루고 있다. 그중에서도 '안녕하십니까'가 가장 일반적이다.

하지만 요즘은 '안녕하십니까'라고 인사를 받으면 '아니오'라고 대답할 사람이 대부분일 것 같다. 그만큼 살기 힘들다는 소리를 자주 듣는다. OECD 국가 중에서 경제지수는 8위인데 행복지수는 33위다. 거의 바닥을 헤매는 수준이다. 청소년 자살률 1위, 노인 자살률 1위, 국민 자살률 1위를 치달리고 있는 실정이다. 자살률만 3관왕이다. 행복지수가 바닥을 헤매고 자살률이 1위를 치달리고 있으면 안녕하지 못할 수밖에 없다. 그런데도 정부와 관계 당국은 특별한 대책이 없다.

일반적인 인사 중에서 첫 번째가 '안녕하십니까'라면, 두 번째는 '식사하셨습니까'다.

공부를 열심히 하는 스님들은 모든 질문을 깨달음과 관련해서 받아들인다고 한다. 어느 책에선가 읽은 기억이 있다. 공부를 열심히 하는 스님들은 '식사하셨습니까' 역시 도(道)와 관련해서 받아들인다고 한다.

조주세발(趙州洗鉢)이라는 화두가 있다. 승려들의 참선 수행 전문 도량인 총림에 새로 들어온 승려가 자신의 할 일을 조주에게 물었다. 그러자 조주가 "죽은 먹었는가"라고 물었다. 승려는 "먹었습니다"라고 대답했다. 이에 조주는 "그러면 바리때를 씻어라"라고 말했다. 여기 무슨 이치가 들어 있느냐고 묻는 것이 이 화두의 핵심이다.

우리는 날마다 '식사는 하셨습니까'라는 화두를 들으면서 살고 있다. 그러나 대부분 깨달음과 아무 상관이 없는 대답으로 일관한다.

세 번째로 일반적인 인사가 '어디 가십니까'다. 절대로 궁금해서 묻는 것이 아니다. 이 질문 역시 도를 묻는 화두로 받아들일 수도 있지만 나는 '어디로 가십니까'라는 인사에 직면하면 사도행전 외경이 떠오른다.

예수님의 가르침을 따르는 신자들이 많아지자 로마는 극

심한 박해에 돌입하게 된다. 당연히 박해로 인해 목숨을 잃는 사태가 속출, 시체가 산더미처럼 쌓이기 시작한다. 베드로는 순교를 통해서 예수님의 가르침을 전달할 의사를 밝힌다. 하지만 신자들은 극구 만류한다. 베드로가 살아야만 더 많은 이들에게 복음을 전파할 수 있다는 이유 때문이다. 베드로는 어쩔 수 없이 피신을 감행한다.

그런데 도망을 치던 길에 십자가를 지고 걸어오는 예수님을 만나게 된다. 깜짝 놀란 베드로가 묻는다.

"주여 어디로 가시나이까."

그러자 예수님이 말씀하신다.

"네가 내 양들을 버리고 도망치니 내가 다시 십자가에 못 박히러 간다."

우리는 날마다 베드로가 되어 '어디로 가십니까'라는 질문을 던지고, 날마다 예수님이 되어 '어디로 가십니까'라는 질문을 받는다. 우리는 날마다 예수님의 양들을 버리고 도망치는 베드로가 되기도 하고, 또한 날마다 십자가를 지고 못 박히러 가는 예수님이 되기도 한다.

그러나 왜 묻는지도 모르고 어떻게 대답해야 하는지도 모른다. 과연 우리는 올바른 길로 가고 있는 것일까. 곰곰이 생각해 보면 사는 일이 참으로 막연해서 한숨이 절로 나온다.

"통풍 초기 증상이래."

박태빈 검사가 말했다. 우울한 목소리였다. 건강만은 자신하던 친구였다. 그런데 아프다는 것이다.

"통풍이 뭐냐."

"바람만 불어도 통증을 느끼기 때문에 통풍이라고 이름 붙인 병이야."

"그럼 니가 그 병에 걸렸다는 거냐."

"그렇지."

"부위가 어디냐."

"엄지발가락이다."

"다행이다."

"나는 아파 죽겠는데 너는 다행이냐."

"발가락 정도면 죽을병은 아닌 거 같은데."

"말하는 꼬라지하고는."

박태빈 검사는 의외로 의기소침해져 있었다. 발병 부위는 엄지발가락이지만 너무 아파서 잠을 이룰 수가 없을 지경이라는 것이다.

"벌써 보름이나 지났다."

"아프면 즉각 병원으로 달려가야지 미련하게 보름이나 버티고 있었냐."

"그러다 말겠거니 했지."

"엄지발가락 정도 아픈 거 가지고 친구한테 전화를 걸고 난리 법석이니 검사씩이나 되는 놈치고 엄살이 너무 심한 거 아니냐."

"바람만 불어도 통증을 느낀다면 얼마나 아플까를 생각해
봐라. 의사들도 인정하고 환자들도 인정하는 고통이다. 다들
톱으로 뼈마디를 잘라 내는 듯이 아프다는데 너는 그따위로
밖에 표현 못 하겠냐."

"그러냐. 하나밖에 없는 죽마고운데 너무 무식해서 미안하
구나. 빨리 완쾌되기를 빈다."

"밤만 되면 더 미친다."

오른쪽 엄지발가락이 부어오르고 열이 나면서 어찌나 통
증이 심한지 발을 제대로 디딜 수가 없다는 것이다.

"너도 조심해라. 혈중 요산 농도가 높을수록 발병할 가능
성이 높다더라."

"나도 걸리라는 소리같이 들리는구나."

혈중 요산 농도라니, 내가 이해할 수 있는 용어가 아니었다.

"요산은 음식을 통해 섭취되는 푸린을 인체가 처리하고 남
은 물질이야. 혈액이나 체액이나 관절액에 요산염 형태로 존
재하는데 그 결정이 힘줄이나 관절이나 연골 주위에 침착하
면서 통증을 유발시키는 거야. 맥주도 마시면 안 되고 고기
도 먹으면 안 된다. 빌어먹을."

"판검사들이 삑하면 마시던 폭탄주는 맥주가 주원료 아니
냐. 어쩔 수 없이 끊어야겠구나. 핑계 김에 건강관리도 하고,
문자 그대로 불행 중 다행이네."

"축배라도 터뜨릴 태세로구나. 한방 치료를 받고 있다. 충영이라는 약재로 조제한 한약을 복용하고 있는데 일 년 정도는 먹어야 안심할 수 있단다. 제기럴."

"충영이 뭐냐."

"개다래 열매라고 하던데 자세한 건 나도 잘 모르겠다."

개다래.

내가 경영하는 다목리 수목원 근처 야산에도 있는 식물이다. 열매가 열리기는 하는데 예쁘지는 않았던 걸로 기억하고 있다. 흔히 식물의 이름에 '개'라는 접두사가 붙으면 어떤 식물과 흡사하기는 하지만 본래의 식물보다 못하다는 뜻이 숨어 있다. 그러니까 식물에 '개'라는 접두사가 붙으면 '이놈은 짝퉁이다'라는 뜻을 내포하고 있다.

개다래가 아닌 진짜 다래도 다목리에 서식한다. 열매도 먹어 본 적이 있다. 열매는 키위와 흡사한 맛이 난다. 추석을 전후해서 먹을 수 있다. 달고 맛있다.

하지만 키위보다는 스무 배 정도나 작은 크기를 가지고 있다. 키위는 중국의 다래를 뉴질랜드 사람들이 수입해서 개량한 과일이다. 키위를 우리나라에서는 '참'이라는 접두사를 붙여 참다래라고 부른다. 참은 진짜라는 의미로 쓰인다. 하지만 진짜 다래는 우리나라 사람들이 그냥 다래라고 부르는 열매다. 먹어 보면 누구나 이 다래가 진짜 다래라는 사실을 인정하게 된다.

160

나는 친구와의 통화를 끝냈다. 통풍 치료에 좋다는 개다래나무에 대해 궁금증이 부풀어 오르기 시작했다. 김상현 정원사는 개다래나무에 대해 알고 있을 것이다. 나는 수목원으로 걸음을 옮겨 놓기 시작했다.

수목원에는 세 명의 정원사가 있다. 자격증을 획득한 조경사가 필요했지만 우선 다목리에 거주하는 성실한 사람들 위주로 채용했다. 모두 정원사라는 명칭을 부여했고 부를 때는 성씨에다 선생이라는 호칭을 붙인다. 고일봉 정원사는 힘이 장사고 장영기 정원사는 잡무에 능하다. 김상현 정원사는 학구파다. 나무에 관한 지식들을 가장 많이 확보하고 있다.

"아직 재배법이 개발되지 않은 나무예요. 하지만 수목원 바로 옆 야산에서 자생하는 개다래나무가 몇 그루 있기는 하지요. 고양이를 발정케 만드는 나무라고 알려져 있어요. 개다래 나무토막 하나를 고양이에게 던져 주면 발정이 나서 하루 종일 끌어안고 뒹군대요. 저도 본 적은 없지만요."

김상현 정원사의 설명이었다.

개다래나무에는 고양이를 발정케 만드는 성분이 함유되어 있다는 것이다. 고양이의 이마에 대못을 박았던 유익현이 그 사실을 알았더라면 더 많은 고양이를 유인해서 희생시켰을지도 모른다. 그러면 그가 개과천선을 한 지금까지 김상현 정원사는 응징을 목적으로 빙의목이 있는 충북 보은의 유익현 생가를 뻔질나게 드나들어야 했을지도 모른다. 생각만 해도 소름 끼치는 일이다.

"국내에 유통되는 대부분의 개다래는 수입산이죠. 일본산입니다. 외제랍시고 아주 비싸요. 인터넷 쇼핑몰에서는 십 그램에 이만 원 정도 하는데 이게 동물 병원에 가면 사만 원 정도 해요. 두 배로 뛰는 거지요."

하지만 모든 고양이에게 다 약발이 통하지도 않는다고 한다. 생후 1년 이전의 고양이에게는 무용지물이고 다 큰 고양이인데도 반응을 보이지 않는 사례도 많다는 것이다.

"꽃이 너무 작아서 잘 안 보이기 때문에 곤충들을 유인하기 위해서 개화기 때는 이파리들 일부를 하얗게 만드는 재주를 가지고 있어요. 멀리서 보면 꽃처럼 눈부십니다."

"꽃이 얼마나 작은가요."

"딱 콩알만 합니다."

"그보다 작은 꽃도 있지 않나요."

"풀꽃들은 그렇지만 나무로서는 꽃이 너무 작은 편이지요. 경쟁력 면에서 많이 달린다는 사실을 알고 개발한 능력입니다. 이파리가 하얀색으로 변했을 때 보면 정말 장관이죠."

"나는 혹시 병든 이파리가 아닌가 의심했었는데."

나도 보았던 기억은 있다. 처음 이파리 몇 개가 하얀색으로 변해 있는 것을 보고 식물에게도 백반병이라는 것이 생기는구나 하고 생각했었다. 그런데 두 달인가 지났을 때 보니까 완치되어 있었다. 나는 건강을 되찾은 줄 알았다.

"꽃가루받이가 이루어진 다음에는 이파리를 다시 초록색으로 환원시키는 재주도 가지고 있어요. 참 신기하죠."

"김 선생은 모르는 게 없으시네요."

"뭘요. 미니 도서관에 비치되어 있는 책에 다 나와 있는 얘긴데요."

수목원에 도서관이 하나 마련되어 있었다. 도서관이라고 하기에는 책도 너무 부족했고 공간도 무척 비좁았다. 그래서 식구들은 그 도서관을 미니 도서관이라고 불렀다. 거의 식물에 관한 책들로 구성되어 있었다. 김상현 정원사는 거기서 살다시피 하는 편이었다.

김상현 정원사는 나를 개다래나무가 있는 야산까지 안내해 주었다. 그다지 키가 크지 않은 나무였다. 가지도 별로 굵지 않은 편이었다.

"내 친구가 통풍에 걸렸어요."

나는 그렇게 말문을 열었다.

"그 병에는 제 열매가 특효지만 지금은 열릴 때가 아닌데 어쩌지요."

개다래나무의 대답이었다.

"괜찮아요. 한의원에서 약은 충분히 지어서 복용하고 있대요."

"그런데 어떻게 오셨어요."

"그런 약효를 가진 나무가 가까이 있다니까 인사차 들렀어요."

"감사합니다."

"감사하기는요."

"사실 제 열매보다는 제 열매 속에 기생하는 벌레가 통풍 치료에 탁월한 효과를 가지고 있어요."

개다래나무가 말했다. 뜻밖의 정보였다.

"열매 속에 벌레가 기생합니까."

"풀잠자리의 애벌레가 기생하지요."

"풀잠자리의 애벌레라구요."

"삼천 년에 한 번 꽃을 피운다고 알려진 우담바라는 사실 꽃이 아니라 풀잠자리의 알입니다. 하지만 진정으로 부처님을 섬기는 이들은 한낱 풀잠자리 알에서도 여래를 봅니다. 거기서 부화한 애벌레가 개다래의 열매 속에 들어가 기생하다가, 바람만 불어도 칼로 도려내는 듯한 아픔을 느끼게 만든다는 통풍을 치료하는 거지요."

원래 개다래나무의 열매는 혀를 쏘는 맛을 가지고 있으면서 전혀 단맛이 나지 않는다고 한다. 그래서 사람들이 먹기를 꺼린다고 한다. 사람들이 먹기를 꺼리면 벌레들도 먹기를 꺼리는 것이 당연하다. 사람들이 좋아하는 열매는 벌레들도 좋아하기 마련이다. 그런데 왜 풀잠자리 애벌레는 사람들이 먹기를 꺼려하는 개다래나무 열매 속을 파먹으면서 기생하는 것일까.

164

정상적인 열매는 다래를 길쭉하게 늘인 모양으로 생겼지만 벌레가 들어가면 울퉁불퉁 흉한 모양으로 변한다고 한다. 빛깔도 모양도 전혀 먹음직스럽게 생기지 않았다는 것이다. 진짜 다래와는 비교조차 할 수 없을 정도로 딴판이라는 것이다.

"그래서 사람들이 개다래라는 이름을 붙였어요."

나는 뛰어난 약효를 가진 나무를 몰라보고 그따위 이름을 붙였다는 사실 때문에 사람으로서 대단히 죄송함을 느낀다고 말해 주었다.

"제 열매를 충영이라고 하는데요. 여름에 풀잠자리 애벌레가 들어가 변형을 시키면 그때 따서 가마솥에 찝니다. 찌는 이유는 애벌레가 도망가지 못하도록 하기 위해섭니다. 애벌레가 들어 있는 상태로 쪄서 건조시켜야 약효가 좋습니다."

"건조시킨 다음에는 가루를 내어 차처럼 물에 타서 마시면 됩니까."

"가장 좋은 것은 효소로 만들어 드시는 것입니다."

설탕과 열매를 1 대 1의 비율로 섞어 3개월 후 건더기를 건져 내고 다시 6개월 동안 2차 숙성을 시켜서 물과 희석해서 마시면 좋다는 것이다.

"하지만 한 가지 주의하셔야 할 점이 있습니다."

"뭔가요."

"고양이입니다."

개다래가 보유하고 있는 향을 고양이들이 좋아해서 온 동네 고양이들이 다 몰려들 우려가 있다는 것이었다. 건조시킬 때도 발효시킬 때도 고양이가 범접하지 못하도록 단단히 봉인할 필요가 있다는 것이다.

"열매에 벌레가 꼬이면 괴롭거나 기분 나쁘지 않으세요."

"애기들이 병들어 있다고 생각해 보세요."

처음에는 거의 미칠 지경이었다는 것이다.

지구상의 모든 생명체들은 종족을 널리 퍼뜨리라는 지상 명제를 부여받고 태어난다. 그리고 그 명제를 수행하기 위해서 수단과 방법을 가리지 않는다. 동물이건 식물이건 마찬가지다. 개다래나무라고 다르겠는가. 열매 속에는 씨앗이 들어 있다. 나무들은 씨앗을 땅에 떨어뜨려 종족을 퍼뜨린다. 그런데 풀잠자리의 애벌레들이 열매 속에 들어가 지상 명제의 실행을 방해한다. 처음에는 풀잠자리라는 곤충을 증오할 수밖에 없다.

"개다래나무들은 풀잠자리의 애벌레를 죽이기에 충분한 독성을 만들 수도 있어요. 하지만 나이 든 개다래나무들뿐만 아니라 모든 수종의 나무들이 그러지 말라고 타이릅니다. 풀잠자리 애벌레들도 종족을 퍼뜨릴 정도의 씨앗은 남겨 두고 기생을 한다는 겁니다. 다른 생명체와 조화하지 못하는 생명체는 결국 살아남을 수가 없다는 겁니다. 무엇보다도 중요한 것은."

여기서 개나래나무는 잠시 말을 끊었다. 무엇보다 중요한 것을 말하기 위해 생각과 호흡을 정리하는 느낌이었다.

"무엇보다 중요한 것은 나무는 가지려고 태어난 생명체가 아니라 베풀려고 태어난 생명체라는 거지요. 베푸는 것이 곧 조화하는 것이라는 진리를 깨닫게 만드는 거지요. 저는 풀잠자리 애벌레가 통풍 환자를 낫게 해 준다는 사실만으로도 제 열매가 겪어야 하는 수모를 받아들이기에 충분하다는 생각을 했습니다. 나무는 가지기 위해 태어난 생명체가 아니라 베풀기 위해 태어난 생명체라는 교훈을 나이테에 선명하게 새겨 두었기 때문입니다."

나는 잠시 숙고해 보았다. 사람은 가지기 위해 태어난 생명체일까, 베풀기 위해 태어난 생명체일까. 지구상에 존재하는 그 어떤 생명체도 가지기 위해 태어난 생명체는 존재하지 않을 거라는 생각이 들었다. 모든 생명체가 베풀기 위해 태어난 생명체 같았다. 그 어떤 생명체도 떠날 때는 빈 손으로 떠나야 한다. 나는 숙연해지고 있었다. 개다래나무에게 절로 고개가 숙여졌다.

나는 김상현 정원사에게 개다래나무와의 대화 내용을 그대로 들려주었다. 김상현 정원사도 숙연한 표정을 지어 보였다.

"조찬길 교수한테서도 연락이 왔어. 자기도 녹조라떼를 한 사발 정도는 원샷할 용의가 있다는 거야."

노정건 선생님의 전화였다.

"아무 조건도 없이 원샷하겠다는 거였나요."

"조건이 없을 턱이 있나."

"어떤 조건을 제시했나요."

"제자들한테 저지른 잘못만이라도 불문에 부쳐 달라는 거였어."

"그 문제는 제자들이 결정할 문제지 우리가 결정할 문제는 아닐 텐데요."

"당연하지."

"그 조건을 못 들어주면 원샷을 안 하겠다는 뜻일까요."

"그럴지도 모르지."

"석고대죄를 해도 모자랄 판국에 조건까지 내걸면서 자신의 죄를 덮어 달라니, 어이가 없습니다."

요즘은 도둑놈이 몽둥이를 들고 주인한테 호통을 치고 사기꾼이 피해자한테 정직하게 살라고 큰소리를 친다. 얼굴에 똥 바르고 다니는 여자가 얼굴에 분 바르고 다니는 여자를 비웃는다. 가해자가 목소리를 높여 큰소리를 치고 피해자가 허리를 숙여 사죄를 해야 하는 세상이다. 조찬길 교수도 그런 세상을 만드는 일에 일조를 했다고 보아야 한다.

"그래서 내가 제자들 문제는 다음에 논의하기로 하고 먼저 사대강에 대한 잘못부터 짚고 넘어가자고 말했어."

"오리발을 내밀지 않던가요."

"당연히 오리발을 내밀었지. 하지만 사대강 사업은 대국민 사기였다는 사실을 솔직하게 시인하고 진심으로 속죄한다는 내용의 반성문을 공개하면 우리도 정상참작은 해 주겠다, 우리의 계획대로 한다면 당신은 열 사발의 녹조라떼를 원샷해야 한다, 하지만 진심으로 사죄하고 시인하는 반성문을 공개하면 녹조라떼를 한 사발만 원샷하면 되는 걸로 감안해 주겠다, 라고 말했지."

"그랬더니 뭐라고 하던가요."

"자기도 정상참작만 해 준다면 한 사발쯤은 마실 용의가 있다고 말하더라."

"하지만 한 사발로는 아무래도 부족하다는 생각이 드는데요."

"상징적 의미로 만족하고 나머지는 박 검사한테 넘겨서 죗값을 치르도록 하는 게 합리적이지 않을까."

"상징적 의미라 하더라도 한 사발로는 턱없이 부족하지 않을까요."

"한 사발로도 치명적일 수가 있는데."

"선생님도 드셔 보셨잖아요."

"용기를 내서 마셔 보기는 했지만 너무나 무모한 짓을 했다는 사실을 금방 깨달았지. 십 분도 경과되지 않았는데 구토와 복통과 설사에 시달리기 시작했어. 사경을 헤맬 정도였지."

"그런데도 텔레비전에 출연해서 강물은 지극히 정상인데

좌편향적인 사람들이 모함을 한다고 언성을 높이곤 했어요. 정상적인 강물이라면 마셔도 구토와 복통과 설사로 사경을 헤맬 정도는 아니잖아요. 교수라는 직분을 이용해서 혹세무민에 앞장을 섰다는 사실은 분명해요. 죄질에 견준다면 구토와 복통과 설사쯤은 약과지요."

"지금은 오염이 몇 배나 더 심각해졌어."

노정건 선생님은 때마침 서울에 볼일이 있으니 바쁘지 않으면 식사나 함께하면서 의논해 보자고 말씀하셨다. 박태빈 검사한테 의견을 타진해 보았더니 자기는 업무가 너무 밀려 있어서 시간을 내기가 어렵다는 대답이었다.

"선생님께는 죄송하다고 말씀 전해라. 시간 나면 한번 찾아뵙겠노라고 말씀드려."

"시간이 날 때가 있기는 있겠냐."

세상이 비틀거리고 있었다. 최근 들어 끔찍한 사건 사고들이 꼬리를 물고 발생했다. 경찰도 바쁘고 검찰도 바쁠 수밖에 없었다.

나는 세은에게 전화를 걸어 노정건 선생님과의 일정을 말하고 시간과 장소를 의논했다.

한때 웰빙이라는 말이 유행했던 때가 있었다. 고도 산업 사회가 되면서 물질의 풍요를 누리기는 했지만 정신의 빈곤이 두드러져서 물질과 정신의 균형이 깨져 버렸다. 그래서 물질과 정신의 균형을 맞추겠다는 의도로 시작된 운동이 웰빙

운동이었다. 하지만 웰빙은 순식간에 잘 먹고 잘 살기 운동으로 변질되었다.

그때부터 먹방이 유행하기 시작했다. 텔레비전을 틀기만 하면 먹어 대는 장면이 연출된다. 뚱뚱한 연예인도 먹어 대고 날씬한 연예인도 먹어 댄다. 젊은이들도 먹어 대고 늙은이들도 먹어 댄다. 전국의 맛집이라는 맛집은 모두 순례하면서 음식을 소개하거나 조리법을 소개한다. 어느 라면 마니아가 2000년대 초에 집계한 라면의 종류만 하더라도 200가지가 넘는다. 외국 사람들이 보면 음식에 한이 맺힌 나라, 음식에 한이 맺힌 국민들로 오인받지 않을까 염려스러울 지경이다.

지천에 맛집들이 널려 있고 지천에 음식들이 널려 있는데도 특별히 식욕을 동하게 만드는 음식은 떠오르지 않는다.

"선생님은 한국적인 음식이면 다 괜찮다고 하셨어요."

"굴국밥 어떨까요."

"괜찮을 거 같은데요."

"맛있게 하는 집 제가 알아요."

"어딘데요."

"종로."

세은이 나서 줄 일이 생겼다. 성주혜, 김경은, 강하연 세 명의 여자를 한꺼번에 카페에서 만나 조찬길 교수의 응징 문제를 의논하는 일이었다. 세 명의 여자들은 조찬길 교수에게 성희롱을 당했거나 성추행을 당했거나 성폭행을 당했던 피해자들이었고 모두 조찬길 교수의 제자들이었다. 조찬길 교수는 업소녀들한테도 평판이 좋지 않았다. 한마디로 변태 기질이 다분하다는 소문이었다.

조찬길 교수가 제자들 문제만이라도 불문에 부쳐 준다면 녹조라떼를 원샷할 용의가 있다고 연락을 했다는데 제자들의 의견은 어떤가 세은이 물어보았다.

"절대로 용서해 줄 수가 없어요."

"말이 되는 소리를 해야지."

"미친놈이 하는 소리를 사람 소리로 들으면 안 돼요."

"이런 새끼는 교수도 아니야. 다시는 강단에 설 수 없도록 완전히 매장시켜야 돼."

"우리를 무슨 짐승처럼 취급했어요."

피해자들은 한결같이 치를 떨었다. 녹조라떼 한 사발로 불문에 부쳐 달라는 사실 하나만으로도 인간성을 알아볼 수 있지 않느냐, 인간이 아니라 짐승이다, 철저한 응징이 필요하다, 그녀들은 이구동성으로 조찬길 교수를 성토했다. 성토라기보다는 저주에 가까울 정도였다. 게다가 녹조라떼를 원샷하게 만드는 프로젝트에 자기들도 동참케 해 달라는 간청까지 있었다.

"그 인간한테 속임수를 쓰면 어떨까요."

"어떻게요."

"녹조라떼를 원샷한다면 불문에 부치겠다 약속하고 녹조
라떼를 마신 다음에 속았지롱, 하는 거지요."

"그 인간이 속아 줄까요."

"각서를 쓰는 거예요. 친필은 법적 효력을 가질 염려가 있
으니까 다른 사람한테 부탁하면 더 좋겠죠. 그리고 서명 날
인하는 자리에 사기라는 두 글자를 새긴 도장을 찍어 두는
거예요. 제가 아는 변호사한테 물어봤는데 법적 효력이 없대
요. 차라리 지장이 낫대요. 그래서 조폭들이 신체 포기 각서
받을 때 꼭 지장을 찍게 한대요. 물론 사기라는 두 글자는 얼
핏 보아서는 모르도록 새기는 거지요. 도장들은 대개 변형을
많이 해서 잘 몰라보게 새기잖아요."

강하연-성희롱.

김경은-성추행.

성주혜-성폭행.

우선 강하연과 김경은의 문제만으로 녹조라떼를 마시게
하고 성주혜에게 저지른 행위는 조찬길 교수가 역공을 하지
못하도록 최후의 무기로 확보해 두자는 것이 그녀들의 전략
이었다.

KA대학교 소강당.

조찬길 교수의 특강이 끝났다. '환경 개선에 따른 행복지

수의 미래 예측'이라는 제목으로 조찬길 교수가 특강을 했고 사대강 살리기를 통해 한국은 경제적으로 놀라운 부흥을 기대하게 되었다는 요지로 마무리를 지었다. 사대강은 이미 실패작이었다는 사실을 입증하는 사례들이 속출하고 있는데도 조찬길 교수는 얼굴색 하나 변하지 않고 역사에 길이 빛날 업적이라는 헛소리를 몇 번이고 서슴없이 남발했다.

나도 제일 끝자리에 앉아서 특강을 들었다. 구라의, 구라에 의한, 구라를 위한 특강이라고 해도 과언이 아니었다. 나는 특강 도중에 몇 번이나 '어디로 가십니까'라는 질문을 던지고 싶었다. 그는 진정한 교육자가 아니었다.

소년소녀가장들, 독거노인들, 행려병자들, 기초생활수급자들 등 대한민국에는 1천만 원만 있어도 운명이 달라질 사람들이 수두룩하다. 그런데 22조라는 거액의 혈세를 강바닥에 다 쏟아붓고 얻어 낸 결과가 무엇인가. 오염된 강물과 물고기의 떼죽음과 자연의 황폐화를 보고도 어찌 역사에 길이 빛날 업적이라고 구라를 남발할 수가 있는가.

나는 응징이 백번 지당하다는 생각을 굳히고 있었다. 강하연, 김경은, 성주혜 세 학생들도 마찬가지라는 눈빛이었다. 시나리오에 의하면 강하연이 등장할 시점이었다.

"교수님께 여쭤볼 게 있는데요."

강하연은 한 손을 높이 들고 도발적인 목소리로 입을 열었다. 청중들이 일제히 강하연 쪽으로 시선을 돌리고 있었다.

갑자기 소강당 가득 긴장감이 감돌기 시작했다.

조찬길 교수도 시나리오를 알고 있었다. 강하연이 어떤 질문을 할지, 그 질문이 어떤 요구를 하기 위한 전초전인지, 이미 각본이 짜여 있었다. 이러이러한 과정을 거쳐서 우리가 교수님께 녹조라떼를 원샷하실 수 있느냐고 묻겠다, 그때 교수님이 자신만만하게 녹조라떼를 원샷해 주시면 된다, 그러면 교수님의 천인공노할 악행을 불문에 부쳐 두겠다, 라는 각본이었다.

조찬길 교수는 피해자 강하연과 김경은이 작성한 각서를 미리 받아 두었다. 성주혜는 각서에서 빠져 있지만, 그리고 가장 마음에 걸리시겠지만, 교수님께서 녹조라떼를 원샷하신다면 정상을 참작해서 각서를 작성해 드릴 용의도 있다는 기대치도 남겨 두었다.

하지만 제출한 각서들은 법적 효력이 없었다. 서명날인을 하는 자리에 한자로 사기(詐欺)라고 새겨진 도장을 찍었는데 누가 보아도 무슨 글자인지 알아보기 힘들었다. 다행스럽게도 교수는 피해를 당한 제자들이 순진하다고 생각했는지, 아니면 마음이 다급해서였는지 거기까지 유심히 살펴보지는 않았다.

교수라는 직함을 앞세워 국민을 상대로 속임수를 서슴지 않았던 인간에게 우리도 속임수를 써서 응징하는 것이 무슨 잘못이냐. 우리는 죄책감 따위는 느끼지 않기로 작정했다.

"질문이 있으면 하세요."

조찬길 교수가 강하연을 향해 말했다. 이미 짜고 치는 고스톱. 조찬길 교수는 태연해 보였다.

"교수님께서는 정말로 사대강 사업이 아무 문제가 없다고 확신하세요."

"물론 문제가 있다고 생각합니다."

"어떤 문제가 있다고 생각하세요."

"너무나 많은 경제적 이득을 가져다주리라는 기대감과 행복감 때문에 사대강 유역 주민들이 잠을 못 이루는 사태가 발생하면 곤란하지 않겠습니까. 국민 건강도 경제 부흥만큼이나 중요하지 않겠습니까."

쌍칼.

조찬길 교수는 유머랍시고 그렇게 말했지만 환경 운동가들이 들었으면 너무도 뻔뻔해서 살의를 느낄 답변이었다.

"아무 문제가 없다고 말씀하셔서서 여쭙는 건데요. 교수님께서는 아무 문제가 없다는 사실을 입증할 수 있으세요."

강하연의 목소리가 조금씩 격앙되고 있었다.

"어떻게 입증해 드릴까요."

"사대강에서 퍼 온 물을 교수님께서 시음하신다면 입증이 되겠는데요."

"자신 있게 마실 수 있습니다."

조찬길 교수는 호언장담했다. 장내가 약간 술렁거리기 시작했다.

"여기 제가 금강에서 퍼 온 물이 있는데요. 속칭 녹조라떼라고 합니다. 드실 용의가 있으신가요."

강하연이 페트병 하나를 들어 보였다. 뚜껑이 닫혀 있었는데도 부패한 시궁창 냄새를 풍기고 있었다. 투명한 페트병이었으므로 내용물이 확실하게 들여다보였다. 짙은 초록색이었다.

우우우.

청중들의 술렁거림이 고조되고 있었다. 그때까지 청중들은 코를 움켜쥐고 있으면서도 눈빛만은 안도감을 드러내고 있었다. 설마 마시지는 않겠지, 라고 생각하는 기색들이었다.

하지만,

"이리 가지고 오세요. 제가 원샷해 드릴 테니까."

조찬길 교수는 자신감에 넘치는 목소리로 말했다.

청중들의 눈빛은 심하게 흔들리기 시작했다. 그리고 술렁거림은 더욱 고조되고 있었다. 강하연이 침착하게 조찬길 교수에게로 걸어가서 녹조라떼가 담긴 페트병을 두 손으로 정중하게 진상하고 있었다.

"인체에 이롭지는 않을 텐데."

누군가 혼잣소리로 중얼거렸다.

"냅둬 씨바. 설마 먹기야 하겠어."

누군가 빈정거리는 듯한 어조로 말했다.

일순, 장내가 찬물을 끼얹은 듯 조용해졌다. 조찬길 교수가 페트병 뚜껑을 열고 있었다.

"어우."

장내가 순식간에 역겨운 냄새에 휩싸였다. 청중들이 모두 코를 막은 채 고개를 돌리고 있었다. 평생 맡아 본 적이 없는 냄새였다. 단지 뚜껑을 열었을 뿐인데도 악취는 실내를 가득 메우고 있었다.

지독하게 부패한 물질에서만 발산되는 악취. 한마디로 살인적인 악취였다. 사방이 하수처리장으로 변해 버린 듯한 상황이었다. 잠깐 맡고는 코를 움켜쥐었는데도 골이 띵해질 지경이었다.

그러나 조찬길 교수는 결연한 표정으로 마실 태세를 취하고 있었다.

"말려야 되는 거 아냐."

"냅두라니까."

술렁거림 속에서 조찬길 교수는 마침내 목을 뒤로 젖힌 채 일그러진 표정으로 녹조라떼를 벌컥벌컥 마시기 시작했다.

한 모금, 두 모금, 세 모금.

가까이 있는 청중들이 코를 움켜쥔 채 황급히 도망치고 있었다. 허리를 구부린 채 헛구역질을 연발하는 사람도 있었다. 세은이 모든 과정을 디지털 카메라로 기록하고 있었다. 급기야 조찬길 교수는 역겨움을 참지 못하고 강연장 바닥에 음식물들을 우웩우웩 토해 내기 시작했다. 저러다 내

장까지 모두 토해 내지 않을까 걱정스러울 지경이었다. 소
강당이 지독한 악취 때문에 폐수 처리장을 방불케 하고 있
었다.

돈에 관한 명상 일지

시사 주간지 《모던저널》의 대표이사, 조정갑이 녹조라떼를 마시겠다고 약속한 날.

노정건 선생님이 조정갑과 통화를 하고 있었다. 스피커폰 으로 변환한 상태였기 때문에 나와 세은도 통화를 경청할 수 있었다. 서울 은평구 한옥 마을 근처의 정갈하고 조용한 카페였다. 다소 한가로운 분위기였다. 우리는 구석진 자리에 앉아 있었다.

"두 사람이 마셔 보았는데 생명에는 지장이 없었습니다. 하 지만 심한 부작용이 있기는 했습니다. 일본의 어떤 실험실에 서 얻어 낸 결과에 의하면 이 리터 이상 마시면 동물이건 사람이건 치명적일 수 있는 맹독성 물이라고 합니다. 하지만 사대강 사업을 주도했던 기관이나 단체들은 침묵으로 일관하고 있습니다."

"심한 부작용이 있다면서요. 어떤 부작용인지 알고 싶소."

"심한 구토와 복통과 설사에 시달렸습니다."

"본인이 직접 마셔 보셨소."

"그렇습니다."

"그럼 나도 마셔 보겠소. 한 잔에 일억. 약속은 꼭 지키셔야 하오."

"드시기만 한다면 여부가 있겠습니까."

"솔직히 말해서 한 잔에 일억씩이라면 나는 열 잔이라도 마실 용의가 있소."

"우리도 그러기를 바라겠습니다."

"죽지만 않는다면 까짓거 한번 마셔 봅시다. 위험한 장사가 많이 남는다는 격언도 있지 않소. 어쩌다 당신들 같은 생양아치들한테 엮여서 내 돈을 걸고 이따위 모험을 벌여야 한다는 사실이 억울하면서도 어처구니없기는 하지만."

"정당하게 번 돈이 아니면 자기 소유라고 장담할 수 없지 않겠습니까."

"돈이라는 건 내 금고 안에 있을 때만 정당하고 내 금고 밖에 있을 때는 다 부당한 거요."

나는 조정갑의 말을 들으면서 비로소 노정건 선생님께서

왜 그의 금고를 터는 극단적 방법까지 감행하게 되었는가를 이해할 수 있을 것 같았다. 그러니까 홍길동도 임꺽정도 이해할 수 있을 것 같았다. 세상에는 조정갑처럼 오로지 돈으로밖에는 굴복시킬 수 없는 인물이 있는 것이다.

조정갑은 일반인들한테는 언론인이자 지식인으로 평가받는 인물이었다. 하지만 그는 노골적인 배금주의자였다. 그의 말을 종합해 보면, 인간에게는 돈만이 구원이요 종교요 진리요 영광이라는 신앙심을 간직하고 있었다. 하나님께서 조정갑에게 주기도문을 만들 자격을 부여했다면, 하늘에 계신 우리 아버지여 지갑을 거룩하게 하옵시며 나라에 임하옵시며 쩐이 하늘에서 이루어진 것같이 땅에서도 이루어지이다, 라고 만들지 않았을까.

그는 만물의 가치와 의미를 돈이 되느냐, 안 되느냐로 규정하는 인물이었다. 돈을 위해서라면 목숨까지 바칠 수 있다고 생각하는 사람 같았다. 하지만 그는 정직한 성품의 소유자였다. 자신이 철두철미한 배금주의자라는 사실을 숨기려 들지도 않았고 부끄러워하지도 않았다. 오히려 자랑스럽게 생각하는 것 같았다.

"적어도 만물의 영장이라면 돈보다 가치 있는 것도 있다는 사실쯤 인정하고 살아야 하는 것 아닙니까."

"돈보다 가치 있는 것도 있소. 그것이 무엇인지 나도 좀 알고 싶다."

"가정이라든가, 국가라든가, 신념이라든가, 사랑이라든가, 영혼이라든가, 양심이라든가 하는 것들은 생각해 보지 않으셨습니까."

"그것들도 돈이 있느냐 없느냐에 따라 달라지는 것 아니겠소. 가령 돈 없는 가정, 돈 없는 국가, 돈 없는 신념, 돈 없는 사랑 따위는 모두 죄악에 불과한 거요."

"감사합니다."

"뭐가 감사하다는 거요."

"저희들이 응징 대상으로 선정했다는 사실에 하등의 잘못이 없음을 증명해 주셨습니다."

"나는 평생 기사 나부랭이나 쓰면서 글밥을 먹고 살아온 죄밖에 없는데 지은 죄에 비해서 당신들이 너무 과한 대가를 요구한다는 생각은 들지 않소."

"당신이 진보적인 성향을 가진 저명인사들을 야비한 기사나 칼럼으로 모함해서 사회적으로 매장을 시키거나 불이익을 당하게 만든 사례가 여러 건 있는 걸로 압니다."

"금시초문이오."

"태영대학 길만진 교수 논문 표절설, 연경실업 도연창 상무 혼외자설, 인기 배우 남예정의 성 상납설, 걸그룹 가연희의 대마 흡연설. 다 당신이 유언비어를 조작해서 찌라시 쪽에 무차별 유포했다는 증거를 확보하고 있습니다."

"내가 무슨 억하심정으로 그런 짓을 했단 말이오."

"돈 때문이겠지요."

"터무니없는 억측이오."

"정치적 이슈를 덮기 위한 목적이나 주가 변동에 영향을 미칠 목적으로 당신을 이용하는 배후 인물이 있지요. 저는 그 인물을 잘 알고 있습니다."

"지금 당신은 삼류 막장 소설을 쓰고 있소."

"당신 같은 삼류 독자를 위해서지요. 계속 오리발을 내미신다면 아예 꼼짝 못하실 패를 까 보여 드릴 수도 있습니다."

노정건 선생님은 상대편의 급소를 확실하게 파악하고 있는 것 같았다. 발뺌을 하려는 낌새를 보이거나 시침을 떼려는 낌새를 보이기만 하면 가차 없이 급소를 짚어서 입도 뻥긋 못 하게 만들었다.

인간은 지구상에서 화폐를 사용하는 유일한 생명체다. 화폐라는 문명의 이기는 인간에게 과연 어떤 영향을 미쳤을까. 화폐가 발명되고 나서 인간은 더 선량해졌을까, 아니면 더 사악해졌을까. 더 선량해졌다면 행복에 가까워졌다는 뜻이 될 것이고 더 사악해졌다면 불행에 가까워졌다는 뜻이 될 것이다. 그 등식은 개인에도 적용되고 전체에도 적용된다.

조정갑은 화폐를 사악한 도구로 사용하는 어리석음을 범했다. 그래서 다른 사람들을 불행의 구렁텅이로 몰아넣었다. 왜 그는 사악한 쪽으로만 그것을 사용했을까. 남을 행복하게 만들어 주는 쪽으로 그것을 사용할 수는 없었을까. 인간은 왜 반드시 그것이 필요한 것일까. 인간은 마치 돈 때문에 태어나서 돈 때문에 살아가고 돈 때문에 죽어 가는 동물들 같다. 거의 모든 범죄들이 돈 때문에 발생하고 거의 모든 불행들이 돈 때문에 야기된다.

심지어는 돈이 종교를 초월하는 듯한 양상까지 보인다. 성직자들까지 하나님보다 돈을 더 숭배하는 듯한 작태를 드러내 보일 때도 있다. 입으로는 믿음과 소망과 사랑 중에 제일은 사랑이라고 말하면서도 머릿속을 돈 생각으로 가득 채우고 살아가는 듯한 종교 지도자들도 흔해 빠졌다. 그런 종교 지도자들은 대부분 위선으로 가득 차 있다. 절대로 돈이 종교를 초월한다는 말을 입 밖으로 발설하지는 않는다.

하지만 내가 판단하기로 조정갑은 적어도 돈에 관해서라면 종교 지도자들보다 진실한 편이다. 절대로 위선을 떨지 않는다. 자신이 얼마나 돈을 절대시하는가를 적나라하게 드러내 보인다.

"장소는 어디로 정할까요."

"내 집무실로 합시다."

"시간은."

"오후 두 시쯤이 좋겠소."

조정갑이 시간을 오후 2시로 제의했을 때 우리는 점심 식사를 하고 만나자는 뜻으로 받아들였다. 하지만 조정갑의 속셈은 달랐다.

"배 속을 비워 두어야 한 잔이라도 더 마실 수 있지 않겠소."

사람들은 대개 12시쯤에 점심을 먹는다. 하지만 조정갑은 점심을 먹지 않고 2시까지 기다리겠다는 얘기였다. 공복이라야 녹조라떼를 한 잔이라도 더 마실 수 있다는 계산 때문이었다.

조정갑은 우리가 페트병에 녹조라떼를 담아 가면 맥주컵에 따라 마시겠다고 약속했다. 페트병과 컵은 우리가 준비할 예정이었다. 만약 한 잔을 다 마시면 훔쳐 간 돈 중에서 1억을, 두 잔을 다 마시면 2억을 반환한다는 약속이었다. 그러나 다 마시지 못하면 2억을 홍길동 또는 임꺽정이라는 이름으로 생계가 어려운 사람들에게 기부한다는 조건이었다.

"우리 측에서는 세 명이 참관할 예정인데 그쪽은 몇 분이나 참관하실 예정인가요."

"이게 어디 동네방네 소문낼 일이오."

"그럼 혼자 감행하실 예정입니까."

"쪽팔리는 짓 할 때는 보는 사람이 적을수록 좋지 않겠소."

"칼보다 무섭다는 펜을 휘둘러 여러 사람 짓밟으실 때는 기분이 어떠셨나요. 상대편 입장을 조금이라도 고려하셨으면 이런 결과가 오지는 않았을지도 모릅니다."

"당신들 같은 정신병자들이 내가 살아 있는 세상에 함께 살아가고 있다는 사실을 어디 생각이나 했겠소, 염병할."

"오늘은 어쩔 수 없이 혼자 외롭게 드셔야겠습니다."

"다음번에는 같이 마실 사람이라도 점찍어 두었소."

"물론입니다."

"도대체 누구요."

"이미 알고 계시면서 물어보시는 거 아닙니까. 많은 분들이 후보에 올라 있습니다만 녹조라떼를 원샷하기를 온 국민이 간절히 바라는 분이 딱 한 분 계시지요. 계획이 완벽하게 세워지면 어느 분이신지 통보해 드릴 용의도 있습니다. 아무튼 저희들로서는 대표이사님이 녹조라떼를 원샷하시는 장면을 가급적이면 많은 분들이 보기를 원했습니다. 그래야 계몽 효과가 커지거든요. 그런데 혼자 드시게 되었군요. 참으로 유감스럽게 생각합니다."

세은이 카메라로 동영상을 찍어서 기록할 계획이었다. 계속적으로 왜곡 보도를 하거나 조작, 은폐를 하는 기사를 내보낼 때는 동영상을 공개하겠다는 경고도 잊지 않았다.

"정말로 마실까요."

세은이 믿을 수 없다는 표정으로 말했다.

"마시고도 남을 인간이야."

노정건 선생님이 대답하셨다. 나도 '마신다'에 한 표를 던지고 싶었다.

"마시는 건 확실한데 과연 몇 잔이나 마실 수 있을까."

"한 잔 이상은 못 마실걸요."

세은이 말했다.

"돈과 직결된 문제라서 죽기를 각오하고 마실 거야."

노정건 선생님의 답변이었다.

아무리 돈과 직결된 문제라도 그 지독한 냄새와 역겨움을 동반한 암녹색 녹조라떼를 과연 몇 모금이나 목구멍으로 넘길 수 있을까. 조찬길 교수도 겨우 두 모금을 넘기지 못한 채 구토를 시작했다. 조정갑도 다르지는 않을 것이다. 나는 그렇게 예측하고 있었다.

카페의 유리창 밖으로 하늘이 내다보였다. 하늘은 무거운 회색이었다. 손을 뻗으면 만져질 듯 낮게 드리워져 있었다.

"비가 올 것 같아요."

내가 창밖을 내다보자 세은이 말했다.

"선생님과 여기서 잠깐만 기다리세요. 점심 먹기 전에 우산부터 먼저 준비해 가지고 올게요."

나는 우산을 사기 위해 밖으로 나왔다. 여린 바람이 목덜미를 스치고 지나갔다. 여린 바람 속에 비 냄새가 섞여 있었다.

시사 주간지 《모던저널》의 사무실은 거영빌딩 9층을 차지하고 있었다. 빌딩 입구에 도착할 때까지 비는 내리지 않았다. 그러나 금방이라도 한줄기 쏟아져 내릴 듯한 분위기는 여전했다. 아까보다는 다소 난폭하게 변해 버린 바람 한 무리가 불량배들처럼 빌딩 앞에 서 있는 플라타너스의 머리채를 우악스럽게 흔들어 대고 있었다. 하지만 플라타너스는 비명을 지르지는 않았다. 오히려 미친 듯이 시퍼런 웃음을 쏟아 내고 있었다.

조정갑의 집무실은 9층 끝부분에 위치해 있었다.

"안녕하셨습니까."

"협박을 당하고 사는 놈이 안녕하셨을 리가 있겠소."

"협박이라고 받아들이지 마시고 속죄할 기회를 얻은 걸로 생각하시는 편이 좋지 않겠습니까."

"나는 아직도 지은 죄가 없다고 생각하는 사람이오."

"어련하시겠습니까."

분위기는 예상했던 대로였다. 실내 가득 쐐기풀이 자라고 있는 듯한 느낌이었다. 조정갑은 앉으라는 소리도 하지 않았고 차를 대접할 의사도 없는 것 같았다. 집무실 복판에 방문자들을 위해 비치된 의자와 탁자가 놓여 있었다.

"앉아도 되겠습니까."

노정건 선생님이 일단 의자를 골라서 앉은 다음에 앉아도 되느냐고 물어보셨다. 조정갑은 대답하지 않았다. 노정건 선생님은 의자를 가리키며 우리에게도 앉기를 권유했다.

"약속한 일부터 빨리 끝냅시다."

조정갑이 재촉했다. 하지만 노정건 선생님은 서두르지

않았다. 가방에서 녹조라떼가 가득 담긴 페트병과 녹조라떼를 따라 마실 맥주 컵을 천천히 탁자 위에 정돈해 놓으셨다.

"오늘 아침 금강에서 퍼 온 녹조라떼입니다."

녹조라떼가 담겨 있는 페트병은 암녹색이었다. 뚜껑이 굳게 닫혀 있는데도 지독한 냄새를 발산하고 있었다. 조정갑은 그 냄새를 맡았을 텐데도 태연한 표정을 짓고 있었다.

"촬영 시작해도 될까요."

세은이 조정갑에게 물었다.

"어쩌다 젊고 예쁜 아가씨가 이런 말도 안 되는 양아치 집단에 가담하게 되었는진 모르겠소만, 당장이라도 손 떼실 의향은 없으시오. 생활이 어렵다면 내 집무실에서 일해도 좋소. 물론 보수는 이 사람들보다 후하게 지급할 용의가 있소."

조정갑이 말했다. 나는 세은이 어떻게 응수할지 궁금했다.

"인생을 쓰레기처럼 사시더니 말씀도 쓰레기처럼 하시네요. 고맙지만 사양하겠습니다. 촬영은 사전에 약속된 걸로 알고 있습니다. 그럼 시작하겠습니다."

세은이 냉랭한 표정으로 받아쳤다. 어쩐지 간담이 서늘해지는 기분이었다. 조정갑은 머쓱한 표정으로 입을 다물어 버리고 말았다.

"재화는 똥오줌과 같아서 쌓여 있을 때는 냄새를 피우지만 뿌려졌을 때는 대지를 기름지게 합니다. 톨스토이의 말입니다."

노정건 선생님이 말씀하셨다. 재산을 쓰지 않고 축적만 하는 조정갑을 힐난하기 위해 인용한 명언이라는 것쯤은 나도 알 수가 있었다. 과연 조정갑이 어떻게 대꾸할지 자못 궁금했다.

　"재산이라는 것은 인간의 도덕적 가치나 지능적 가치를 만드는 것이 아니다. 평범한 인간에게는 그것이 다만 타락의 매개가 될 뿐이지만 확고한 인간의 수중에 있으면 유력한 연장이 된다. 모파상의 말이오."

　조정갑은 한 치의 망설임도 없이 노정건 선생님의 말씀에 반박하는 명언 하나를 꺼내 놓았다.

　"돈은 번뇌와 비애의 근원이다. 딩겔슈테트의 말입니다."

　"돈은 스무 명 정도의 웅변가 역할을 한다. 셰익스피어의 말이오."

　"돈은 최선의 종이요 최악의 주인이다. 베이컨의 말입니다."

　"어떤 인간이든 돈으로 매수되지 않는 인간은 없다. 문제는 그 금액일 뿐. 고리키의 말이오."

　"돈은 바닥이 보이지 않는 바다와 같은 것이다. 양심도 명예도 거기에 빠지면 떠오르지 않는다. 프랭클린의 말입니다."

　"지갑이 가벼워지면 마음은 무거워진다. 괴테의 말이오."

　"돈이 말을 하면 진실은 침묵합니다. 로마의 속담입니다."

　"돈이 많으면 죄가 커진다. 그러나 돈이 없으면 죄는 더욱 커진다. 러시아의 속담이오."

노정건 선생님과 조정갑은 돈을 주제로 잠시 설전을 벌였다. 창과 방패가 차분하면서도 날카로운 소리로 몇 합을 부딪쳤다. 노정건 선생님은 주로 돈을 부정하는 명언들을 인용해서 날카로운 창을 휘두르셨다. 반면에 조정갑은 주로 돈을 긍정하는 명언들을 인용해서 견고한 방패를 휘둘렀다. 막상막하였다.

결과는 무승부. 서로 호적수를 만났다는 생각을 하고 있는 것 같았다. 나는 그들의 설전을 음미하면서 도대체 책을 얼마나 많이 읽었기에 저토록 해박할까 하고 감탄만 거듭하고 있었을 뿐이었다. 상대편의 말이 끝나기가 바쁘게 서로를 반박하는 말들이 이어졌다. 조금의 망설임도 없이 즉각 창을 꺼내 공격을 하거나 즉각 방패를 꺼내 수비를 하는 내공이라니, 아무나 언론인이 되는 것은 아니구나 싶었다.

하지만 오늘의 중요한 관심사는 탁자 가운데 놓여 있는 페트병과 맥주 컵이었다.

"한 컵에 일억입니다."

노정건 선생님이 말씀하셨다.

"악취가 너무 심하지 않소. 일부러 푸욱 썩혀서 가지고 온 듯한 물건인데."

"세상 사람 모두를 당신과 같은 부류로 생각하지 마십시오."

"두 번째 잔부터 일억씩 올립시다."

조정갑이 억지를 쓸 기미를 드러내고 있었다.

"더 이상의 협상은 없습니다. 앞으로 또 엉뚱한 말씀을 하시면 재산을 되돌려 받을 기회를 포기하신다는 뜻으로 단정하고 즉각 철수하겠습니다."

노정건 선생님은 일언지하에 거절하셨다.

세은의 카메라가 집중적으로 조정갑의 모습만을 기록하고 있었다. 조정갑은 맥주 컵에 맹물을 따라 마시고 있었다. 석 잔째였다. 갈증 때문이라기보다는 녹조라떼가 배 속에 들어갔을 때 독성을 약화시키겠다는 심산 같았다.

맹물도 원샷이었다. 녹조라떼를 마실 연습을 하고 있는 것은 아닐까 하는 생각도 들었다. 맥주 컵 밑바닥에 녹조라떼가 한 방울이라도 남아 있으면 안 된다는 조건이 붙어 있었다. 물론 유리컵을 핥아 먹을 수는 없다. 약간의 찌꺼기나 침전물이 남아 있는 건 용납하기로 합의했다. 의도적으로 녹조라떼를 남기지는 말아야 한다는 뜻이었다.

과연 조정갑은 맥주 컵을 가득 채운 녹조라떼를 한 모금도 남기지 않은 상태로 원샷할 수 있을까. 조찬길의 경우를 참고한다면 녹조라떼는 한 모금도 넘기기가 벅찬 오물이다. 지독한 악취와 구토감만 극복한다면 일단 성공으로 간주할 수는 있다. 복통과 설사는 이차적인 문제였다. 배 속에 들어가고 난 다음에야 구토를 하든 설사를 하든 반칙은 아니었다. 조정갑은 맥주 컵을 비운 횟수에 따라 1억씩을 되돌려 받을 수 있었다. 부작용 정도야 병원이 해결해 줄 수도 있었다.

　조정갑은 다시 맥주 컵에 물을 따라 마시고 있었다. 그가 점심을 먹지 않은 이유가 또 한 가지 밝혀지고 있었다. 녹조 라떼를 희석시키려면 물을 많이 마셔 두어야 한다. 배가 불러서는 물을 많이 마실 수가 없다. 나는 조정갑이 좋게 말하면 영민하고 나쁘게 말하면 교활한 사람이라는 사실을 확인하고 있었다.

　"훔쳐 간 내 재산을 어떤 방법으로 반환할 거요. 먼저 그것부터 말해 주시오."

　"그건 밝히기 곤란하지만 내일까지는 확실하게 반환이 가능합니다."

　"약속을 안 지킨다면."

　"그럴 작정이었다면 굳이 우리의 정체를 밝히면서까지 당신 앞에 나타날 필요가 있었을까요. 우리의 목적은 당신의 돈이 아닙니다. 당신의 개과천선과 세상의 정상 회복입니다. 당신에게는 돈이 가장 소중할지 몰라도 우리에게는 돈보다 소중한 것들이 너무 많습니다."

　"언젠가는 내가 받은 수모를 당신들한테 고스란히 돌려줄 날이 오기를 학수고대하겠소."

　"정의가 잠시 팔다리가 부러져 골방에 틀어박혀 있는 사이 부정과 불의가 활개를 치는 세상이 잠시 도래했었지요. 하지만 이제는 완치되었으니 당신이 학수고대하는 날은 영원히 오지 않을 겁니다."

"두고 봅시다."

"자, 이제 원샷해 보실까요."

"그럽시다."

조정갑이 심호흡을 한 번 해 보였다. 그리고 결의에 찬 표정으로 녹조라떼를 맥주 컵에 따르기 시작했다. 악취가 코를 찔렀다. 조정갑은 예상보다 악취가 심했기 때문인지 당혹감을 감추지 못하는 표정으로 황급히 코를 움켜잡았다. 우리도 미리 준비한 마스크를 착용했다. 그래도 냄새를 완전히 차단할 수는 없었다.

조정갑이 코를 움켜쥔 자세로 맥주 컵을 집어 들었다. 그리고 천천히 맥주 컵을 입 가까이 가져가고 있었다. 악취를 견디지 못하고 금방이라도 맥주 컵을 내던져 버릴 듯한 긴장감이 내 가슴을 조여들고 있었다.

벌컥, 벌컥, 벌컥.

조정갑은 미간을 잔뜩 찌푸린 표정으로 녹조라떼를 들이켜고 있었다. 목구멍에서 벌컥벌컥 소리가 날 때마다 맥주 컵 속의 녹조라떼가 현저하게 줄어들고 있었다.

따악.

맥주 컵을 탁자에 소리 나게 내려놓았을 때는 박수라도 쳐야 할 분위기였다.

놀랍게도 조정갑은 한 방울도 남기지 않고 맥주 컵을 완벽하게 원샷한 상태였다. 물론 녹조의 찌꺼기가 맥주 컵에 시퍼런 침전물로 남아 있기는 했지만 그는 원샷에 성공했다.

"일억"이라고 말하고 그는 다시 페트병에 있는 녹조라떼를 맥주 컵에 따르고 있었다. 놀랍게도 그는 두 번째 원샷을 시도하고 있었다.

믿을 수 없는 일이 벌어지고 있었다. 조정갑은 맥주 컵을 무려 세 번이나 원샷하는 모습을 우리에게 보여 주었다. 물론 세 번째 잔을 비우자마자 우욱 소리를 발하면서 구토물을 발사하기 시작했지만 분명히 세 컵을 원샷하는 기염을 토했다는 사실만은 확실했다.

"당신의 돈에 대한 애착이 어느 정도인지를 짐작게 하고도 남음이 있습니다. 정말 대단하십니다."

노정건 선생님도 탄성을 발하실 정도였다.

갑자기 쏴아 하는 소리와 함께 유리창 밖으로 세차게 쏟아지는 빗줄기가 보였다. 나는 반사적으로 우산을 챙기고 있었다. 조정갑이 녹조라떼를 석 잔이나 원샷하는 장면을 목격한 충격 때문에 하마터면 우산을 챙기지 못하고 거리로 나설 뻔했다.

빗줄기의 강도로 짐작건대 쉽게 그칠 기세가 아니었다. 다행이었다. 너무 가물어서 농사꾼들의 한숨이 깊어 간다는 기사가 연일 신문 방송을 떠들썩하게 만들고 있던 차였다.

혼자 파로호로 낚시를 다녀왔다. 날씨도 무척 좋았고 조황도 무척 좋은 편이었다. 덕분에 제법 묵직한 어망으로 돌아올 수 있었다.

오늘은 참 이상한 날이었다. 하루 종일 황 프로에 대한 기억이 내 의식을 사로잡고 있었다. 낚시를 할 때도 황 프로가 생각났고 돌아오는 길에도 황 프로가 생각났다.

그런데 어떻게 이런 일이 생길 수 있는 것일까. 놀랍게도 황 프로가 실제로 내 앞에 나타났다.

"저기, 손님이 찾아오셨는데요."

고일봉 정원사가 손님을 한 분 모셔 왔는데 바로 황 프로였다. 하나도 변하지 않은 옛날 모습 그대로였다.

"아니, 황 프로님. 도대체 어찌 된 일입니까."

나는 환호하면서 황 프로를 끌어안았다.

"뭐여, 말더듬이 자네, 아직도 낚싯대를 못 버린 겨."

황 프로가 미처 치우지 못한 낚시 가방과 아이스박스를 보면서 말했다. 내게는 아직 조졸 신세를 면치 못했느냐는 놀림처럼 들리기도 했다. 자연히 나는 무간선이라는 단어를 떠올렸다. 황 프로가 말했었다. 무간선은 낚싯대를 버린 신선의 경지라고.

"저 같은 조졸 나부랭이가 무슨 신선의 경지까지 넘볼 수야 있나요. 저도 만년 조졸로 만족하겠습니다. 그러지 않아도 오늘 낚시터 가서 유난히 황 프로님 생각을 많이 했는데 실

제로 제 앞에 불쑥 나타나셨네요. 그런데 황 프로님은 낚싯
대 없는 신선의 경지에 드셨나 봐요."

"지구라는 행성에 올 때부텀 신선이니 범인이니 하는 경계
들을 버리고 온 사람이여, 내가. 한마디로 어떤 격식에도 신
경을 쓰지 않는다, 이 말인 겨. 좋게 말허면 모든 경계를 넘
나들면서 살아가는, 거 뭐여, 막가파라고나 할까."

"마치 다른 별에서 살다 오신 분처럼 말씀하시는군요."

"내가 다른 별에서 살다 온 사람인 것은 틀림없구먼. 자네
도 믿기지는 않겠지만."

"어느 별에서 오셨는데요."

"카시오페이아."

"아 참, 기억나요. 전에도 말씀하신 적이 있어요. 나중에 검
색해 보았더니 북극성을 찾을 때 이용하는 별자리더군요."

"그랴. 더블유 자 모냥으로 생긴 별자리여. 더블유 자 중에
서 한복판에 낑겨 있는 별이 바로 내가 살았던 별이여."

그때까지도 나는 황 프로가 카시오페이아 별자리에서 왔
다는 말을 액면 그대로 받아들이지는 않았다. 당연히 농담
인 줄 알았다. 하지만 전혀 예측할 수 없는 상황에서 그가 내
앞에 나타났기 때문에 무엇에 홀린 듯한 느낌만은 떨쳐 버릴
수가 없었다.

나는 오늘 계속 황 프로에 대해서 생각했고 황 프로는 실
제로 내 앞에 나타났다. 텔레파시가 통했다는 말 외에는 달

리 설명할 도리가 없었다. 지금까지 살아오면서 한 번도 경험해 본 적이 없는 일이었다. 어떻게 미리 짜여진 각본도 없이 이런 우연이 가능하단 말인가. 나는 무슨 막장 드라마라도 찍는 듯한 기분이었다. 현실 속의 모든 사건은 필연에 의해서 일어나는 것이지 우연에 의해서 일어나는 것은 아니다. 하지만 시청률에만 목을 매고 연출되는 막장 드라마는 우연의 남발이 당연지사로 여겨진다.

황 프로가 나타난 건 막장 드라마가 아니라 엄연한 현실이다. 반드시 어떤 인과관계가 있을 것이다. 강화도 어느 저수지에서 처음 황 프로를 만났을 때부터 나는 어떤 근거 불명의 동질감을 느끼고 있었다. 나는 황 프로도 내 나이쯤에는 은둔형 외톨이가 아니었을까 하는 생각을 했던 적도 있었다.

"어떻게 저를 찾아오게 되셨는지 설명 좀 해 주세요."

황 프로는 혹시 식물의 정령이 인간의 모습으로 현신을 한 상태가 아닐까. 나는 그런 생각까지 들었다. 채널링 모드로 주파수를 조정해 보았다. 무반응이었다.

"요 아래 민박집에다 방 하나 잡아 놨구먼. 앞으로 자주 만날 수 있을 겨. 궁금한 얘기는 난중에 나누기로 혀고 오랜만에 점심이나 같이 먹는 게 어뗘. 출출헌데 워디 음식 잘허는 식당 없는 겨."

황 프로가 낚시터에서 끓여 주었던 닭칼국수가 생각났다.

함께 식사를 할 때마다 혈육 같은 정겨움을 느끼곤 했었다. 은둔형 외톨이로서는 너무나 은혜롭게 느껴지는 인연이었다. 낚시터에서 모습을 볼 수가 없게 되었을 때 나는 가슴이 못 견딜 정도로 허하고 아린 느낌이었다.

황 프로는 모르는 사이 내 가슴에 선명한 모습으로 자리 잡고 있었다. 처음으로 타인에게 그리움이라는 감정을 느껴 보았다. 황 프로가 더 이상 낚시터에 나타나지 않을 거라는 생각이 굳어질 무렵 나는 황 프로의 모습을 지우려고 애를 썼다. 다시는 사람에게 마음을 내어 주지 않겠다는 생각까지 했었다. 그래서 한동안 낚시를 끊은 적도 있었다. 그런데 황 프로가 다시 내 앞에 나타났다.

"그동안 어디서 무엇을 하면서 사셨어요."

"동가식서가숙허면서 살았지."

동가식서가숙(東家食西家宿).

황 프로의 설명에 의하면 글자 그대로는 동쪽에서 먹고 서쪽에서 잠든다는 뜻이다. 특별한 거처를 정하지 않고 이리저리 떠돌면서 산다는 뜻으로 쓰이기도 한다.

"제가 여기 살고 있다는 사실은 어떻게 아셨어요."

"옛날에 우리가 낚시터에서 종종 만났을 적에 내가 자네의 고유 뇌파를 스캔해 둔 거 아녀."

"무슨 말씀인지 모르겠어요."

"지구 반대편에 백혀 있어도 내가 뇌파를 쏘면 다 잡히게

돼 있는 겨. 어느 지역인지 정도는 어렵잖게 감지할 수가 있는 겨."

황 프로의 말은 농담인지 진담인지 불분명할 때가 많다. 가끔 이런 뜻으로 해석하면 이런 뜻이 되고 저런 뜻으로 해석하면 저런 뜻이 되기도 한다.

나는 황 프로가 한 말의 진의를 파악할 엄두를 내지 않는다. 시간이 지나면 자연히 알게 되겠거니 하는 마음으로 지나쳐 버린다. 하지만 시간이 지나도 끝내 모르는 것들이 태반이다. 그러니까 나는 황 프로에 대해서 무엇 하나 분명하게 알고 있는 것이 없다. 내가 알기로 그는 어디에도 얽매이지 않는 사람이다. 심지어는 라면 국물조차도 짜면 짠 대로 먹고 싱거우면 싱거운 대로 먹는 사람이다. 한마디로 정체가 불분명한 사람이다.

"이번에 오신 손님은 좀 이상합니다."

백량금이 속삭였다.

"주파수가 아주 생경한 사람입니다. 염사조차 안 되는데요. 이런 사람은 처음입니다."

황 프로에 대한 백량금의 설명이었다. 세상에는 아직도 내가 모르는 사실들이 많겠지, 하면서도 나는 황 프로에 대한 궁금증을 떨쳐 버릴 수가 없었다. 하지만 직접 황 프로에게 물어보아도 이번에도 확실한 대답을 얻어 내지는 못할 것이 뻔할 뻔 자였다.

"뭐여, 자네는 서울 사람이면서 위째 이런 첩첩산중에다 거처를 정했댜."

"동네 이름이 마음에 들어서요."

"동네 이름이 뭔데 그랴."

"다목리요."

"촌티는 물씬 풍기는 이름이구먼. 그런 촌시런 이름이 뭐가 좋단 말인 겨."

"제가 나무를 좋아해서요."

"이 동네에 낭구가 많은 겨."

"조선 시대 대궐 서까래를 이 동네 나무로 베어다 썼답니다."

"그랬구먼."

내가 기거하는 집은 해발 640미터 정도의 약간 높은 지대에 위치해 있다. 마을과는 동떨어진 상태로 산들과 산들 사이에 파묻혀 있다.

나는 황 프로를 모시고 마을로 내려가 칼국수로 점심 식사를 대신했다. 나는 조만간 조리사 아주머니한테 부탁해서 토종닭 백숙에 칼국수를 넣고 끓인 음식을 대접해 드리겠다고 약속했다.

"일부러 저를 찾아오신 건가요."

"실은 옛사랑을 찾아서 여까지 오게 된 겨."

"옛사랑이 화천에 살고 계시나요."

"대한민국 남한 땅에서 환생했다는 사실은 확실헌디, 어떤 생명체로 환생했는지 몰러. 혀서 땅끝 마을 해남에서부터 살살이 훑으면서 올라와 시방은 남한의 최북단에 해당허는 화천을 살살이 훑고 있는 중이여. 그러다 자네의 뇌파를 따악 포착하게 된 겨."

황 프로의 말을 종합해서 정리해 보면 자기는 카시오페이아라는 별자리, 그러니까 알파벳 더블유 자를 그리면서 펼쳐져 있는 별자리 중에서 한복판에 위치한 별에서 살았다는 것이다. 지구인들은 그 별을 트시(Tsih)라고 부른다. 한마디로 자기는 외계인이다. 지구에서 환생한 옛사랑을 찾아서 화천 다목리까지 오게 되었다.

자신이 살던 트시라는 별에서 보내온 정보가 확실하다면 자신의 옛사랑은 대한민국 남한 땅에 어떤 생명체로 환생했다. 그런데 어떤 생명체로 환생했는지 확실하게는 알 수가 없는 상태이기 때문에 해남에서 화천까지 살살이 훑어보고 있는 중이다. 그러다 화천에서 나의 뇌파를 포착하고 반가워서 찾아오게 되었다. 내가 어디 사는지 물어볼 심산으로 마을 편의점에 들렀다 고일봉 정원사를 만났다.

그런 내용이었다.

도대체 어디서부터 어디까지가 진실이고 어디서부터 어디까지가 지어낸 이야기인지 구분이 되지 않는다. 이럴 때는 혹시 황 프로가 치매에 걸린 것이나 아닐까 하는 생각이 들기도 한다. 나는 황 프로가 사실을 감추고 싶어 한다는 판단을 내렸다. 그래서 더 이상 꼬치꼬치 캐묻지는 않았다.

식당 유리문으로 내다보이는 바깥, 박살 난 햇빛 속에서 나무들이 짙은 초록색으로 변해 가고 있었다. 날씨가 차츰 더워지고 있었다.

"조정갑한테서 전화가 왔었네. 녹조라떼를 더 마실 수 있는 기회를 달라는 거야. 자기 통장에 삼억이 입금된 걸 확인했겠지. 구토는 물론 설사에 복통까지 난리가 났을 텐데 녹조라떼를 더 먹겠다니. 아무튼 대단해. 돈 생기는 일이라면 부모도 팔아먹고 나라도 팔아먹을 위인이야."

노정건 선생님께서 조정갑과 통화를 한 결과를 내게 전달해 주셨다. 조정갑이 돈을 더 환급받을 욕심으로 녹조라떼를 더 마시겠다고 제의해 왔다는 내용이었다.

"그분한테 녹조라떼를 더 마실 기회를 주실 건가요."

조정갑은 돈을 좋아하는 정도를 넘어서 돈에 미쳤다고 해야 마땅한 인물이었다. 그 지독한 악취를 참고 녹조라떼를 세 컵이나 목구멍 너머로 삼켰다는 사실도 놀랍지만 더 마시겠다고 전화까지 했다니 기가 막혀서 말이 안 나올 지경이었다. 녹조라떼가 담긴 페트병 뚜껑만 열었을 때도 악취 때문에 구토감을 참기 어려운 상태였는데 그걸 다시 삼킬 기회를 달라고 간청했다니 존경을 해야 할지 비난을 해야 할지 알수가 없었다. 녹조라떼 마시기 경연 대회라도 열린다면 우승은 따 놓은 당상이었다.

"이제 녹조라떼는 그만 먹이고 다른 방법으로 응징토록 해야 하지 않을까. 돈만 생긴다면 녹조라떼보다 훨씬 더러운 오물도 기꺼이 먹어 줄 인물이야."

"다른 방법은 생각해 두셨나요."

"유명 일간지에 반성문을 공개적으로 게재하는 방법은 어떨까 생각 중이야."

"본명으로는 힘들지 않을까요."

"진심이 담겨 있다면 익명이라도 상관없겠지."

"글깨나 쓰는 양반이니까 진심을 그럴듯하게 조작해 낼 수도 있지 않을까요."

"그래서 익명으로 쓰게 할 생각이야. 본명이라면 진심을 담기가 어렵겠지만 익명이라면 진심을 담기가 쉽지 않을까. 그래도 우리는 개과천선에 대한 일말의 희망을 버려서는 안 되지. 익명이라면 굳이 진심을 조작할 필요는 없을 거야. 하지만 진심으로 반성을 한다고 해도 죗값이 현격하게 감해지는 것은 아니겠지만."

"반성문도 괜찮을 것 같은데요."

"반성문에서 진심이 느껴지지 않을 경우 생활고에 시달리는 사람들에게 거액을 기부하겠다는 조건을 걸 작정이야. 물론 유명 일간지에 게재할 경우 지면을 사야 하는데 반성문에서 진심이 느껴지면 지면에 소요되는 경비까지 환급해 준다는 조건까지 제시할 예정이야."

"정말 괜찮은 방법이라는 생각이 드네요."

노정건 선생님과 전화로 그런 대화를 나누고 나흘이 지났을 때였다. 조정갑의 반성문이 '강탁류'라는 익명으로 주요 일간지에 발표되기 시작했다. 언론인으로서 4대강 사업에 긍정적인 입장을 취했던 자신을 부끄럽게 생각하고 국민들께 사죄한다는 내용이었다.

나는 먼저 '강탁류'라는 익명에 실소를 금치 못했다. 역시 글밥 먹고 살아온 사람답다는 생각을 했다. 강탁류라니, 센스가 번득이는 익명이었다.

그러나 예상했던 대로 진심이 담겨 있지는 않았다. 조정갑의 반성문은 세 번째까지 연거푸 불합격 판정을 받았다. 시쳇말로 영혼이 없는 반성문이었다. 원론적이고 형식적인 낱말들의 나열일 뿐이었다. 약속했던 대로 불합격 판정을 받을 때마다 2억씩이 생활고에 시달리는 사람들에게 기부되었다. 물론 홍길동이나 임꺽정이라는 이름으로 기부되었다. 조정갑이 노정건 선생님께 항의 전화를 걸고 욕설을 서슴지 않았다는 후일담을 들었다.

그러나 조정갑은 돈을 환급받을 수 있는 일이라면 어떤 조건이라도 사양치 않을 인물이었다. 네 번째부터는 반성문이 확연히 달라지고 있었다. 문장도 짜임새가 있었지만 설득력까지 겸비하고 있어서 어지간한 사람들이 보면 감동의 눈물

206

까지 짜낼 정도로 호소력이 있었다.

"이 정도 수준이면 속아 주어도 무방하겠지만, 전문가의 입장에서 볼 때는 역시 진심이 결여된 반성문이야. 하지만 응징을 지속하기 위해서는 당분간 밀당을 계속하는 수밖에 없어. 일단은 합격."

노정건 선생님은 합격 판정을 내릴 때마다 매번 2억의 금액을 조정갑의 계좌로 환급해 주었다.

"돈이라면 목숨이라도 내놓을 사람 같아요. 한편으로는 불쌍하다는 생각까지 들어요."

"그렇다고 면죄부를 줄 수는 없어. 이쪽에서 조금만 빈틈을 드러내도 저 인간은 엄청난 반격을 가해 올 거야. 하지만 돈이 우리 수중에 있는 한 섣불리 경거망동은 하지 않겠지."

내가 조상으로부터 물려받은 재산이 없었다면 어떻게 살았을까. 설령, 돈 때문에 어떤 치욕을 당하거나 고통을 받았더라도 인간이라면 절대로 조정갑처럼 살지는 말아야 한다. 죽는 한이 있더라도 물질의 노예로 살아가지 않는 것이 인간임을 증명해 보이는 것이다. 물질의 노예로 살아간다는 것은 인간이기를 포기한 상태로 살아간다는 의미와 동일하다.

나는 조정갑을 볼 때마다, 돈을 벌기 위해서라면 수단과 방법을 가리지 않았다고 세인들에게 기억되는 할아버지와 아버지를 떠올리게 된다.

써글,

그리고 자괴감과 모멸감으로 진저리를 치곤 한다.

이유 여하를 막론하고 타인의 슬픔과 고통을 배려하지 않는 인생은 아무리 재산이 많고 학식과 지위가 높더라도 결코 경의를 표할 만한 인생은 못 된다.

그런데도 사람들은 마치 최면에라도 걸린 듯 저 배금주의라는 이름의 종교에 스스로 귀의하기를 서슴지 않는다. 일단 귀의하면 남녀노소 지위 고하를 막론하고 인간다움을 기대하기는 힘들다. 부모도 몰라보고 스승도 몰라본다. 낭만도 무가치하고 사랑도 무가치하다. 돈만이 믿음이요 돈만이 소망이요 돈만이 사랑이다. 적어도 그들에게는 예수님도 돈 때문에 이 세상에 오신 분이고 부처님도 돈 때문에 이 세상에 오신 분이다.

예수께서 가라사대, 내가 곧 길이요 진리요 생명이니, 나로 말미암지 않고는 아버지께로 올 자가 없느니라, 라는 요한복음도 예수께서 가라사대, 돈이 곧 길이요 진리요 생명이니, 돈으로 말미암지 않고는 아버지께로 올 자가 없다는 뜻으로 받아들여진다. 천상천하(天上天下) 유아독존(唯我獨尊), 하늘 위와 하늘 아래 오직 내가 홀로 존귀하다는 부처님 말씀도, 천상천하 유아돈존, 하늘 위와 하늘 아래 오직 돈만이 존귀하다는 말씀으로 들린다.

이 정도면 한마디로 불치병이다. 화타나 편작이 살아나도 고칠 수 없는 상태인 것이다. 이런 사람들이 높은 직위를 차지하고 있으면 세상이 썩어 문드러질 수밖에 없다.

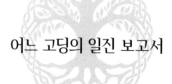

어느 고딩의 일진 보고서

"평사파 새끼들만 없어도 학교 다닐 만하겠는데."

"요즘 초등학교에도 일진 새끼들이 있어. 그런데 고등학교 치고 일진 새끼들 없는 고등학교가 어딨니."

"그래도 우리 학곤 일진 새끼들까지 너무 저질 같지 않냐."

"생양아치 같은 새끼들이 폼은 있는 대로 잡지. 대가리는 텅텅 비어 있는 새끼들이 주먹 하나 믿고 설치는 꼬라지 정말 구역질 난다. 씨발."

"도대체 우리 학교가 자랑할 만한 게 있기는 있냐. 누가 어느 고등학교 다니느냐고 물으면 대답하기가 정말 쪽팔리지 않냐."

화승고등학교(華勝高等學校) 교문으로 학생들이 무더기로 쏟아져 나오고 있다. 남학생들뿐이다. 모두 교복을 착용하고 있다. 하교 시간이다. 두 명의 남학생이 주위를 살피면서 일진에 대한 이야기를 나누고 있다. 표정이 암울하다. 표정으로만 짐작하자면 고등학생이 아니다. 산전수전을 다 겪은 사십 대 샐러리맨 같다. 미간에 깊은 그늘까지 드리워져 있다.

"일진은 언제부터 생겼을까."

"어떤 다큐를 봤는데 일본 만화에 등장하는 폭력 서클 일진회에서 유래되었다더라."

"그것까지 일본 거였나. 우리나라 새끼들은 왜 남의 나라에서 좋은 점은 본받지 못하고 나쁜 점만 본받는지 모르겠어. 씨발."

"일본 만화가 인기는 있지."

"오죽하면 오타쿠 새끼들은 만화 캐릭터하고 결혼까지 하겠냐."

문제의 만화는 마사노리의 『캠퍼스 블루스』라는 제목으로 알려져 있다. 만화는 1997년 당시 사회적 문제로 논란을 일으켜 판금되었으나 2004년 19금 등급을 받아 재출간되었다.

일진회와 흡사한 학교 폭력 서클은 일본뿐만이 아니라 대한민국 대부분의 학교에서도 음성적으로 존재한다. 초등학교에도 일진이 존재한다. 원래는 학교나 학급에서 주먹이 세거나 깡다구가 있거나 불량기가 있는 학생들의 집단을 일진회라고 칭했다. 이들은 선후배 구조를 바탕으로 철저하고 엄격한 규범을 지키면서 조직적으로 전통과 명맥을 유지한다.

"일진과 반대되는 개념이 뭘까."

"범생이 아닐까."

범생이는 공부도 잘하고 예절도 바르고 인간성도 좋은 모범생을 말한다. 그러나 요즘 일진들은 불량한 학생들만 골라서 일진에 포함시키지는 않는다. 얼짱도 일진에 포함시키고 몸짱도 일진에 포함시키고 범생이도 일진에 포함시킨다. 이른바 퀄리티를 높이는 것이다. 공부를 잘하거나 운동을 잘하거나 얼굴이 잘생기거나 노래를 잘 부르거나 남다른 재능을 가지고 있으면 일단 일진이 될 자격을 갖추고 있다고 보아야 한다.

일진들은 자기들 무리에 속하지 않는 부류들을 모조리 찌질이들로 간주한다. 찌질이들은 강요에 의한 빵 셔틀, 담배 셔틀, 돈 셔틀, 준비물 셔틀 등을 감내해야 하는데 거절하거나 반항하거나 불만을 표출하면 무차별 폭력을 당하는 수모를 겪어야 한다.

화승고등학교는 서울에서도 약간 변두리에 있었다. 역사가 짧은 학교였다. 특별하게 자랑할 만한 특색도 없었고 전통도 없었다. 졸업생들 중에서도 사회적 기여도가 높거나 이름만 들어도 알 만한 사람들이 전무한 학교였다. 그래서 대부분의 학생들이 자부심보다는 열등감을 안고 학교를 다니고 있었다. 대학 진학률도 형편없이 떨어지는 학교였다. 고딩들 사이에서는 이른바 듣보잡 똥통고로 통했다.

"우리 화승고등학교 설립 이래로 가장 영광스러운 경사가
발생했습니다."

어느 날 아침 조회 시간에 교장 선생님이 단상에 올라가
감격에 겨운 목소리로 학생들에게 말했다. 고영문이라는 2학
년 학생이 프랑스에서 개최하는 팝아트 경연 대회에 작품을
출품했는데 최고상을 받았다는 것이었다. 학교가 발칵 뒤집
힐 정도로 역사적인 일이었다. 학생들이 경시대회나 실기 대
회에 출전해서 상을 받은 전례가 없었다. 고영문은 텔레비전
에도 몇 번 출연했고 신문이나 잡지에도 대서특필되었다. 학
교의 명예를 빛냈다는 명분으로 표창장도 수여받고 장학
금도 수여받았다.

그런데 일진이 아니었다. 일진들은 고영문을 영입하기 위해
여러 가지 방법을 써 보았지만 실패하고 말았다. 마침내 고영
문은 일진들로부터 왕따로 낙인찍히게 되었다. 고영문은 끊
임없이 일진들한테 괴롭힘을 당하기 시작했다. 하루에도 몇
번씩 치욕적인 수모를 당해야 했다. 고영문과 말 한마디라도
나누는 놈이 있으면 무조건 일진들로부터 폭력이 가해지곤
했다.

그러나 주먹으로 당하는 폭력보다 더 괴로운 폭력이 휴
대폰으로 당하는 '사불'이다. 사불은 사이버 불링(Cyber
bullying)이라는 영문에서 유래되었다. 이메일, SNS, 휴대폰

등 디지털 기기를 이용, 사이버상에서 욕설, 험담, 허위 사실 유포, 따돌림 등으로 상대방을 괴롭히는 현상이다. 왕따와는 달리 시공간의 제약을 받지 않는다. 문자, 사진, 동영상, 음향 등을 반복적으로 전송, 고통과 불안감을 조장한다. 언제 어디서든 지속적으로 상대방을 괴롭힐 수 있다는 특성을 지니고 있다. 어른들은 정보 통신망에 어두운 편이어서 알아채기 어렵다. 빠른 전파력, 무한 복제 가능, 시공의 제한 없는 가해, 은밀성 등을 가지고 있으며 당하는 쪽에서는 엄청난 심리적 괴로움을 느낄 수밖에 없다. 고영문은 상당히 오랜 기간 사불에 시달리고 있었다.

"야 이, 씹새끼들아."

국어 시간이었다. 수업 중에 갑자기 고영문이 악에 받친 소리를 내지르면서 벌떡 일어섰다. 모든 학생들이 일제히 고영문을 쳐다볼 수밖에 없었다.

"코이슨 씹새끼. 그리고 니들, 다 지옥에서 보자. 개만도 못한 새끼들아."

고영문은 열려 있는 교실 창문을 향해 달려가고 있었다. 말릴 겨를이 없었다. 아차, 하는 사이에 고영문은 3층 교실 창밖으로 몸을 던졌다.

퍽.

고영문이 땅바닥에 떨어져 부딪히는 소리가 교실까지 들렸다. 다행히 수목이 우거진 화단으로 떨어졌기 때문에 목숨은

건졌으나 갈비뼈가 두 대나 부러진 사고였다.

학교는 고영문 때문에 또 한 번 발칵 뒤집어지고 말았다.

"누가 물으면 우울증이 심했다고 대답해야 돼."

"그날 고영문이가 창문에서 뛰어내릴 만한 이유는 아무것도 없었잖아."

"너무도 돌발적이었어."

"너희들도 알다시피 고영문은 내성적인 성격인 데다 평소 심각한 우울증 증세를 보이기도 했잖아."

선생님들의 은밀하고도 적극적인 선동이었다. 학교 측은 고영문이 병원에서 치료를 받는 동안 학생들의 입단속에 철저를 기하는 한편 사건을 축소, 은폐하기에 급급했다. 경찰서에서도 몇 번씩 관계자들이 다녀가고 교육청에서도 몇 번씩 관계자들이 다녀갔다.

하지만 사건은 흐지부지 무마되고 말았다. 결국 고영문이 수업 중에 창문으로 몸을 던진 사건은 우울증이 빚어낸 우발적 사건으로 마무리되었다.

화승고등학교 일진 중에서도 가장 악명이 높은 인물은 짱으로 알려진 코이슨이었다. 고영문을 가장 노골적으로 괴롭힌 장본인도 코이슨이었고 사불을 구체적으로 지시한 것도 코이슨이었다. 코이슨은 물론 본명이 아니라 별명이다. 타고난 싸움꾼에 타고난 깡다구에 타고난 맷집의 소유자로 알려져 있었다. 3학년이고 본명은 지일환이다. 이름을 대면 모르는 학생이 있어도 별명을 대면 모르는 학생이 없을 정도였다.

지일환은 코이슨이라는 별명을 얻기 전에 장미칼이라는 별명을 가지고 있었다. 장미칼은 홈쇼핑 광고를 통해서 널리 알려진 주방용 식칼이었다. 칼날이 있는 면 전체에 화려한 장미꽃이 인쇄되어 있었다. 지일환은 그놈의 식칼을 교실 어딘가에 감추어 두고 있다가 유사시에 꺼내서 닥치는 대로 휘두르는 버릇이 있었다. 그래서 생긴 별명이 장미칼이었다.

그런데 어떤 사건을 계기로 코이슨이라는 새 별명을 얻게 되었다. 학기 초였다. 같은 반에 전학생 한 명이 나타났다. 전학생은 전혀 장미칼을 두려워하는 기색을 보이지 않았다. 빵 셔틀도 거부했고 담배 셔틀도 거부했다.

"저 씹새, 종례 끝나면 옥상으로 데리고 와라. 손 좀 봐야겠다."

어느 날 장미칼은 똘마니들에게 전학생을 옥상으로 끌고 오라고 명령했다. 그런데 전학생은 결코 만만한 상대가 아니었다. 막상 붙어 보니까 몸놀림이 가볍고 민첩했으며 입가에 히죽히죽 웃음까지 흘리면서 무슨 놀이라도 즐기는 듯 싸움에 임했다. 거의 대딩이 초딩을 데리고 놀림감을 삼듯 어르면서 뺨을 갈기는 형국이었다. 그럴 수밖에 없었다. 나중에 밝혀진 사실이지만, 전학생은 전국 격투기 대회에 밴텀급으로 출전, 준우승까지 차지했던 유망주였다.

전학생을 너무 만만하게 보고 장미칼을 지참하지 못했던

것이 실수였다. 장미칼은 교실 사물함 속에 은밀하게 감추어져 있었다. 운동경기라면 라운드마다 휴식 시간이 있어서 그 사이에 장미칼을 가져올 수도 있겠지만 막싸움이라 휴식 시간을 바랄 수도 없었고 타임을 걸어서 시간을 벌 수도 없는 노릇이었다. 죽기 살기로 싸우는 수밖에 없었다. 하지만 상대는 잘 훈련된 격투기 선수였다. 실력으로는 밀릴 수밖에 없었다.

그런데 다행스럽게도 절호의 기회가 찾아왔다. 전학생이 그라운드 기술을 발휘할 생각이었는지 장미칼의 허리를 힘껏 끌어안았다. 그 순간 장미칼이 있는 힘을 다해 전학생의 목을 끌어안고 코를 물어뜯어 버렸다. 순식간에 일어난 일이었다. 전학생의 코가 완전히 장미칼의 이빨에 물어뜯겨 피범벅으로 너덜거리고 있었다. 타이슨은 복싱 경기 도중 갑자기 홀리필드의 귀를 물어뜯어 버렸지만 장미칼은 맞짱 도중 갑자기 전학생의 코를 물어뜯어 버렸던 것이다.

승부는 그것으로 끝이었다. 비겁하기는 했지만 장미칼은 승리의 미소를 지었다. 그때부터 장미칼이라는 별명은 코이슨이라는 별명으로 바뀌었다. 타이슨이라는 이름의 첫 글자인 '타' 자를 '코'라는 글자로 교체해서 코이슨이라는 별명으로 부르게 된 것이다.

물론 전학생은 황급히 병원으로 실려 가 코를 정상적인 상태로 복원하는 수술을 받았다. 그리고 완치가 되었을 때 아무런 이유도 없이 다른 학교로 전학을 가 버렸다. 학교 측은 코이슨의 횡포를 전혀 모르고 있었다. 선생님들이 보기에는 절대로 남을 괴롭힐 학생이 아니었다. 가정 형편도 좋았고 학교 성적도 우수했으며 예절도 바른 모범생이었다.

코이슨이 거느리는 일진의 이름은 평사파였다. 평화와 사랑을 구현한다는 뜻으로 지어진 이름이었다. 선배들로부터 물려받은 이름이었다. 찌질이로 분류되는 학생들을 상대로 한 달에 1인당 5천 원씩 평화 유지비라는 명목으로 돈을 갈취했다. 전교생이 700명 정도였다. 700명 중에서 일진에 해당하는 각 학년 10명씩은 제외된다. 그리고 대부분이 갈취의 대상이 된다.

물론 돈을 내지 못하는 경우도 있기는 하다. 하지만 그럴 경우에는 모욕을 당하거나 폭행을 당한다. 적어도 일진들은 한 달에 300여만 원 이상의 돈을 갈취해서 유흥비로 쓰거나 선배들 접대비로 쓴다. 똘마니들을 시켜 미납자의 명단을 작성하고 끈질기게 독촉하거나 폭력을 행사케 한다. 미납자를 납치 감금해서 옷을 홀랑 벗긴 채로 등가죽을 담뱃불로 수차례 지진 적도 있었고 물이 담긴 양동이에 머리를 처박고 야구 배트로 엉덩이를 무자비하게 내려친 적도 있었다.

사회의 조폭들이 상가를 돌아다니며 벌이는 짓거리와 똑같은 짓거리를 하고 있는 것이다. 일진들은 대부분 사회의 조폭들과 연계되어 있었다.

피해자들은 대부분 보복이 두려워서 고발을 하거나 반항을 하지 못했다. 일진을 제외한 학생들은 아침마다 공부를 하기 위해서 교문으로 들어서는 것이 아니라 고문을 당하기 위해서 지옥으로 들어서는 기분이었다.

술 담배는 물론이고 가출 소녀들을 유인, 친구들의 자취방이나 유원지 등에서 성관계를 가졌다는 사실을 교실에서 공공연하게 떠벌리기도 했다. 일진들은 특히 야동에 지대한 관심을 가지고 있었다.

"초고화질 역대급 미녀가 출연하는 일노 품번 알려 줄까."

"역대급 미녀 이름이 궁금하다."

"스즈카야 시오리."

"지난 겨울에 역대급 초미녀 다 얼어 죽고 호빵 처먹다 볼따구 빵빵하게 부풀어 오른 스즈카야 시오리만 남았구나. 급식충 새끼. 여자 보는 안목 하나는 정말 역대급 백내장이네."

"너 같은 발육 미숙아가 섹스의 참맛을 알기나 하니."

"내가 미친다. 아다도 못 뗀 새끼가 그저 조둥이만 살아서. 씨발."

그러나 야동보다 더 지대한 일진들의 관심사는 역시 폭력 아니면 범죄다. 일진들은 폭력과 범죄가 자신들을 위대하게 만들어 준다는 믿음을 버리지 못한다.

"그래서 그 좆밥이 나를 꼬나보면서 뭐랬냐 하면 '꿇어, 이 새끼야' 하고 명령을 하는 거야."

"그래서 꿇었냐."

"꿇기는 씨발. 가오가 있지. 커터 칼로 면상을 확 그어 버리고 졸라 토꼈지."

일진들의 이야기를 듣고 있으면 세상은 악마들이 장악하고 있음이 분명했다. 천사들은 모두 돌아오지 못할 땅으로 귀양을 갔거나 악마들에게 잡아먹혀서 씨가 말라 버린 것 같았다. 정의는 죽고 불의만 판을 치는 시대 같았다.

대한민국의 미래는 양아치들과 조폭들과 범죄자들과 악당들의 천국으로 변해 가고 있었다. 아무도 바로잡을 의지와 능력을 보여 주지 못하는 것 같았다. 관계 기관들은 수시로 학교 폭력 근절을 목적으로 대안과 방법을 발표하지만 잠깐일 뿐 시간이 경과하면 다시 학교가 악마들의 놀이터로 변해 버리기 일쑤였다.

수업 중에 열린 창문으로 몸을 날렸던 고영문에게는 아주 친한 동급생 하나가 있었다. 같은 반이었다. 이름은 장기혁. 글을 잘 쓰는 친구였다. 학생 잡지에서 공모하는 백일장에 응모, 은상을 수상한 경력을 가지고 있었다. 장기혁도 일진이었다. 그러나 일진들의 천박한 작태들에 대해서는 노골적으로 혐오감을 나타내 보였다. 특히 남자답지 못한 행동에 대해서는 얻어터지는 한이 있더라도 거부감을 표출해 보이기 일쑤였다. 고영문이 창문으로 몸을 날린 사건이 축소, 은폐된 사실에 대해서는 분노를 금할 수가 없었다. 세상에 대해서도 학교에 대해서도 기대할 건덕지가 없다고 생각했다.

장기혁은 배신자 소리를 듣는 한이 있더라도 자신이 내부 고발자가 되기로 결심했다. 그리하여 학교 폭력의 실태를 고발하는 글을 여러 매체에 기고하기 시작했다. 때마침 노정건 선생님이 운영하시는《민초정론》이 장기혁의 고발에 관심을 가지기 시작했다. 그리고 「어느 고딩의 일진 보고서」를《민초정론》에 연재하기로 결정했다.

노정건 선생님은 고등학교에서 교편을 잡아 본 적이 있었다. 비록 지금은 현직에서 물러나셨지만 청소년들에 대한 선생님의 사랑과 염려는 남다를 수밖에 없었다. 특히 학교 폭력이 사이버 불링으로 진화했다는 사실에 대해 심각한 우려를 표명하시면서 거수님들께 지혜를 구하면 어떻겠느냐는 의견을 피력하셨다.

나도《민초정론》에 연재되고 있는 「어느 고딩의 일진 보고서」를 눈여겨 읽어 보았다. 학교 폭력과는 다소 성격의 차이가 있기는 했지만 나도 한때는 은둔형 외톨이였다. 외로움이 얼마나 처절한 아픔이며 왕따가 얼마나 잔인한 범죄인가를 누구보다 잘 알고 있었다. 왜 쇼펜하우어가 고독을 자살에 이르는 병이라고 했는지 충분히 이해하고도 남음이 있었다. 고영문의 돌발적인 행동은 어떤 의미를 내포하고 있는 것일까. 결국 삶을 포기하고 이 세상을 떠나겠다는 선언이나 다름없었다.

나는 채널링을 개설해서 고등학교에서 학생들의 생활을 지켜보면서 살아온 나무들과 여러 거수님들께 지혜를 베풀어 달라고 간청했다.

"여러 인간이 아무 죄책감도 없이 한 명의 인간을 따돌리는 행위는 모든 시간을 고통으로 만들고 모든 존재를 증오하게 만듭니다."

수령 700세로 추정되는 당진 송산면의 회화 거수님이 말씀하셨다. 회화나무는 예로부터 마을이나 집안에 훌륭한 인재가 태어나기를 비는 마음을 담아 식목하는 나무였다.

"사람들은 훌륭한 인물이 되기 위해 그 많은 돈과 시간을 투자해서 학교도 다니고 공부도 하는 것으로 알고 있습니다. 대저 훌륭한 인물은 어떤 인물입니까. 재력이 막강하고 벼슬이 높은 인물이 아닙니다. 물론 재력이 막강하고 벼슬이 높은 인물도 훌륭한 인물이 될 수는 있습니다만 대부분 재력에 눈이 멀고 벼슬에 눈이 멀어 타인의 아픔이나 슬픔을 헤아리지 못하는 경우가 많습니다. 진실로 훌륭한 인물은, 타인의 기쁨을 자신의 기쁨보다 더 큰 기쁨으로 여기며 타인의 슬픔을 자신의 슬픔보다 더 큰 슬픔으로 여길 줄 아는 인물입니다. 모름지기 공부는, 어떤 삶이 진정 가치 있는 삶인가를 깨닫기 위해 날마다 마음의 길을 닦는 행위나 다름이 없습니다. 학교는 그러한 곳이 되어야 합니다. 그런데 한창 공부할 나이에 폭력이라니요, 모든 생명체가 존재하는 이유와는 너무도 거리가 먼 행동입니다."

회화 거수님에 이어 수령 300세로 추정되는 화천 거레리의 느티 거수님이 말씀하셨다.

"저보다 훨씬 오래 사신 수령님 앞에서 감히 젊은 제가 한 말씀 드리겠습니다. 사람들은 가끔 척진다는 말을 쓰지요. 서로 원한을 품어 반목을 하게 되는 경우를 척진다고 하지요. 척은 행하는 쪽도 당하는 쪽도 불행한 결과를 초래하게 됩니다. 모든 생명체들은 우주 어디에서 생명을 영위하든 행복을 구가하기 위해서 살아갑니다. 사람들은 아주 잘 사는 경우를 무척 잘 산다고 표현합니다. 무척. 즉 척지는 사람이 없는 상태로 살아간다는 뜻이지요. 그런데 청소년기에 벌써 척을 지고 살면 인생을 크게 빗나갈 수도 있습니다. 그래서 일진 노릇을 하는 학생들을 응징하는 일보다 선도하는 일이 시급하다고 생각합니다."

수령 300세면 나보다 열 배나 더 많은 연세였다. 그런데도 '감히 젊은 제가'라는 수식을 서슴지 않으셨다. 수령이 더 많은 거수님 몇 분을 의식한 겸손 같았다.

"저도 한 말씀 드리겠습니다. 나무는 대개 어릴 때부터 땅 속에 거친 돌이 있으면 뿌리가 굽을 수밖에 없습니다. 뿌리가 굽은 나무가 곧은 가지로 자라기 위해서는 몇 배나 더 큰 고통을 감내해야 합니다. 어찌 사람이라고 다르겠습니까. 곧게 자랄 수 있도록 배려해 주어야 합니다."

수령 300세로 추정되는 순천 광천사 모과 거수님의 말씀이었다.

"학교에서 직접 학생들과 생활해 오신 수목님들도 침묵만 지키지 마시고 고견을 들려주시지요."

내가 학교 운동장이나 화단을 지키는 수목들께도 조언을 구했다.

"저는 특별 초청을 받아 처음으로 채널링에 임하게 된 화승고등학교 운동장의 수령 스물세 살짜리 벚나무입니다. 고매하신 여러 거수님들의 말씀 잘 들었습니다. 송구스럽고 부끄럽지만 저도 한 말씀 드리겠습니다. 고딩들은 누구의 말도 듣지 않는 나이입니다. 친구들의 말도 듣지 않고 부모님의 말도 듣지 않고 선생님의 말도 듣지 않습니다. 특히 일진들은 두말할 나위가 없습니다. 하지만 조언이나 명령을 아무 거부감 없이 받아들이는 부류들이 있습니다. 바로 사회에서 현역 조폭으로 활동하는 무리들입니다. 가능하다면 조폭들을 끌어들이는 방법은 어떨까요. 무리일까요. 철딱서니 없는 얘기를 해서 죄송합니다."

나중에는 기어들어 가는 목소리로 부끄러움을 표명했지만 여러 거수님들은 현장 경험을 살린 조언이라 성공 가능성이 높겠다고 격려해 주셨다.

나는 채널링 결과를 노정건 선생님께 소상하게 전달해 드렸다.

"이 문제를 자네가 한번 해결해 보겠나."

노정건 선생님의 말씀에 의하면 장기혁이 쓴 「어느 고딩의 일진 보고서」를 읽어 본 청량리 탈곡기는 매우 고무적인 반응을 나타내 보였다. 청량리 탈곡기는 자신의 진가를 노정건 선생님께 보여 드릴 절호의 기회라고 생각했는지 넘치는 자신감을 감추지 못하고 있었다.

노정건 선생님은 건달들의 심리적 특성을 잘 알고 계시는 분이었다. 그들은 일반 사람들보다는 자기 현시욕과 영웅 심리가 넘치는 편이었다. 단지 그것을 적당한 시기에 적당한 목적으로 쓸 줄 모르고 있을 뿐이었다.

그들도 인간을 벗어날 수가 없었다. 칭찬을 들으면 기분이 좋아지고 비난을 들으면 기분이 나빠지는 보편성을 나타내 보이고 있었다. 조폭 노릇을 하면서도 자기가 잘못된 것이 아니라 세상이 잘못된 것이라는 변명을 항상 보호막처럼 둘러쓰고 있었다. 텔레비전에서 외국 선수와 한국 선수가 접전을 벌이는 운동경기라도 중계하면 누구보다 뜨거운 가슴을 간직한 애국자가 된다. 옳고 그름도 남들만큼 알고 있으며 좋고 나쁨도 남들만큼 알고 있다.

그런데 그놈의 욱하는 성질이 억제되지 않는다. 염병할 놈의 참을성만 있었더라면 사업에도 성공할 수 있었을 것이고 빵잽이도 면할 수 있었을 것이다. 하지만 사업을 벌이기만 하면 꼭 시빗거리가 생기고 욱하는 성질 때문에 주먹을 휘두르게 된다. 그리고 주먹을 휘두르기만 하면 상대편은 옥수수가 왕창 털리게 된다. 폭력으로만 따낸 별이 자그마치 일곱 개나 된다.

"큰형님께서 허락만 혀 주신다면 지가 한번 나서 보겠습니다."

"자네만 믿겠네."

"감삽니다, 형님."

"폭력은 겁만 주는 정도로 자제하고 절대로 사회적인 물의를 일으키지 않도록 각별히 유념하시게."

"명심허겠습니다, 형님."

"욱하는 성질 각별히 조심하고."

노정건 선생님은 인사를 끝내고 돌아서는 청량리 탈곡기를 향해 의미심장한 한마디를 던졌다. 나중에 청량리 탈곡기는 당시 상황을 다음과 같이 회상했다.

"아따, 나가 구십 도로다 인사를 허고 돌아서 부는디 큰형님으 한마디가 비수처럼 내 등에 콱 꽂혀 부더라고."

역시 큰형님으로 모시기를 백번 잘했다는 생각이 들더라는 것이다. 무슨 도사처럼 심중을 훤히 꿰뚫어 보시더라는 얘기였다.

"군바리는 고참 잘 만나는 거시 장땡이고 건달은 형님 잘

226

만나는 거시 장땡이여."

앞으로는, 배울 점이 주먹밖에 없거나 행패밖에 없는 인간들은 가급적이면 멀리하고 싶다는 고백이었다. 그리하여 청량리 탈곡기가 조폭에서 협객으로 변신하는 첫걸음이 시작되었다.

며칠 후 노정건 선생님은 《민초정론》의 관인이 찍힌 임명장을 청량리 탈곡기에게 수여했다. 청량리 탈곡기를 학교 폭력 근절 및 선도 위원으로 임명한다는 내용의 임명장이었다.

화승고등학교.

날마다 이상한 아저씨 하나가 학교에 나타났다. 떡 벌어진 어깨, 다부진 체격, 험상궂은 인상, 드러난 맨살들은 모두 요란한 문신들로 장식되어 있었다. 어디를 보아도 조폭 냄새가 물씬 풍기는 아저씨였다. 말을 붙이기조차 꺼려지는 인상을 가지고 있었다.

"아저씨는 뭐 하는 분이세요."

그러나 아저씨는 대답하지 않았다. 아저씨는 과묵한 성격의 소유자 같았다. 성가시게 굴거나 언짢게 굴면 딱 한마디로 일축했다.

"죽고 잡냐."

일진들이 찌질이들을 상대로 빵 셔틀을 할 때나 담배 셔틀을 할 때도 그 네 음절의 단어로 일진들을 주눅 들게 만들었다.

"죽고 잡냐."

그 네 음절의 말은 굉장한 위압감을 느끼게 만드는 힘을 가지고 있었다. 아저씨는 찌질이들한테는 절대로 그 말을 사용하지 않았다. 일진들한테만 사용했다. 분명히 아저씨는 코이슨을 집중적으로 주시하고 있었다. 마치 코이슨을 감시하는 임무를 띠고 학교에 나타난 사람 같아 보였다.

그러나 왜 코이슨을 감시하는지는 아무도 모르고 있었다. 그저 짐작만 난무했다. 어떤 놈은 조폭을 가장한 형사일 거라고 통밥을 굴렸고 어떤 놈은 조폭을 가장한 피해자의 친인척일 거라고 통밥을 굴렸다. 심증은 있는데 물증이 없어서 확실한 증거 확보를 위해 코이슨을 감시할지도 모른다는 주장이었다.

아저씨는 교실에서 수업을 받을 때를 제외하고는 언제나 코이슨 주변을 서성거렸다. 등교할 때도 하교할 때도 코이슨 곁을 떠나지 않았다. 코이슨은, 한편으로는 겁을 집어먹기도 했지만 다른 한편으로는 화가 치밀어 오르기도 했다. 명색이 평사파 짱이었다. 요즘은 어쩐지 가오에 크게 손상을 입은 듯한 기분을 떨쳐 버릴 수가 없었다. 참으면 웃음거리가 되리라는 사실은 불을 보듯 자명했다.

"씨발. 아저씨, 도대체 정체가 뭡니까. 왜 저를 감시하는 겁니까. 재수 없으니까 좀 꺼져 주실래요. 정말 개빡치네. 씨발. 제가 꼬우세요. 맞짱 한판 떠 드릴까요."

어느 날 코이슨은 아저씨를 향해 노골적으로 불만을 표출했다. 아저씨는 대꾸하지 않았다. 그 대신 코이슨을 똑바로 쏘아보면서 천천히 코이슨에게로 걸음을 옮겨 놓기 시작했다. 걸음을 옮겨 놓을 때마다 긴장감이 고조되고 있었다. 운동장 가득 해의 비늘들이 떨어져 번뜩거리고 있었다. 운동장에서 놀고 있던 아이들도 아저씨가 코이슨에게로 천천히 걸음을 옮겨 놓는 장면을 바라보고 있었다.

잠시 침묵이 흐르고 있었다. 이윽고 아저씨는 코이슨과 이마를 맞댈 수 있을 만큼 가까운 거리에서 걸음을 멈추었다. 아저씨는 멀리서 보기에도 무슨 폭발물 같은 느낌이었다. 건드리면 당장이라도 엄청난 굉음과 파편을 방사하면서 터져 버릴 듯한 분위기였다.

코이슨은 비실비실 뒷걸음질을 치기 시작했다. 아저씨는 일단 외모로 상대를 압도해 버리는 카리스마를 지니고 있었다. 코이슨도 감당하지 못하는 카리스마였다. 소문에 의하면 아저씨는 코이슨이 찌질이들을 상대로 평화 유지비를 갈취한다는 사실도 알고 있었다. 똘마니 하나가 평화 유지비를 뜯다가 아저씨한테 들켜 버린 모양이었다.

하지만 아저씨는 똘마니를 상대하지 않았다. 똘마니를 시켜서 지금 코이슨을 소환한 상태였다. 코이슨이 아저씨 앞에 나타나자 이번에는 죽고 잡냐 대신 한 음절을 줄여서 위협적으로 일갈했다.

"죽는다."

마치 목소리에 육중한 해머가 들어 있는 듯한 느낌이었다. 코이슨은 아저씨의 눈빛만 보아도 주눅이 들어서 꼼짝달싹을 할 수가 없었다.

기분이 더럽기는 하지만 대적할 방법이 없었다. 그래서 생각 끝에 아저씨를 다구리로 까 버려야겠다는 계획을 세우게 되었다. 다구리는 집단 폭행을 뜻하는 은어였다.

"아무리 지가 주먹이 막강해도 우리 편 쪽수에 밀릴 수밖에 없어. 씨발."

코이슨은 그때까지 상대를 과소평가하고 있었다. 일진들을 몽땅 소집하면 얼마든지 상대방을 제압할 수 있다는 생각이었다. 서른이 넘은 나이면 고딩이 볼 때는 노땅이나 다름이 없었다. 패기로 밀어붙이면 절대로 꿀리지 않으리라는 판단이었다. 이번에는 반드시 장미칼도 지참할 예정이었다. 아파트 공사를 하다 자금난으로 중단된 건물이 있었다. 그리로 아저씨를 불러내어 일전을 불사할 작정이었다.

그런데 정보가 새 버린 모양이었다. 똘마니들과 함께 정해진 격전지로 가는 도중에 코이슨의 똘마니들보다 훨씬 우락부락해 보이는 조폭들이 나타나서 고딩 일진들을 무참히 박살 내 버리고 말았다.

그때 비로소 아저씨의 정체가 확실하게 밝혀졌다. 아저씨는 형사도 아니었고 피해자 가족도 아니었다. 아저씨는 분명한 조폭이었다. 그것도 엄청난 쪽수의 똘마니들을 거느린 조폭이었다. 똘마니들은 무슨 유니폼처럼 검은 안경과 검은 양복과 검은 넥타이를 착용하고 있었다. 마치 액션 영화라도 찍으러 온 엑스트라를 방불케 했다.

아저씨는 자기 똘마니들을 시켜 개박살이 난 고딩 일진들을 공터에 모아 놓고 일장 연설을 늘어놓기 시작했다.

"아그들아. 시방부터 나를 형님이라 부르도록 혀라."

처음으로 구사하는 긴 문장이었다.

"어쨌거나 느그들도 주먹 하나 믿고 까부는 놈들이고 나도 주먹 하나 믿고 요날까지 살아온 놈이다. 오늘은 형님이 느그들한테 겁나 중요한 말 하나 혀 블란다. 내 눈에는 시방 느그들이 주먹계의 족보도 모르는 언빙아리 애기들로밖에 안 보여야. 제일 거시기한 거시기는 바로 양아치여."

일단 말문을 열자 청산유수였다.

"양아치는 원래 거지를 뜻하는 것이제. 모냥새가 삐딱허고 못된 짓만 허는 놈들을 가리킬 때 쓰는 말이다. 그다음이 깡패다. 주먹 하나 믿고 깽판이나 치는 모지런 무리들이다. 깡패 중에서도 제일 꼴불견은 논두렁 깡패여. 고것이 동네 깡패지. 촌동네서 주먹 좀 쓴다고 우아래도 몰라봄서 걍 까부는 놈들이여. 의리도 없고 생각도 없이 지 기분대로만 주먹을 휘두르제. 그다음이 건달이다. 주먹만 세면 다 건달 되는 것도 아니고 배짱 세다고 다 김두한 되는 것도 아니여. 적어도 생각이 있어야 쓰는 거여. 거시기한 진짜 건달은 약한 놈은 안 괴롭혀야. 주먹은 함부로 안 쓰고 꼭 거시기할 때, 나라를 위하고 정의를 위해서만 쓰는 것이제. 나라를 위하고 정의를 위해서만 주먹을 쓰는 사람이 머시냐, 그 이름도 거시기한 바로 협객인 거시여. 우리가 싸나이로 태어나서 양아치 나부랭이로 썩거나 동네 깡패 나부랭이로 썩어서야 쓰겠냐. 적어도 협객은 돼야 쓰지 않겠냐."

일진들은 숙연해졌다. 모두들 고개를 깊이 떨구고 있었다.

그때였다. 한 놈이 손을 번쩍 쳐들고 소리쳤다.

"형님, 질문 있습니다."

"혀 봐라."

"형님의 존함을 알고 싶습니다."

불시에 웅성거림이 뚝 그쳤다. 모두들 그 점이 궁금했다는 표정으로 아저씨를 바라보고 있었다.

"존함이라고 혔냐, 시방."

아저씨는 여기서 잠시 말을 끊었다.

"예절이 겁나게 바른 놈이구마."

아저씨는 고딩 일진들을 둘러보면서 잠깐 뜸을 들인 다음 입을 열었다.

"달건이들은 나를 청량리 탈곡기라고 부르제."

일순, 코이슨의 얼굴에 놀라움이 스치고 지나갔다. 들어 본 적이 있다는 기색이 확연했다.

232

"싸나이는 나라를 위해서나 정의를 위해서만 주먹을 쓰는 것이여."

그날 이후로 조폭들과 고딩 일진들에게 퍼지기 시작한 유행어였다.

청량리 탈곡기는 조폭 출신이었지만 의외로 단순하고도 순수한 일면들을 간직하고 있었다. 《민초정론》이 발령한 임명장을 받은 다음 날부터 화승고등학교로 날마다 출퇴근을 해서 폭력 퇴치와 학생 선도에 앞장을 섰다. 결과는 예상 밖이었다.

"저 새끼들, 아직도 정신을 못 차리고 쌈박질이냐. 쪽팔리게."

일진들은 깡패나 양아치 흉내를 벗어나 협객 흉내를 내려는 성향으로 빠르게 변해 가고 있었다.

"너 『일지매』라는 만화 봤냐. 죽인다."

"그거 언제적 만화데. 조선 시대 만화 아니냐. 너 아직도 재래식 구름 타고 다니냐. 나는 안드로메다에서 제작한 타임머신 타고 다닌다. 씨발."

"못 읽었으면 못 읽었다고 솔직하게 말해, 새꺄. 탈곡기 형님 추천 도서 목록 일호도 아직 못 읽은 새끼가 허세는 떨고 싶어서."

그가 적극적으로 학교 폭력 근절에 앞장을 서고부터 학교 폭력의 빈도가 현저하게 줄어들었다. 그 소문은 순식간에 인근 중·고등학교에 파급되어 많은 학교들이 지역의 조폭들과 비공개적으로 공조를 취하는 결과를 초래했다. 그리고 조폭들이 무슨 유행처럼 학교 폭력 근절에 앞장서는 풍조가 확산되기 시작했다. 청량리 탈곡기 휘하의 조폭들이 가장 적극적인 자발성을 나타내 보인 것은 두말할 나위가 없었다.

청량리 탈곡기를 위시한 조폭들이 과거를 청산하고 학교 폭력을 근절하는 일에 앞장을 섰다는 이야기가 《민초정론》에 특집 기사로 실리기도 했다.

멀고 먼 옛사랑에 대하여

"더 조사해 봐야 하겠지만 조찬길은 전문 사기꾼들하고 똑같은 놈이야. 이런 놈이 교수 자리에 앉아서 학생들한테 무얼 가르치는지 궁금해. 지금까지 밝혀진 사실만으로도 감옥으로 직행할 이유는 충분하지. 도대체 손을 뻗치지 않은 데가 없을 정도야. 돈이 생길 만한 건수만 있으면 수단과 방법을 가리지 않고 빨대를 꽂았어. 그런데 세금은 상습 체납이야."

박태빈 검사가 조찬길 교수와 조정갑 이사에게 구속영장을 발부하고 본격적인 법적 응징의 신호탄을 쏘아 올렸다는 전화였다. 그들은 마침내 사회적 매장이라는 직행열차의 티

켓을 끊었다. 간이역은 없을 것이다.

"조찬길 교수를 감옥에 처넣을 이유는 충분하단 말이지."

"지금까지 나온 증거만으로도 충분히 감옥에 처넣을 수 있어."

"풀려날 공산은 없을까."

"조사하면 더 나올 여지도 있고 수법이 비열하고 간교해서 계속적으로 불법으로 돈을 긁어모을 가능성도 농후한 상황이야. 풀려날 여지는 없어. 그리고 놀라지 마시라. 조사 중에 기막힌 사실 하나를 발견했어."

"기막힌 사실이라니 뭐냐."

"조찬길, 조정갑이 모두 조평달과 친척지간이야. 일족들이 합세를 해서 정보를 교환하고 건수를 올리고 방해물을 제거하거나 방패 노릇을 하면서 줄기차게 불법으로 재산을 축적한 거지."

"쌍칼."

"세 놈이 다 수법이 흡사해서 어쩐지 수상했어."

"감옥에서 얼마나 썩을 거 같냐."

"그건 내가 판단할 문제가 아니고 법원이 판단할 문제지."

"조정갑은 어쨌어."

"그놈도 조찬길과 전혀 다를 바가 없는 놈이야. 같은 학원, 같은 강사 밑에서 불법으로 돈을 갈취하는 법을 개인 지도라도 받은 놈들 같아. 조정갑은 언론을 등에 업고 사대강과 관련된 부처나 업체에 두루 빨대를 꽂았어. 때로는 공갈 협박도 불사했지. 역시 상습 체납이고."

"종교계나 정치계에 있는 놈들도 손을 댈 거냐."

"물론이지."

"내가 도와줄 일이 있으면 연락해라."

"고맙다."

"통풍은 좀 어떠냐."

"개다래나무 열매로 만들었다는 약재가 정말 끝내주더라. 몇 주일 지나서 거짓말처럼 통증이 사라졌어. 하지만 일 년은 장복해야 재발을 막을 수 있나 봐."

"그만하길 다행이다. 니가 통풍 걸렸다는 소리 듣고 내 발가락이 더 아프더라."

"영혼이 전혀 안 느껴지는 소리 좀 작작 해라."

"요즘은 새삼스럽게 너의 아재개그가 그리워질 때가 있어. 나는 진실만을 말한다."

"니가 비로소 내 고품격 유머를 이해할 수 있는 수준에 도달했구나."

"솔직히 펭귄들 고향 생각나게 만드는 니 개그에 웃어 주는 사람 나밖에 없었잖아."

"너처럼 착각이 심하면 정신과 치료를 받아야 하는데."

"신상 있으면 풀어라."

"지금은 개그 칠 시간도 없이 바쁘다. 전화 끊자."

"알았다."

죄를 지었으면 법적 처벌을 받아야 마땅하다. 그리고 법은 만인 앞에 공평해야 한다.

박태빈 검사가 직접 수사를 시작했으니 조찬길도 조정갑도 빠져나가기는 힘들 것이다. 그런데 두 인간이 모두 조평달과 친척지간이라니 참 더러운 피를 물려받았다는 생각이 들었다. 박태빈 검사가 종교계나 정치계도 손을 대겠다고 했으니 기대를 걸어 볼 만한 일이었다. 증거가 불충분하거나 보안이 철저한 경우에도 수목들의 힘을 빌리면 증거를 확보할 수 있거나 비밀의 실마리를 푸는 방법이 생긴다.

하지만 아직도 우울한 부분은 남아 있었다. 4대강 대국민 사기 사업의 실질적 주범은 털끝 하나도 건드리지 못하고 있는 실정이었다. 그는 MS라는 이니셜로 불리고 있었다. 어떤 사람은 경상도 사투리로 '문디 새끼'를 뜻한다고 풀이하기도 했고, 어떤 사람은 서울 표준말로 '미친 새끼'를 뜻한다고 풀이하기도 했다. 한편으로는, '무궁화 삼천리'의 약자로 풀이하는 사람도 있었고, 한편으로는 '민족의 성화', 또는 '무진장 사랑해'의 약자로 풀이하는 사람도 있었다.

대한민국은 엄연히 민주공화국이고 표현의 자유가 보장되지만 특히 젊은 층의 표현은 부정적 성향이 뚜렷했다. MS에 대한 미화는 옆구리 터진 김밥에 반창고를 붙이는 꼴불견이라고 표현할 정도였다.

보복대행전문주식회사는 MS에게도 녹조라떼를 원샷할 기회를 만들어야 한다는 사명감에 불타고 있었다. 그는 4대강 대국민 사기 사업의 주범이었다. 공범들의 죄질은 그의 죄질에 비하면 그야말로 조족지혈이었다.

나는 텔레비전이나 신문을 통해 MS의 얼굴을 대할 때마다 성격 더러운 선생님이 출제한 숙제를 못 해 온 학생처럼 가슴이 무겁게 짓눌리는 기분이었다. 생각이 날 때마다 써글, 부담이 증폭되고 있었다. 아직 전략도 무기도 갖추어지지 않은 상태였다. 대충 밑그림이라도 그려지면 노거수님들과 수목들에게 자문을 구해 볼 심산이었다.

MS는 거대하고 견고한 권력의 방어막 속에 둘러싸여 있었다. 박태빈 검사 정도로는 어림도 없었다. 박태빈 검사가 고등어라면 MS는 범고래였다. 그야말로 쨉도 되지 않는 상대였다. 무슨 떡고물이라도 얻어먹었는지 아니면 다른 이유라도 있는 것인지 무조건 MS를 추종하고 옹호하는 무리들도 적지 않았다. 하지만 언젠가는 MS도 죗값을 치를 날이 오고야 말 것이다.

나는 MS에 대한 생각을 떨쳐 버릴 생각으로 밖으로 나와 수목원을 한 바퀴 둘러보았다. 기분이 한결 나아졌다. 황 프로가 생각났다. 아직 황 프로에게 수목원을 보여 주지는 않았다.

문득 배가 고프다는 생각을 했다. 낚시터에서 황 프로와 같이 먹던 라면과 닭칼국수가 생각났다. 오늘은 점심이라도 같이 먹어야겠다는 생각을 했다. 황 프로는 핸드폰이 없었다. 전화로 의사를 물어보기는 틀린 노릇이었다. 그가 묵고 있는 민박집으로 가는 수밖에 없었다.

"오늘의 미세먼지 농도는 매우 나쁨으로 기록될 예상입니다. 외출하시는 분들은 마스크를 착용하시기 바랍니다. 호흡기가 약하신 분들은 특히 주의해 주셔야겠습니다."

텔레비전에서 기상 캐스터가 미세먼지 주의보를 발령하고 있었다. 화천은 청정 지역이기는 했지만 미세먼지의 침공을 벗어날 수는 없었다. 어떤 날은 먼 산들이 미세먼지 속에서 희미한 모습으로 떠내려가기도 했다. 또 어떤 날은 가까운 풍경조차도 희뿌연 먼지 속에 함몰되어 형체가 불분명할 때도 있었다. 가끔 목구멍이 칼칼하거나 간질거리면서 기침이 터져 나올 때도 있었다.

자연이 오염되면 사람도 오염된다. 그런데 지금 썩어 문드러진 이 세태는 자연이 먼저 썩어 문드러졌기 때문일까, 아니면 인간이 먼저 썩어 문드러졌기 때문일까. 어느 쪽이 먼저일지는 몰라도 불가분의 관계를 부인할 수 없을 것이다.

"황 프로가 지금 숙소에 있을까."

나는 백량금에게 물어보았다.

"신발이 없는데요."

출타했을 거라는 대답이었다.

"어딜 가셨을까."

"주파수가 안 잡히는 분이라서 현재 위치를 파악할 수가 없어요."

"돌아오시면 알 수 있을까."

"돌아오셔서 신발을 벗어 놓으면 알 수가 있겠죠."

나는 어쩔 수 없이 조리사 아주머니께 부탁해서 집에서 혼자 점심을 해결했다.

『애완견 길들이기』라는 책을 보면서 다몽이를 훈련시키는 일로 얼마간의 시간을 허비했다. 처음에는 앉아, 기다려, 일어서, 라는 명령어를 수행하는 훈련이었다. 앉아는 어쩌다 되는데 기다려와 일어서는 멀뚱멀뚱 갸우뚱으로 일관했다.

그다음은 멀리 집어 던진 물건을 물어 오도록 길들이는 훈련이었다. 그러나 다몽이는 그 훈련도 기대를 무산시키는 결과를 보여 주었다. 어쩌다 집어 던진 물건을 물어 오는 때가 있기는 했지만 대개는 딴전을 피우기 일쑤였다. 귀가 없는 나무들도 소통이 가능한데 귀가 있는 다몽이는 불통이었다. 계속 훈련에 임하다 보면 나도 다몽이도 성격만 버릴 것 같았다.

책에는 명령을 수행하면 칭찬과 함께 간식을 주도록 하라, 그러면 효율성이 높아질 것이다, 라고 쓰여 있었다. 하지만 다몽이는 간식에만 지대한 관심을 기울였지 훈련에는 아예 관심을 기울이지 않았다.

"그만하자, 다몽아."

훈련을 더 계속하면 다몽이도 나도 분노 조절 장애가 찾아올 거라는 생각이 들었다. 도대체 동물 조련사들은 인내심이 어느 정도이기에 도통 말귀를 알아듣지 못하는 동물들이 심부름을 하거나 묘기를 부리거나 명령을 수행할 수 있도록 만드는 것일까. 과연 잘 훈련된 동물들은 일반 동물들에 비해 행복할까. 아무래도 자연 속에서 자기 의지대로 살아가는 동물들에 비하면 불행할 거라는 생각이 들었다.

"다몽아, 기뻐해라. 훈련은 오늘로 끝이다. 걍 너는 개니까 개처럼 살아라. 나도 사람이니까 사람처럼 살게."

잠시라도 다몽이를 주인의 말을 알아듣는 개로 만들려고 했던 내가 잘못이었다. 나는 『애완견 길들이기』라는 책을 멀찍이 집어 던져 버렸다. 책장에 꽂혀 있던 다른 책들이 못 본 척 시치미를 떼고 줄지어 차렷 자세로 서 있었다.

며칠 동안 황 프로는 부재중이었다. 아침 일찍 숙소를 찾아갔는데도 방이 비어 있었다.

"언제쯤 나가셨습니까."

"날마다 꼭두새벽에 나가더라구요."

"매일 말입니까."

"무슨 직장이라도 얻으셨는지 매일 꼭두새벽에 나가서는 저녁 늦게야 들어와요."

민박집 주인 아주머니의 말이었다.

"보시면 언제 저하고 점심 식사나 같이 하자고 말씀 전해 주세요."

"나도 얼굴 보기는 힘들지만 운 좋게 마주치면 그렇게 전해 드리지요."

민박집 주인 아주머니조차도 얼굴을 마주치기 힘들다는 얘기였다.

그로부터 나흘이 지났을 때였다. 황 프로가 불쑥 나를 찾아왔다.

"매일 무슨 볼일이 그렇게 많으세요."

"내가 전에 환생했다는 옛사랑을 찾아 여까지 온 거라고 자네한테 말했잖여."

"그럼, 그 말씀이 정말이셨어요."

"나는 농담 같은 거 안 햐."

그의 말은 대체로 믿을 수가 없는 여지를 간직하고 있을 때가 많아서 나는 황당하다 싶을 때는 대충 건성으로 듣고 마는 경우가 많았다.

그러나 황 프로는 언제나 자신의 이야기가 사실이라고 말한다. 어쩌면 세상에는 현실과 몽상 사이를 넘나들면서 사는 사람도 있지 않을까. 있다면 아마도 황 프로도 그중의 하나일 것이다.

나는 민박집 주인 아주머니가 점심 식사나 같이하자는 내 말을 황 프로에게 전해 드린 줄 알았다. 그러나 아니었다.

"뭐여. 자네가 또 나를 찾아올 것이 뻐언혀서 자네의 수고를 덜어 줄라고 여까지 와 버린 겨. 시방."

"제가 황 프로님을 또 찾아가리라는 걸 어떻게 아셨어요."

"뇌파로 탐색혀 보믄 다 알 수 있다고 내가 전에 말혔잖여."

"그런데 무슨 볼일이 그리 많으세요. 숙소에 머물러 계신 적이 거의 없다면서요. 혹시 취직이라도 하셨어요."

"허우대 멀쩡한 젊은 냥반들도 입에 풀칠하기 힘든 판국에 시방, 나 같은 퇴물을 언 넘이 써 준댜."

"취직도 안 하셨다면서 왜 날마다 꼭두새벽에 외출해서 저녁 늦게야 들어오세요."

"내가 자네헌테 말혔잖여. 지구에서 환생했다는 옛사랑을 찾고 있는 겨."

"전부터 자꾸만 옛사랑, 옛사랑 하시는데 언제적 옛사랑을 말씀하시는 건가요."

"머언 먼 전생의 옛사랑이지."

"그 머언 먼 전생이 대략 언제쯤인가요."

"시간적 배경은 진시황 때고 공간적 배경은 중국이여."

나는 또 황 프로가 몽상의 세계로 건너간 모양이라고 생각했다.

"전생에는 중국 분이셨군요."

"당시 사람들은 나를 범기량이라고 불렀어."

황 프로의 말을 그대로 빌리면, 전생에 그는 중국 사람이었고 그의 부인은 대성통곡으로 만리장성을 허물었다는 전설의 여주인공이었다. 지금까지도 만리장성 부근에 동상이나 초상화로 제작되어 그녀의 모습이 보존되고 있었다. 달리 말하면 그의 아내는 진시황 때의 여인으로 중국 4대 민간 고사의 하나인 맹강녀곡장성(孟姜女哭長城)의 여주인공 맹강녀였다.

그녀의 남편 범기량은 신혼 초에 만리장성을 축조하는 공사장에 끌려가고야 말았다. 맹강녀는 엄동설한에 남편의 옷을 지어 끌어안고 몇 달이나 걸려서 만리장성에 도착한다. 그러나 부역을 하던 사람들로부터 남편은 이미 죽었고 남편의 시신도 장성 밑에 매장되었다는 이야기를 듣게 된다. 그 말을 들은 맹강녀가 대성통곡을 하자 성벽 800리가 무너져 내렸고 묻혀 있던 수많은 유골들이 드러난다.

그런데 어느 유골이 남편의 유골인지 알 수 없었다. 그녀는 손가락을 깨물어 핏방울을 각각의 유골에 떨구어 보았다. 그때 한 구의 유골이 핏방울을 빨아들여 남편의 유골이라는 확신을 얻게 되었다.

때마침 진시황이 시찰을 나왔다가 맹강녀의 모습을 보게 되었다. 그리고 그녀의 미모에 반해 첩으로 삼기를 간청한다. 이에 맹강녀는 진시황이 직접 진황도로 가서 남편 범기량을 위해 상복을 입고 제사를 지내 주기를 당부한다. 진시황이 그녀의 당부를 받아들여 상복을 입고 범기량의 제사를 지낸다.

그러나 맹강녀는 진시황이 제사를 마치자 남편의 유골을 받쳐 들고 바다로 뛰어들어 자살해 버린다. 그녀가 자살한 그 자리에 그녀의 묘가 만들어져 오늘날까지 세인들의 발길을 멈추게 만든다.

"너무나 비극적인 마무리군요."

"그랴. 서방 노릇도 제대로 못 햐서 부인 속만 새까맣게 태우다 죽은 겨. 허지만 난들 어쩔 겨. 타고난 팔자가 그랴."

"타고난 팔자는 도저히 바꿀 수가 없나요."

"인생의 반은 하늘의 소관이고 반은 내 소관인 겨. 내 소관은 바꿀 수 있어도 하늘의 소관은 바꿀 수가 없는 겨."

"하늘의 소관은 어떤 겁니까."

"뭐여, 말하자믄, 인륜은 내 소관이고 천륜은 하늘의 소관인 겨."

"무슨 차이가 있나요."

"어떤 부모 밑에서 태어나고 어떤 부인을 얻고 어떤 자녀를 낳느냐는 하늘의 소관인 겨. 내가 발버둥을 친다고 바꿀 수가 있는 것이 아닌 겨."

부연하자면, 숙명은 천륜이라 하늘의 소관이므로 인간의 힘으로는 바꿀 수가 없다는 것이다. 하지만 운명은 인륜이라 인간의 소관이므로 노력 여하에 따라 바꿀 수가 있다는 것이다.

나는 여기서 잠깐 골수 친일파였던 내 할아버지, 아버지와의 관계를 떠올렸다. 황 프로의 말대로라면 숙명에 해당한다. 바꿀 수가 없는 것이다. 하늘은 왜 하필이면 그런 할아버지와 아버지를 내게 천륜으로 묶어서 보내 주셨을까. 나로서는 억울한 일이지만 역시 황 프로의 말대로라면 팔자소관이었다. 바꿀 수가 없는 일이니 감내하고 살아야 했다.

　"한마디로 나는 말이여, 한 시대의 전설적인 여인들만 골라서 남편 역할을 수행했던 인물인 겨."

　"다른 여자의 남편 역할도 했었나요."

　"같은 여잔데 다른 시대에 다른 역할을 혔지. 그래도 살 때는 같은 여자라는 사실을 모르고 사는 겨. 한 생애가 끝나고 다음 생에 새로 태어날 때는 전생의 기억들을 몽땅 지우고 태어나는 겨. 간혹 한(恨)이 몇 번씩 반복되면 환생을 혀도 일부는 기억이 남아 있기도 햐."

　"또 어떤 시대를 사셨나요."

　"뭐여, 『삼국사기』에도 내 각시의 전생이 기록돼 있어. 『삼국사기』, 자네도 들어 봤는간."

　『삼국사기』에 황 프로의 아내에 대한 이야기가 기록되어 있다니, 나는 부쩍 호기심이 치밀어 오를 수밖에 없었다.

　"『삼국사기』에 나오시는 분이라면 역사적으로도 유명한 분이겠는데요."

　"설씨녀라고 자네도 들어 본 적이 있을 겨."

설씨녀. 하지만 나는 기억이 분명치 않았다.

황 프로는 자신이 전생에 신라에서도 살았던 적이 있다고 말했다. 황 프로의 말에 의하면 신라 진평왕 때 왕경(경주) 율리에 설씨가 살았다. 그에게는 환갑이 넘은 나이에 얻은 딸이 하나 있었다. 부인은 남편과 딸을 남겨 두고 먼저 세상을 떠나 버렸다. 설씨는 혼자서 딸을 금지옥엽으로 길렀고, 딸은 어느새 시집보낼 나이가 다 되었다.

사람들은 딸을 설씨녀라 불렀는데 미모가 출중하고 품행이 방정해서 백 리 바깥에까지 소문이 파다했다. 여러 총각들이 설씨녀를 보기만 하면 흠모의 정으로 잠을 이루지 못했다. 사량부에 살던 가실이라는 총각도 예외가 아니었다.

하지만 빈곤한 집안에 궁색한 외모를 가진 가실로서는 자신의 솔직한 심경을 누구에게도 드러낼 용기가 생기지 않았다. 설씨녀의 모습만 떠올리면 가슴에 커다란 바윗돌 하나가 쿵 하는 소리로 떨어져 내리곤 했다. 밤이나 낮이나 설씨녀의 모습이 눈앞에 어른거려서 아무 일도 손에 잡히지 않았다. 실바람만 건듯 불어도 그녀 생각으로 가슴이 설렐 정도였다.

그럴 무렵이었다. 때마침 여든의 설씨에게 군역을 수행하라는 명령이 떨어졌다. 정곡에 나가 변방을 지키라는 명령이었다. 요즘 식으로 말하면 병무청으로부터 입영 영장이 발부된 격이었다. 여든이 넘은 노인에게 입영 영장이라니, 설씨로서는 청천벽력이나 다름이 없었다. 하지만 나라의 흥망과 관계된 명령이었다. 거역할 수가 없었다.

설씨녀는 효성도 지극한 여자로 알려져 있었다. 늙은 아버지를 군역에 보낼 걱정 때문에 잠을 이룰 수가 없었다. 밤이나 낮이나 태산 같은 근심만 쌓이고 있었다. 하지만 여자의 몸으로 군역을 대신할 수도 없는 노릇이었다.

그때 가실은 마침내 하늘이 자신에게 기회를 주었다고 생각했다. 그는 지체 없이 설씨녀를 찾아가 자신이 간직하고 있던 사랑을 고백하고 군역을 대신하겠다는 의지를 토로했다.

"내가 비록 나약한 남자기는 하지만 일찍이 의지와 기개만큼은 남다르다고 자부합니다. 아버님의 군역을 대신 치르도록 하겠습니다."

걱정이 태산 같았던 설씨녀로서는 가실의 진실과 용기에 크게 감동할 수밖에 없었다. 늙으신 아버님이 전쟁터에 나간다면, 군역을 치르는 동안 자칫 목숨을 잃을 수도 있었다. 그것을 가실이 대신하겠다는 것이었다. 가실의 언행에서는 설씨녀의 근심만 덜어 줄 수 있다면 아무 보상 없이 목숨을 바치겠다는 결의가 번뜩거리고 있었다. 설씨녀로서는 고마울 수밖에 없었다.

그 소식을 전해 들은 설씨녀의 아버지는 가실을 불러 중대한 약속을 하기에 이른다.

"자네가 나를 대신해서 군역에 나갈 결심을 굳혔다니, 고맙고도 송구스럽네. 무엇으로 그 은혜를 갚을까 생각해 보았는데, 만약 그대가 내 딸을 어리석고 누추하다고 생각해서 버리지만 않는다면 그대의 아내로 삼게 해 평생 그대를 받들게 하고 싶네. 자네 생각은 어떤가.”

그러니까 딸과 가실, 두 사람이 혼약을 맺도록 하겠다는 약속이었다. 소원을 성취하는 마당에 달리 무슨 할 말이 필요하겠는가.

“감히 말씀드리기 송구스러운 일이었습니다만, 그것은 제가 간절히 소망하던 일이었습니다.”

가실은 크게 기뻐하면서 설씨녀의 아버지께 큰절을 올리고 밖으로 나와 설씨녀에게도 아버님이 혼인을 허락했다는 사실을 전했다. 그러나 설씨녀는 일생일대의 중대사인 혼사를 급작스럽게 치를 수가 없다는 뜻을 밝혔다.

“저는 이미 아버님처럼 마음으로 결혼을 허락했습니다. 죽는 한이 있어도 이 약속을 어기지는 않겠습니다. 당신이 군역을 마치고 돌아온 뒤에 길일을 잡아 혼례를 올려도 늦지는 않을 것입니다.”

그녀는 청동거울을 꺼내 반을 잘라서 한 조각은 자기가 간직하고 한 조각은 가실에게 주었다.

“이것이 신표입니다. 훗날 만나서 서로 합치기로 하지요.”

가실은 준마를 기르는 재능을 가지고 있었다. 그는 자신이 기르던 준마를 설씨녀에게 맡기면서 이 말은 천하에 드문 명

마인데 지금 내가 군역에 나가면 기를 사람이 없으니 대신 맡아서 길러 달라고 부탁한 다음 군역을 치르기 위해 마을을 떠났다. 가실이 군역을 떠난 뒤 설씨녀는 말을 기르면서 가실을 기다렸다.

그러나 가실은 어찌 된 셈인지 군역이 끝나는 3년이 지나도록 돌아오지 않았다. 무려 6년이 되었는데도 종무소식이었다. 죽었는지 살았는지조차도 알 길이 없었다. 가실에 대한 소식을 알 길이 없게 되자 주위에서 다른 사람과 정혼하기를 간청하는 사람들이 들끓기 시작했다.

어느 날 설씨는 딸에게 말했다.

"가실이 떠난 지 너무 오래 지났는데 전혀 소식이 없구나. 이러다 네가 처녀로 늙어 죽을까 걱정이다. 다른 혼처를 알아보는 것이 어떻겠느냐."

지금까지 한 번도 아버지의 말을 거역해 본 적이 없는 설씨녀였지만 이번에는 완강하게 아버지의 간청을 거절했다.

"지금 변방에는 바로 앞에 적이 들이닥쳐 마치 호랑이 아가리에 머리를 들이밀고 있는 형국과 마찬가지라고 합니다. 가실은 늙으신 아버지를 대신해서 목숨을 바칠 각오를 하고 변방으로 간 사람입니다. 그런데 제가 약속을 가벼이 어긴다면 어찌 사람이라고 할 수가 있겠습니까."

당시 신라, 고구려, 백제는 치열한 영역 다툼을 하고 있었다. 가실은 복무연한이 연장된 상태였다. 설씨녀에게 급히 쓴

서신도 복잡한 상황 때문에 전해질 수가 없었다. 설상가상으로 말을 관리할 줄 아는 사람이 드물어서 도저히 전쟁터를 떠날 수가 없는 상황이었다.

6년이 지나서야 가실은 전쟁터를 떠날 수가 있었다. 피골이 상접한 얼굴에 남루한 옷차림으로 가실은 설씨녀가 기다리고 있는 마을로 돌아왔으나 아무도 알아보는 사람이 없었다. 설씨녀조차도 그를 알아보지 못했다. 가실은 설씨녀가 주었던 청동거울 반쪽을 내밀었다. 그것을 맞춰 보고 나서야 설씨녀는 가실을 알아보았다.

"『삼국사기』에도 적혀 있는 야기여. 이때도 나는 각시 속만 새까맣게 태우는 서방 노릇밖에 못 했어. 젠장헐."

황 프로는 윤회에 윤회를 거듭하면서도 각시를 내버려 두고 한평생을 떠도는 서방 역할을 수행하다가 급기야는 다른 별자리에서 환생하게 되었다.

카시오페이아.

그가 만리장성을 축조하러 가서 죽었을 때 그의 아내 맹강녀가 만리장성이 있다는 북쪽으로 가기 위해 북극성을 찾을 때마다 바라보던 별자리였다. 마치 갈매기가 날아가는 모양으로 떠 있던 별자리. 거기 가운데 별이 트시라는 별이었다.

그 별에서는 원한다면 누구나 전생에 대한 기록을 모두 소급해서 영화처럼 들여다볼 수가 있었다. 그 별에는 갈등이라는 말도 없었고 투쟁이라는 말도 없었다. 과학과 철학이 지구보다 1천 년 정도 앞서 있었다. 시간과 공간을 일정 부분 조작해서 실생활에 활용할 수 있는 기술을 보유하고 있었으며 의식과 물질을 배합할 수 있는 기술도 보유하고 있었다.

거기서 황 프로는 인간의 본질도 결국 사랑이라는 사실을 깨달았다. 그는 지구에서도 몇 겁의 환생과 소멸을 거듭했었고, 다른 별에서도 몇 겁의 환생과 소멸을 거듭했었다. 환생과 소멸을 거듭할 때마다 사랑의 완성도가 높아진다는 사실도 깨달았다. 결국 윤회를 거듭하는 것은 사랑의 완성을 위한 과정이요, 사랑의 완성을 위한 수행에 불과하다는 사실도 깨달았다.

그 별에서 그는 자신이 한 여자를 얼마나 애틋하게 사랑했으며 그녀 또한 자신을 얼마나 애틋하게 사랑했는가를 비로소 자각하게 되었다. 그러나 그는 그 별에서도 정착하지 못하고 자주 그녀 곁을 떠나곤 했다. 그리고 그녀에게 간절한 기다림과 쓰라린 아픔만을 안겨 주었다.

황 프로는 트시라는 별에서 살다가 자기보다 먼저 죽은 아내가 천 년이 지난 다음에 지구에서 다른 생명체로 환생한다는 사실을 알고 때를 맞춰 지구로 오게 되었다.

"지구에서 다른 생명체로 환생한 것은 확실혀."

그러나 아직 어떤 생명체로 태어났는지를 모른다는 사실이 한계였다. 지구에서 다른 생명체로 환생했다는 사실은 그가 살던 카시오페이아의 트시라는 별에서 보내온 정보였다. 하지만 트시의 과학으로는 거기까지가 전부였다.

"그래서 식물들하고 소통이 가능한 자네한테 부탁하고 싶은데 말여. 혹시 식물로 환생했는지 탐문해 줄 수 없을까. 아무래도 내 감으로는 그랴, 절대 동물은 아녀."

나는 황 프로에게 식물들과 채널링이 가능하다는 사실을 한 번도 얘기한 적이 없었다. 그런데 어떻게 알았을까. 정말로 황 프로는 뇌파로 다른 사람의 의식을 스캔할 수 있는 능력을 가지고 있는 외계인일까.

나는 아직 UFO를 한 번도 목격한 적이 없었다. 그러나 외계인의 존재는 믿고 있었다. 물론 입증할 만한 증거나 논리를 가지고 있지는 않았다. 황 프로에 대해서도 마찬가지였다. 긍정할 만한 근거도 가지고 있지 않았고 부정할 만한 근거도 가지고 있지 않았다.

춘천에 볼일이 있어 이른 아침에 나갔다가 올 들어 처음으로 매미가 우는 소리를 들었다. 바람이 불면 나무들 짙푸른 머리 풀고 그리움의 몸살을 앓는 여름. 매미는 어딘가로 끊임없이 교신을 보내고 있었지만 응답은 돌아오지 않고 깨진 유리 조각처럼 번쩍거리는 햇빛만 나뭇잎 위로 쏟아져 내리고 있었다.

나는 매미 울음소리를 듣고 불현듯 유익현의 옛집을 떠올

렸다. 빙의목이었던 대추나무를 떠올렸고 풋대추를 따서 유
익현에게 선물하겠다고 약속한 사실을 떠올렸다.

나는 춘천에서 곧바로 화천으로 와서 보관해 두었던 못들
을 찾아냈다. 빙의목에 박혀 있던 못들이었다. 못들은 헝겊에
잘 싸여 있었지만 적갈색으로 녹슬어 있었다.

나는 못들을 챙긴 다음 곧장 충북 보은을 향해 랜드로버
를 몰았다. 유익현이 살던 마을은 여전히 텅 비어 있었다. 사
람은 그림자조차 보이지 않았다. 헐어서 쓰러지기 직전인 집
들만 마을의 정적을 지키고 있었다. 시간이 정지해 있는 것
같았다. 예전에 내가 다녀갔을 때와 달라진 점이 전혀 보이
지 않았다. 여전히 폐허 같았고, 여전히 인적이 없었고, 여전
히 적요했다. 도처에 대추나무들이 번성하고 있었다. 대추나
무들은 매미들이 발악적으로 울어 대도 태연자약, 졸음에
겨운 모습으로 보초를 서고 있었다.

나는 휴대폰을 꺼내 마을의 정경들을 여기저기 사진으로
찍어 두었다. 날이 저물고 있었다. 나는 서둘러 유익현의 옛
집으로 들어섰다.

"약속을 지키러 오셨군요."

"대추를 탐스럽고 예쁘게 가꾸셨군요."

"어릴 적 친구에게 바치는 제 소망과 기쁨이 담겨 있습니다."

"지금 말씀 그대로 전해 드리겠습니다."

나는 조심스럽게 대추를 따서 미리 준비한 상자 속에 담기

시작했다. 어느새 해는 서산으로 꼴깍 넘어가 버렸고 어둠이 도둑처럼 성큼성큼 마을로 걸어 들어오고 있었다.

"아무래도 내일쯤에나 유익현 씨한테 이 대추들을 전해 드릴 수 있을 것 같습니다."

"익현이를 만나면 제가 너무 보고 싶어 한다고 전해 주세요."

"여부가 있겠습니까."

"고맙습니다."

나는 아주 친한 친구와 이별할 때처럼 아쉬움을 느끼면서 대추나무를 한참 동안 껴안고 있었다.

"저어, 부탁이 하나 있는데요."

대추나무가 말했다.

"말씀하세요."

"제 대추를 한 알만 따 먹어 주셨으면 해서요."

"제가 유익현 씨보다 먼저 먹어 보아도 될까요."

"그럼요."

나는 풋대추 한 알을 따서 입 안에 넣고 지그시 깨물었다. 향기롭고 다디단 과액이 입 안에 고여 들었다.

"저를 잊지 않기를 바라는 마음으로 대추 한 알을 드시라고 말씀드렸어요."

풋대추의 향기와 맛이 혈관을 타고 전신에 퍼지고 있었다. 내 몸 전체가 풋대추 빛깔로 물드는 기분이었다. 옛날에 먹어 보았던 대추들과는 판이하게 다른 맛과 향기를 지니고 있었다. 당연히 잊을 수가 없을 거라는 생각을 했다. 그 한 알의 풋 대추 속에는 대추나무가 내게 말하고 싶었던 단어들이 농축 된 채로 간직되어 있었다.

그 문장은 바로 '사랑합니다'였다.

나는 서울에 입성해서 늘 묵었던 서대문 레지던스를 숙소 로 정했다. 하루 종일 운전을 했기 때문인지 엄청나게 피곤했 다. 잠이 산적 떼처럼 몰려들고 있었다. 피곤이 전신을 엄청 난 무게로 짓누르고 있었다. 나는 잠들기 전에 박태빈 검사 나 세은에게 전화를 걸어 볼까 하다가 이내 곯아떨어져 버리 고 말았다.

다음 날 아침에야 일찍 잠에서 깨어나 박태빈 검사와 세은 에게 전화를 걸었다. 그리고 점심 식사를 약속했다.

늑장을 부리면 유익현을 못 만날지도 모른다는 생각이 들 어 아침 식사를 생략한 채 숙소를 나섰다. 혹시 그 사이에 이사라도 갔으면 어떻게 하나 걱정했지만 다행히 유익현은 원룸에 그대로 머물러 있었다.

놀랍게도 그는 엄청난 변화를 보여 주고 있었다. 일단 방 안이 단정하게 정리되어 있었다. 나는 그것만으로도 그의 마 음이 얼마나 고결해졌는지를 짐작할 수 있었다. 그는 나를 대변에 알아보고 겸연쩍어 어쩔 줄을 모르는 태도를 보이고 있었다.

"어릴 때의 추억을 되살리시는 일에 도움이 될까 해서 휴대폰으로 사진을 몇 장 찍어 가지고 왔습니다."

나는 핸드폰에 담아 온 그의 고향과 가옥과 빙의목을 보여 주었다. 그리고 자초지종을 상세히 설명해 주었다. 놀랍게도 나는 한 번도 말을 더듬지 않았다. 그것은 그가 나와의 소통이 가능한 상태로 변해 있음을 의미한다.

"빙의목에 박혀 있던 못입니다. 모두 스물두 개입니다. 유익현 씨와 고통을 함께하고 싶다는 마음으로 빙의목이 스물두 번의 고통에 시달렸습니다. 그리고 이건 빙의목에서 따 온 풋대추입니다."

나는 헝겊에 싸 두었던 대못 스물두 개와 풋대추가 가득 들어 있는 상자 하나를 그에게 내밀었다.

"열어 보세요."

그는 상자를 열어 보았다. 초록색 대추알들이 탱글탱글한 자태를 드러냈다. 내 눈에는 초록색 보석 알로 보였다.

"빙의목 역할을 담당했던 대추나무가 유익현 씨를 보고 싶어 한다고 전해 달랍니다."

유익현은 눈물이 그렁그렁한 상태로 나를 바라보다가 풋대추를 보자 마침내 손바닥으로 얼굴을 감싸 쥐고 오열을 터뜨리기 시작했다. 그의 어깨가 가늘게 들썩거리고 있었다.

나는 말 못하는 동물들에게 너무 많은 죄를 저질렀다.

부끄럽다.

내 죄를 다 씻었다는 생각이 들 때까지 나도 동물들처럼 말을 하지 않기로 결심한다.

텔레비전에서 보았던 글자들이 벽에 그대로 붙어 있었다.

"이제는 다 용서 받으셨을 겁니다. 그러니 말을 하셔도 될 겁니다."

나는 오열하는 그를 원룸에 남겨 둔 채 혼자 돌아섰다. 원룸을 나서면서 나이를 약간 더 먹은 듯한 기분에 사로잡혔다. 사는 일이 참 눈물겹다는 생각도 했다.

"찾았습니다."

마침내 황 프로의 옛사랑을 찾았다는 소식이 한 식물로부터 전송되었다. 황 프로의 옛사랑을 발견한 식물은 화악산에 살고 있는 눈빛승마였다. 눈빛승마는 깊은 산속에서 자라는 여러해살이풀이다. 하얀색 꽃이 탐스럽게 피어 멀리서 보면 마치 눈이 내린 것처럼 보인다고 하여 붙여진 이름이다. 뿌리가 소고기 맛을 내기 때문에 사람들이 요리를 할 때 소고기 대용으로 쓰기도 한다.

"수고하셨습니다."

"수고라니요, 단지 운이 좋았을 뿐인데요."

"그런데 황 프로님의 옛사랑은 어떤 생명체로 환생하셨습니까."

내가 물었다. 모두가 궁금해했던 사안이었다.

"닻꽃으로 환생하셨습니다."

"닻꽃이라니요. 처음 들어 보는 이름인데요."

"희귀종입니다."

검색해 보니 지리산 및 중부 이북의 산지와 한라산에서 자생하는, 1년생 또는 2년생 초본이었다. 환경부가 2급 멸종 위기 식물로 지정한 상태였다.

"발견하신 곳이 어딥니까."

"화악산입니다."

"화천에 있는 산 아닙니까."

"경기도 가평까지 이어져 있습니다."

화악산(華岳山).

나는 화악산을 검색해 보았다. 화악산은 경기도 가평과 강원도 화천에 걸쳐져 있는 명산이었다. 해발 약 1,460미터. 경기도에서는 가장 높은 산이었다. 주능선에 오르면 춘천호를 굽어볼 수 있을 정도였다. 화천 쪽으로는 수려한 삼일계곡, 용담계곡, 촛대바위 등이 유명하며 산세가 중후하고 험난하다는 설명도 곁들여져 있었다. 가끔 사창리를 나갈 때 바라보면 웅장한 모습의 산 하나가 웅크리고 있었다. 화악산이었다.

1995년 9월. 경기도 가평군 북면 화악산 계곡에서 가을 풍경을 카메라로 스케치하던 방송 기자가 화악산 상공에서 강렬한 빛을 발산하며 이동 중인 UFO를 발견, 방송용 ENG 카메라에 담았다는 기사도 있었다.

하나의 비행체에서 여러 개의 비행체로 분열하면서 비행하는 모습을 나도 방송을 통해 본 기억이 있었다. 그때 나타났던 UFO는 황 프로가 살았다는 별 카시오페이아의 트시에서 온 비행체는 아니었을까. 어쩌면 그럴지도 모른다는 생각이 들었다.

나는 황 프로의 옛사랑을 찾아 주는 일에 식물들이 그토록 적극적인 열의를 보일 거라고는 생각지도 못했는데 식물들은 너무나 적극적인 열의를 보여 주었다. 대한민국 최남단에서부터 대한민국 최북단에 이르기까지 모든 식물들이 황 프로의 옛사랑을 찾는 일에 동참해 주었다. 이끼류뿐만 아니라 일년초, 다년초를 비롯해서 고령의 거수님들까지 총동원되어 황 프로의 옛사랑을 찾는 일에 전심전력을 기울였다.

"사랑을 완성하기 위해 그 멀고 먼 별에서 지구까지 왔는데 어찌 소홀히 할 수가 있겠습니까."

식물들은 어떤 일도 사랑을 완성하는 일보다 우선할 수는 없다는 믿음을 간직하고 있었다. 식물들의 지론에 의하면, 씨앗이 땅에 떨어져 싹 트는 이유도 사랑의 완성에 있으며, 가지를 뻗어 무성해지는 이유도 사랑의 완성에 있으며, 봄이 되면 눈부신 꽃을 피우는 이유도, 가을이 되면 다디단 열매가 영그는 이유도 사랑의 완성에 있었다. 해마다 가을이면 단풍으로 물드는 이유도, 단풍이 낙엽으로 허공에 흩날리는 이유도 사랑의 완성을 위해서였다. 한 포기의 풀도 한 포기의 사랑이었고 한 그루의 나무도 한 그루의 사랑이었다. 그들의 말을 듣고 있으면 하나의 이름은 곧 하나의 사랑이었다.

중국 진시황이 통치하던 시절에는 맹강녀로 살았고 신라 진평왕이 통치하던 시절에는 설씨녀로 살았던 여인. 수천 년 시간의 강물을 건너고 건너서 전혀 다른 시간대와 공간대를 살면서도 집 떠난 남편을 기다리면서 한평생 애끓는 가슴으로 살아야 했던 여인. 결국 다른 별자리에서 태어나 남편보다 먼저 생을 마감하고 지구로 와서 인간이 아닌 다른 생명체로 환생했다. 과연 어떤 생명체로 환생했을까.

경기도 일대를 샅샅이 수소문해 보았을 때까지도 황 프로의 옛사랑은 오리무중이었다. 북한 땅에 환생했는데 트시에서 착오를 일으켜 황 프로에게 남한 땅에서 환생했다고 알려준 것은 아닐까 의심하는 식물들도 있었다.

"어떤 거수님께서 제게 귀띔해 주셨습니다. 끊임없이 자기 곁을 떠나 표류만 하는 남편을 기다리던 아내가 되어 한번 생각해 봅시다. 남편이 표류를 멈추고 자기 곁에 정박하기를 간절히 바란다면 과연 어떤 모양으로 환생했을까요. 인생은 일엽편주, 그 일엽편주를 정박하게 만드는 물건을 떠올리게 만드는 식물을 한번 찾아보세요. 그 말씀을 듣는 순간 저는 반사적으로 주변을 둘러보았지요. 그때 건너편에 피어 있는 닻꽃 한 송이가 눈에 띄었습니다. 보는 순간 저와 그 식물은 교감이 이루어졌지요. 우리가 찾던 바로 그 여인의 영혼을 간직한 식물이었습니다."

눈빛승마가 닻꽃과 조우하게 된 경위였다.

"귀띔을 해 주셨다는 그 거수님이 누굽니까."

"울릉도 도동항에 계시는 향나무 거수님이십니다."

수령이 무려 2,000세로 추정되는 거수님이셨다. 닻꽃을 검색해 보고 나서야 나는 향나무 거수님의 지혜에 탄복을 금치 못하게 되었다. 사진으로 미리 확인해 본 닻꽃은 크기가 아주 작기는 했지만 배를 정박할 때 쓰는 닻 모양을 그대로 복제한 듯했다.

"환생한 닻꽃이 있는 위치가 어디쯤인가요."

"정상 가까운 위치에 헬기 착륙장이 있어요. 헬기 착륙장에서 오른쪽으로 일 미터 정도 되는 위치예요."

"눈꽃승마님의 위치는요."

"저는 닻꽃이 피어 있는 곳에서 우측으로 삼 미터 정도 떨어져 있는 자리에 서식하고 있어요."

"알겠습니다. 조만간 뵙겠습니다."

놀랍게도 황 프로는 옛사랑을 찾았다는 소식을 접수하자마자 어떻게 알았는지 단숨에 마을에서 내게로 달려왔다. 그리고 당장 화악산 현장으로 달려가자고 보채기 시작했다.

새벽이었다. 그리고 화천은 도처에 군부대가 주둔하고 있었다. 화악산이라고 예외는 아니었다. 자칫 오해를 받아 군인들한테 체포되어 곤욕을 치를 가능성도 있었다.

나는 동이 트기를 기다리자는 말로 들뜬 그의 마음을 진정시켰다. 이제는 황 프로가 카시오페이아의 트시라는 별에서 왔다는 사실을 조금도 의심치 않게 되었다.

닻꽃 연가

동녘이 밝아 오고 있었다. 나는 황 프로와 랜드로버를 타고 화악산을 오르고 있었다.

"오늘 트시로 떠날 겨."

황 프로는 환생한 닻꽃을 거두어 트시라는 별로 떠날 계획이었다. 물론 닻꽃을 트시라는 별로 데리고 가기는 하지만 짐작건대 몇 시간도 버티지 못하고 죽을 거라는 예측이었다. 그때 황 프로도 동시에 목숨을 끊고 다음 생에는 지구로 와서 부부의 연으로 다시 환생할 계획이었다.

"자기 생은 자기가 설정혀."

인간은 환생을 할 때마다 자신의 인생은 자신이 설계한다는 것이 황 프로의 주장이었다.

"왜 행복하게 설계해서 환생하는 사람들보다 불행하게 설계해서 환생하는 사람들이 더 많을까요."

"사랑의 완성도를 높이기 위해서여."

"난이도가 높을수록 완성도가 높아지나요."

"그랴."

하지만 환생하는 순간 기억이 말끔하게 지워지기 때문에 앞날을 전혀 모른 채 아픔과 고통을 감내하면서 살아가는 수밖에 없다는 것이었다.

"닻꽃을 찾으면 내가 살던 별로 교신을 보낼 겨."

그러면 우주선을 보내 줄 거라고 했다.

"다음에 환생하실 시기는 언제쯤인가요."

"그건 죽은 다음에 영계에서 결정할 일이여."

"우주선은 어떤 모양인가요."

"그냥 큰 빛 덩어리로 보일 겨."

무슨 SF 영화에서나 볼 수 있는 장면을 실지로 목격하게 된다는 사실 때문에 나는 가슴이 설레기 시작했다.

동쪽 능선 위로 눈부신 둥근 해가 빙그레 웃음을 머금고 떠오르기 시작했다. 숲들이 기지개를 켜고 있었다. 화악산은 멀리서 볼 때도 웅장해 보였지만 가까이서 볼 때도 웅장해 보였다. 멀리서 볼 때는 그다지 위압감이 느껴지지는 않았는데 가까이서 보니까 엄청난 위압감이 느껴졌다.

얼마 전에 읽은 법문집의 한 구절이 생각났다. 물은 넓어지면서 우리를 가르치고 산은 낮아지면서 우리를 가르친다. 그 법문집에 의하면 세상의 모든 물은 낮은 곳으로 흘러 마침내 바다에 이른다. 바다는 최대한으로 가슴을 넓혀 만생명을 보듬어 키운다. 산은 세월이 흐를수록 높아지는 것이 아니라 낮아지는 특성을 가지고 있다.

유념할 것은 높은 산에서 배울 점보다는 낮은 산에서 배울 점이 훨씬 더 많다는 점이다. 사람들은 높은 산을 숭배하지만 사실 높은 산은 베풀기에 인색하다. 생각해 보라. 높은 산일수록 험준하고 동식물이 목숨을 부지하기가 힘들다. 세계에서 가장 높은 산인 에베레스트 정상에는 풀 한 포기도 자라지 못한다. 산은 자신의 살과 뼈를 헐면서 만생명을 보듬어 키운다. 그러면서 점차 자신의 모습을 낮춘다. 결국 오랜 세월이 경과하면 평지와 같아진다.

물질적인 요소들은 거의 소멸해 버리고 정신적인 요소들만 남게 되는데 이때가 가장 자비의 기운이 왕성할 때다. 그래서 최고의 명당은 평지다. 평지에서는 작은 미물들에서부터 큰 짐승들까지 살기에 전혀 불편함을 느끼지 않는다.

그런데 화악산이 평지가 되려면 얼마나 많은 세월이 흘러야 할까. 물론 지금도 화악산은 충분히 많은 생명들을 보듬어 키우고 있다. 하늘에는 새들이 날아다니고 있고 땅에는 초목들이 번성하고 있다.

"황 프로님이 사시던 별에는 나무들이 많은가요."

내가 물었다.

"읎어."

황 프로가 대답했다. 의외였다.

"나무들이 없다니요."

"인간이라는 지성체 외에는 일체가 소용이 읎다는 판단에서 다른 생명체들의 멸종을 방치해 버린 겨."

지나친 인간 중심의 사고 체계와 과학 만능의 시대 조류가 결국 자연의 황폐화를 초래하고 말았다는 설명이었다.

"지구보다 과학이나 철학이 천 년이나 앞서 있다는 지성체들이 그런 어리석은 결과를 초래했다니, 믿을 수가 없네요."

"뭐여. 과학이나 철학이 수만 년을 앞서 있다 혀도 무식에 용기까지 장착허고 사는 넘들은 어디에나 존재허는 겨."

황 프로의 말에 의하면 은하계를 통틀어 가장 다양한 생명체를 보유하고 있는 행성은 지구였다. 그래서 지구는 은하계의 다른 지성체들로부터 보호받을 가치가 충분한 별로 평가되고 있었다. 하지만 지구도 인간 중심의 이기적인 사고 체계를 버리지 않는다면 자연의 황폐화를 초래할 수밖에 없다는 예측이었다.

나는 화악산 정상 가까이에 있다는 헬기 착륙장을 향해 천천히 랜드로버를 몰고 있었다.

"그분들이 오셨습니다."

거제수나무가 다른 나무들에게 우리의 출현을 알리는 소리가 들렸다. 거제수나무는 물에 젖어도 불이 붙는 목피를 가진 나무로 유명했다. 캠핑을 갔을 때 비가 내리면 껍질을 벗겨 불쏘시개로 쓴다는 나무였다.

사스래나무도 보였고 개다래나무도 보였다. 전나무도 보였고 잣나무도 보였다. 나무들은 짙푸른 빛으로 우거져 있었다.

"안녕하세요."

"축하합니다."

황 프로에 대한 소문이 화악산 일대의 수목들에게 다 퍼진 모양이었다. 랜드로버가 지나갈 때마다 나무들이 황 프로에게 축하 인사를 건네는 소리가 요란했다.

"다른 별에서 왔대."

"그럼 외계인이야."

어린 나무들이 소곤거리는 소리가 들렸다.

"화악산에 오신 걸 환영합니다."

나이 든 나무들이 인사를 건네는 소리도 들렸다.

"지구인하고 똑같이 생겼잖아."

"그래야 정상적으로 생활이 가능하니까 지구 환경에 맞도록 변신을 하셨겠지."

"옛사랑과 조우하러 화악산에 오셨다면서요."

"반갑습니다."

"기쁘시겠습니다."

"사랑을 무엇보다 소중하게 생각하시는 마음에 경의를 표합니다."

"옛사랑을 찾으신 것을 축하드립니다."

"두 분께서 오래오래 행복하시기를 빌겠습니다."

"오늘 카시오페이아로 돌아가실 건가요."

"그냥 지구에서 눌러 사시면 안 되나요."

"카시오페이아에 사는 나무들한테도 안부 전해 주세요."

나는 나무들이 던지는 말들을 일일이 황 프로에게 통역해 주고 있었다. 카시오페이아에 사는 나무들한테도 안부를 전해 달라고 했던 나무는 사스래나무였지만 나는 카시오페이아에는 나무가 멸종해 버렸다고 말해 주지는 않았다.

랜드로버는 정상을 향해 서행하고 있었다. 산길은 전체가 포장되어 있기는 했지만 처음부터 끝까지 가파르고 돌발적인 급커브가 나타나고 있었다.

"나중에 다시 환생하시게 되면 구상나무로 환생하세요."

중턱쯤에 도달했을 때 분비나무가 말했다.

"구상나무로 태어나면 뭐가 좋은가요."

내가 물었다.

"암수 한 몸이거든요."

구상나무는 우리나라에서만 자라는 소나무과의 상록 침엽 교목이었다. 키는 20미터까지 자라고 잎의 뒷면이 하얀색을 띠고 있었다. 분비나무와 흡사하게 생겨서 오랫동안 분비나무로 오인되어 오다가 1920년 영국의 식물 수집가 윌슨이 솔방울의 비늘이 뒤로 젖혀진 점이 분비나무와 다르다는 사실을 발견하고 한국 특산종으로 학계에 발표하게 되었다. 아름다운 자태를 간직하고 있어서 88올림픽 때는 심벌 나무로 지정되기도 했다. 한라산, 지리산, 덕유산, 무등산 등지에 살고 있는 나무로 알려져 있었다.

"분비나무와 유전자가 똑같다고 알려져 있지만 최근에는 구상나무가 훨씬 더 귀한 대접을 받고 있어요. 한국 고유종이지요. 세계에서 가장 효능이 좋은 항암제 원료를 보유하고 있는 나무이기도 합니다."

"구상나무는 어디를 가면 볼 수 있나요."

"지금 당장 말인가요."

"잠시 후라도 상관없어요."

"오늘 중으로는 어려울걸요."

"왜요."

"화악산에는 없고요, 한라산이나 지리산이나 덕유산이나 무등산, 그러니까 남쪽에 있는 큰 산들로 가셔야 볼 수 있는 나무거든요."

"분비나무도 암수 한 몸인가요."

"그럼요."

"그럼 분비나무를 본 것으로 만족하겠습니다."

황 프로는 옛사랑을 만나면 분비나무로 환생하는 방법을 의논해 보겠다고 대답했다. 분비나무도 그 소리를 들었다. 어깨가 있었다면 가볍게 으쓱해 보였을지도 모른다.

나는 정상을 향해 다시 서행하기 시작했다. 가끔씩 길이 유실되거나 파손된 부분들이 보였다. 화악산 정상에는 군부대가 주둔해 있었다. 가끔 군인들이 동원되어 유실되거나 파손된 도로를 보수하고 있는 장면과 마주칠 때도 있었다.

"여기서 헬기 착륙장이 얼마나 먼가요."

얼마나 더 올라가야 하는 것일까. 도로를 보수하고 있는 군인들한테 물었다.

"칠백 미터쯤 더 올라가셔야 합니다."

인솔자로 보이는 군인이 친절하고도 공손한 태도로 대답해 주었다. 산 아래 마을에 살고 있는 주민들에게 물었다면 다르게 대답했을 것이다.

"한참 가면 돼요."

한참. 정확한 거리가 아니다. 그래도 자기들끼리는 알아듣는다.

"꾼 돈 언제 갚을 거니."

"며칠 있다."

정확한 날짜가 아니다. 그래도 자기들끼리는 알아듣는다.

"이거 무게가 얼마나 돼요."

"꽤 나가지."

꽤라니, 무게를 표시하는 단위가 아니다. 하지만 자기들끼리는 알아듣는다.

한참일 때가 다르고 하안참일 때가 다르다. 말의 억양이나 길이에 따라 자기들끼리는 거리든 날짜든 무게든 가늠할 수가 있는 것이다. 거시기라는 단어 하나를 같은 문장 안에서 명사처럼 쓰기도 하고 부사처럼 쓰기도 하고 형용사처럼 쓰기도 하는 지방도 있다. 그래도 자기들끼리는 알아듣는다.

"어디까지 민간인 출입이 가능한가요."

"헬기 착륙장까지는 가능합니다."

가슴이 열려 있으면 말도 통한다. 하지만 같은 지역에서 같은 언어로 논리 정연하게 설명을 해도 먹통인 정치가들이 있다. 대표적인 인물이 MS다. MS는 불통의 상징이다. 그는 전생에 죽을병에 걸렸다가 돈이 없어서 약 한 첩 먹어 보지 못한 채 죽어 버린 전력을 가지고 있는 것은 아닐까. 아니면 돈을 주식으로 하루 세 끼씩 씹어 먹고 사는 나라에서 살았던 사람은 아닐까. 그 엄청난 돈을 강에다 쑤셔 박고도 미안해하는 기색이 전혀 보이지 않는다.

게다가 척하기가 아예 생활화된 사람이다. 세계 척하기 대회가 열리면 우승은 단연 MS다. MS가 우승한다면 시상

식 때는 녹조라떼를 한 사발 원샷하는 이벤트가 있었으면 좋겠다.

제기럴, MS를 떠올리는 순간, 갑자기 우울해졌다. 오늘은 황 프로가 지구를 떠나는 날이다. 황 프로는 사랑을 완성하기 위해 지구로 와서 사랑을 완성하기 위해 트시라는 별로 떠난다. 우울한 기분으로 보내고 싶지는 않다.

하지만 나는 알고 있다. MS에게 녹조라떼를 퍼 먹이기 전에는 이 증세가 치유되지 않는다는 사실을.

헬기 착륙장은 정상 가까이에 설치되어 있었다. 둥글고 넓게 땅이 정지(整地)되어 있었고 우천 시에 땅이 질퍽거리는 것을 방지하기 위해선지 공사장에서 흔히 쓰는 철판이 바닥 전체에 깔려 있었다.

황 프로와 내가 풀숲을 뒤지고 있을 때였다.

"여기예요."

가늘고 애절한 목소리가 들렸다. 소리 나는 쪽으로 고개를 돌리니 닻꽃 한 송이가 보였다. 감탄사를 절로 발하게 만드는 자태를 간직하고 있었다. 마치 닻을 축소해서 만든 브로치 같았다. 얼마나 많은 기다림과 얼마나 간절한 소망이 그 한 송이 꽃 속에 농축되어 있는가를 누가 보아도 느낄 수 있는 자태였다.

때마침 해맑은 바람 한 자락이 산등성이를 훑으며 지나갔

274

고, 나무들이 초록 이파리를 흔들며 일제히 박수를 치기 시작했다. 한동안 초록색 박수 소리가 축복처럼 쏟아져 내리고 있었다.

닻꽃 앞에서 황 프로는 무릎을 꿇었다. 이파리와 줄기를 쓰다듬는 그의 손가락들이 가늘게 떨리고 있었다. 그는 아주 조심스럽게 꽃잎에 입을 맞추었다.

"너무 행복해요."

닻꽃이 말했다.

"앗, 어떻게 이럴 수가 있지."

얼마 떨어져 있지 않은 장소에서 눈빛승마가 외치는 소리가 들렸다. 내가 무슨 일이 있느냐고 눈빛승마에게 물었다. 나도 어떤 변화를 느꼈기 때문이다.

"황 프로님이 닻꽃에 입을 맞추는 순간 갑자기 제 의식이 진화된 것 같아요."

"저 친구한테도 타심통이 전달됐구먼."

무슨 조화를 부렸는지 황 프로에게 물어보는 수밖에 없었다.

"사랑의 조화인 겨."

타심통(他心通).

황 프로의 설명을 빌리면 남의 마음을 읽는 능력이다. 사랑이 절정을 이루는 순간에는 타심통이 이루어진다. 황 프로가 닻꽃에 입을 맞추는 순간 모든 한계와 제약이 사랑의 힘으로 해제되었다.

사랑은 만우주 공통어이며 가장 아름다운 능력과 현상을 만들어 낸다고 황 프로는 말했다. 왜 부처님도 예수님도 성자들도 한평생 사랑을 설파하셨는지 생각해 보라고도 말했다. 당사자들은 물론 다른 생명체도 황 프로가 닻꽃에 입을 맞추는 장면을 목격하고 감동을 받게 되면 전이가 가능해진다는 것이었다. 나는 그 순간 세은을 떠올렸다. 내가 세은과 입을 맞추어도 그런 현상이 생길까를 생각했다.

"아 참, 인사혀, 임자를 찾아내는 데 결정적인 도움을 준 친구여."

황 프로가 천천히 무릎을 펴면서 자신의 옛사랑에게 나를 소개했다.

"감사합니다."

닻꽃이 말했다. 나는 말없이 고개를 숙여 보였다.

"임자, 여서 잠깐만 기다려 보슈. 내가 시방 음청 중요한 일이 있슈. 절대로 멀리 가지는 않을 겨. 삼 미터, 삼 미터 정도만 떨어질 테니까 걱정하덜 마슈."

황 프로가 말했다. 아마도 눈빛승마한테도 고맙다는 인사를 전할 모양이라고 나는 짐작하고 있었다. 정말 3미터 정도 떨어진 거리에 새하얀 꽃으로 흔들리고 있는 눈빛승마가 보였다.

나와 황 프로는 그리로 걸음을 옮겼다. 걸음을 옮기면서도 황 프로는 힐끔힐끔 닻꽃을 돌아보고 있었다. 절대로 시선을 떼지 않겠다는 의지가 엿보였다.

"뭐라 감사의 말씀을 드려야 할지 모르겠네유."

황 프로가 눈빛승마에게 고개를 숙여 고마움을 표했다. 그런데 고마움을 표한 다음이 이상했다. 눈빛승마 앞에서 묵념으로 5분 정도 시간을 보냈는데 나는 무슨 말인가를 하고 싶었지만 둘 사이의 분위기가 너무 진지해 보여서 끼어들 수가 없었다.

"감사합니다. 명심하겠습니다."

잠시 후 눈빛승마가 말했다. 그런데 '감사합니다'는 이해가 되는데 '명심하겠습니다'는 이해가 되지 않았다. 아마도 '감사합니다'는 황 프로가 눈빛승마를 칭찬해 주었기 때문에 나온 말 같은데 '명심하겠습니다'는 왜 나온 말일까. 눈빛승마의 발언으로 미루어 짐작건대 둘 사이에 무슨 대화가 오고 갔음이 분명한데 내 귀에는 한마디도 들리지 않았다. 아마도 황 프로가 내가 듣지 못하도록 어떤 조처를 취한 것으로 짐작된다. 나는 궁금해서 눈빛승마에게 황 프로가 무슨 말을 했느냐고 물어보았다.

"아주 중요한 비술을 전수해 주셨어요. 캡틴님께는 나중에 말씀드릴게요."

눈빛승마의 대답이었다.

"이제 멀리 가실 일 없지요."

닻꽃이 말했다.

"안심햐. 이제는 닻이 있으니께 멀리 떠나지는 못할 겨."

비로소 화악산이 헛기침을 하기 시작했다. 한 무리의 바람이 잡목 숲을 흔들며 등성이를 넘어가는 모습이 보였다. 나뭇잎들이 반짝거리고 있었다.

"그만 가야 할 시간이여. 일단은 우리 살던 별로 가서 다음 생을 결정하는 것이 올바른 순서 같은데 임자 생각은 어뗘."

"서로 떨어져 있지만 않으면 저는 아무래도 좋아요."

황 프로는 미리 준비해 온 꽃삽으로 조심스럽게 닻꽃 주변을 파내고는 매우 정성스럽게 닻꽃을 화분에 옮겨 심었다.

황 프로가 화분을 가슴으로 끌어안고 멀리 서쪽 하늘을 쳐다보기 시작했다. 아주 잠깐 사이 강렬하게 빛을 발산하는 별 하나가 서쪽 상공에 나타났다. 내 눈에는 분명히 작은 별로 보였다. 엄청나게 높이 떠 있는 모양이었다.

그런데 순식간에 둥글고 커다란 빛 덩어리로 변하고 있었다. 그러다 일순, 사방이 빛으로 하얗게 표백되어 버렸다. 아무것도 보이지 않았다. 만물이 온통 강렬한 빛으로 화해 버렸다. 나는 시간이 정지해 버린 듯한 느낌을 받았다.

"감사햐, 말더듬이. 잊지 못할 겨."

빛 저쪽에서 황 프로의 목소리가 들렸다.

"행복하세요."

닻꽃의 목소리도 들렸다. 나는 미처 대답하지 못했다. 거의 정신이 나간 상태였다. 정신을 차렸을 때는 황 프로도 닻꽃도 보이지 않았다. 모든 풍경들이 정상을 되찾은 상태로 아무 일도 없었다는 표정을 짓고 있었다.

"인간의 뇌를 장악해서 통제할 수 있단 말이지."

노정건 선생님께서는 믿을 수 없다는 어투로 말씀하셨다.

"그렇습니다, 선생님."

"모든 식물들이 다 가능한가."

"아닙니다. 수령 천 세 이상의 거수님들과 눈빛승마가 힘을 합쳐야 가능하답니다."

"어떤 방법으로 뇌를 장악한단 말인가."

"식물들이 의식의 연가시가 되어 뇌를 조종하는 방법입니다."

"금시초문일세."

노정건 선생님은 전공이 국사였다. 다른 분들보다 몇 배나 박학다식하신 편이기는 하지만 기생충에 대해서는 잘 모르고 계시는 것 같았다.

연가시는 곤충에 기생하는 기생충이다. 우리나라에서는 영화로 만들어져 유명해진 기생충이다. 가느다란 철사처럼 생겨서 철사 벌레라고도 한다. 유충일 때는 수중에서 모기의 애벌레 등에 포낭 형태로 붙어 있다가 성충이 된 모기가 지상으로 이동했을 때 사마귀 따위의 곤충들이 모기를 잡아먹으면 감염된다. 성체가 된 연가시는 숙주의 뇌에 작용하는 신경전달물질을 분비하여 숙주를 스스로 물속에 뛰어들어 자살케 만든 다음 숙주의 몸을 뚫고 나오거나 배설강을 통해 빠져나와 비교적 맑은 물에서 자유롭게 서식한다.

현재까지 연가시는 보통 잠자리, 메뚜기, 여치, 사마귀, 딱정벌레 등의 곤충류에 기생하는 것으로 알려져 있으나 근래에는 사람에게도 기생한다는 사례가 미국, 브라질, 캐나다, 일본 등지에서 보고되고 있다. 우리나라에서도 2003년에 77세 여성의 비뇨기에서 발견되었고 개의 토사물에서 오디흑연가시가 발견된 보고가 있으나 경로는 아직 밝혀지지 않았다. 인체에 직접 감염되는 경우는 없고 연가시에 감염된 송어, 뱀장어, 개구리 등을 생식했을 때 감염되는 것으로 추정되지만 아직 확실한 경로는 밝혀지지 않았다.

그러니까, 식물들이 의식의 연가시가 되어 MS를 숙주로 삼고 뇌 속에 침투해서 행동을 조종하는 방법을 황 프로가 눈빛승마에게 전수해 주고 떠났다는 것이다.

"몸을 가지고 침투할 수는 없지만 의식만으로 침투하기는 아주 쉽지요. 수령 천 세가 넘는 거수님들은 얼마든지 가능하시답니다."

"우리나라에도 수령이 천 세 이상이나 되는 거수님들이 계

280

신단 말인가."

"몇 분 계십니다."

나는 문자로 몇 분의 거수님들 명단을 노정건 선생님께 보
내 드렸다.

　　　울릉도 도동항 향나무 거수님 수령 2,000세 추정.

　　　정선 두위봉의 주목 거수님 수령 1,400세 추정.

　　　하동 국사암의 느티 거수님 수령 1,200세 추정.

　　　양평 용문사의 은행 거수님 수령 1,100세 추정.

　　　부안 내소사의 느티 거수님 수령 1,000세 추정.

"의외로 많으시구나. 천 년을 사셨으니 그 지혜 또한 헤아
릴 길이 없겠지. 그냥 명단만 보고도 부끄러워지는구나."

"백 단위의 수령을 간직하신 거수님들은 부지기수입니다."

"이제부터는 응징에 아무 문제가 없겠군."

"그렇습니다."

"이건 혼자 간직하고 있던 계획인데, 응징이 끝난 다음 나
도 자수를 할 생각이네."

"선생님께서 무슨 죄를 지으셨는데 자수를 하신단 말씀입
니까."

"금고 털이에 주거침입에 공갈 협박이야."

"그건,"

"명분이 어떻든 범죄를 저지른 건 분명하니까 죗값을 달게 받아야지."

이미 결정하신 것 같았다. 나는 노정건 선생님답다는 생각을 했다. 이미 결정하셨다면 아무도 말릴 수는 없을 것이다.

하지만 무엇보다도 시급한 일은 MS에게 녹조라떼를 퍼 먹이는 일이었다. 아직도 보수와 보완을 명분으로 엄청난 혈세를 4대강에 쏟아붓고 있었다. 아직도 기레기 언론들과 부패 촉진 세력들이 4대강 실패를 인정하지 않고 억지 논리와 궤변으로 대국민 사기를 합리화하고 있었다.

"요즘 모기 때문에 아이슬란드에 살고 싶다는 생각 자주 하셨지요."

내가 세은에게 말했다.

"우와."

휴대폰 저쪽에서 탄복하는 소리가 들렸다.

"뱀도 없고 범죄도 없는 나라, 특히 오로라를 볼 수 있다는 사실 때문에 매력 터지는 나라 아닙니까. 엠에스 응징 끝나면 저하고 여행 한번 다녀오실까요."

"제가 언제 캡틴한테 그런 말씀 드린 적이 있었나요."

세은이 확인하듯 물었다.

"없는데요."

세은이 그런 얘기를 나에게 들려준 적은 없었다.

"그런데 어떻게 제 속에 들어갔다 나오신 것처럼 제가 생각했던 것들을 그대로 말씀하세요. 믿을 수가 없어요."

이쯤에서 나는 실토를 해야겠다는 생각을 했다. 나무들과 대화가 가능했기 때문에 어쩌면 내가 지금까지 세은에게 또 다른 능력을 감추고 있었다는 오해를 살 수도 있겠다는 생각이 들었다.

"타심통을 얻었습니다."

나는 화악산에서 있었던 일들을 그녀에게 소상하게 들려주었다.

"황 프로님이 닻꽃한테 입을 맞추는 순간 주변에 있던 캡틴까지 타심통을 얻게 되었단 말이죠."

"그렇습니다."

"어쩜."

"황 프로님이 닻꽃에게 입을 맞추는 장면은 정말 아름다워 보였습니다."

"듣기만 해도 너무 아름다워서 전 지금 소름 돋았어요."

"미리 알려 드리지 못해서 죄송합니다."

황 프로가 조용히 떠나고 싶어 했기 때문에 아무에게도 발설하지 않았다.

"그런데 남의 생각이 저절로 읽혀지면 무슨 범인을 심문하는 수사관도 아니고, 오히려 불편할 때가 더 많지 않을까요."

"황 프로님 말로는 일시적인 현상이랍니다. 그래도 한 달

정도는 능력이 지속될 거랍니다. 평소에는 차단이나 조정도 가능한데 아까는 반가움 때문에 무방비 상태로 세은 씨의 의식과 제 의식이 겹쳐 버린 것 같아요."

"그렇다면 다행이지만요."

나는 MS를 응징할 방법과 능력을 얻게 되었다는 사실도 말해 주었다.

"의식의 연가시를 만들어 엠에스의 뇌를 장악하는 방법을 쓸 계획입니다."

나는 연가시에 대해서도 소상하게 설명해 주었다. 황 프로가 눈빛승마에게 전수해 주었고 눈빛승마가 내게 얘기해 주었다.

"캡틴님이 화악산을 오를 때 차 안에서 갑자기 우울한 표정을 지어서 뇌파로 한번 탐색해 보았대요. 그랬더니 커다란 근심 덩어리 하나가 머릿속에 자리를 잡고 있더래요. 해결해 주고 떠나야겠다는 생각을 했답니다. 그런데 캡틴님은 성격이 소심해서 직접 해결해 드리면 괜히 미안해하실 테니까 캡틴님 몰래 저한테만 가르쳐 주신 거래요. 황 프로님이 떠나신 다음에 얘기해 주라고 말씀하셨어요."

눈빛승마가 당시 상황을 내게 장황하게 설명해 주었다.

"의식의 연가시라니, 기상천외한 발상 같아요."

세은이 말했다.

"눈빛승마라는 식물의 뿌리가 소고기 맛을 낸다는 사실을 아시나요."

"제가 그걸 어떻게 알겠어요."

"인간들한테 귀한 산나물로 대접받고 싶어서 조상들이 맛을 그렇게 개발했답니다."

"참 순수한 동기로군요."

"녹조라떼를 소고기 맛이 나는 식품으로 위장할 수도 있대요."

"하지만 엠에스가 녹조라떼를 맛있게 먹으면 어쩐지 응징이 안 될 것 같아요. 고통을 주어야 응징인데 기쁨을 주면 은혜잖아요."

"먹기 전에는 소고기 맛인데 먹고 나면 썩은 오·폐수 맛이 날 겁니다. 당연히 복통과 구토와 설사도 따르고요."

MS의 뇌를 장악하면 당연히 꼭두각시처럼 MS의 행동을 자유자재로 조종할 수가 있을 것이다. 다양한 미친 짓을 구사하게 만들 수도 있다. 발정 난 개처럼 동네방네 쏘다니게 만들 수도 있고 겁먹은 개처럼 은거지에서 꼼짝달싹 못하게 만들 수도 있다. 허기진 소처럼 허겁지겁 풀을 뜯어 먹게 만들 수도 있고 배부른 닭처럼 한가롭게 마당을 배회하게 만들수도 있다.

하지만 가급적이면 죄질에 어울리는 쪽으로 시나리오를 써서 연출할 작정이다. 그는 국가의 재산을 보호하고 국민의 안녕을 도모해야 하는 고위직에 앉아서 오히려 국가의 재산을 낭비하고 국민의 안녕을 위협하는 만행을 서슴지 않았다.

뿐만 아니라 아름다운 강산을 초토화시키고 엄청난 국고의 손실을 초래했다. MS가 고위직에 앉아 있는 동안 좋아진 현상보다는 나빠진 현상들이 훨씬 더 많아졌다.

공직자들의 부정부패는 현격하게 증가했다. 청렴도는 현격하게 떨어졌다. 무엇보다도 높아져야 할 국민 행복지수 역시 현격하게 낮아졌다. 올라가야 할 것들은 떨어지고 떨어져야 할 것들은 올라간 결과를 초래했다.

국고 22조를 쏟아부었으면 뭐라도 나아져야 하는데 나아진 것이 하나도 없다니, 얼마나 지랄 같은 일인가.

4대강 일대에서 어업으로 생계를 유지했던 사람들은 4대강 사업이 끝난 이후 물고기들을 비롯해서 각종 생물들의 개체 수가 급격히 줄어드는 현상 때문에 생계가 막막해졌다고 아우성들이었다.

MS는 물론 밑에서 북 치고 장구 치고 춤추고 추임새 넣었던 인간들도 모두 죗값을 치르도록 해야 한다. 수령 1,000세가 넘는 거수님들도 주저 없이 응징에 동의하셨다.

"엠에스, 당신은 이제 듀거스."

세은이 몬스터를 사냥할 준비를 끝낸 초딩처럼 결의에 찬 목소리로 외쳤다.

응징의 밑그림은 대충 그려져 있었다. 하지만 보다 구체적인 전략이 필요하다는 생각이었다. 거수님들과의 채널링을 통해 수시로 지혜를 구할 생각이었다.

파티를 엽시다

황 프로가 화악산에서 닻꽃으로 환생한 옛사랑을 데리고 카시오페이아의 트시라는 별로 떠난 지 보름이 지났다. 그동안 다목리의 내가 거주하는 집 응접실에는 MS특별응징본부가 설치되었다. 수령 1,000세가 넘는 노거수님들에 의해 대한민국의 모든 수목들에게 MS의 일거수일투족을 염사해서 MS특별응징본부로 전송하라는 당부가 내려졌다.

준비 작업은 모두 끝났다. 오늘은 첫 응징이 시작되는 날이다. 응접실에는 수령 1,000세가 넘는 다섯 분의 노거수님들의 정령과 노정건 선생님과 박태빈 검사와 세은이 모여 있다. 물론 노정건 선생님과 박태빈 검사와 세은에게는 노거수님들의 정령들 모습이 보이지 않는다. 안타깝게도 내 눈에만 보인다. 노정건 선생님도 박태빈 검사도 세은도 채널링 참관은 처음이었다. 진행이 되면 내가 자세하게 중계를 해 줄 작정이었다.

오늘의 응징을 주재하실 분은 수령 1,400세로 추정되는 정선 두위봉에 거주하시는 주목 거수님이셨다. 주목은 대한민국, 일본, 소련 등지에 분포하고 있는 상록 교목이다. 대한민국에서는 소백산, 태백산, 오대산, 설악산 등 높고 추운 산악지대를 주거지로 삼고 있다. 수형이 아름답기 때문에 정원수로도 많이 쓰인다.

정선 두위봉에는 세 분의 주목 거수님들이 살고 계시는데 모두 수령 1,000세가 넘는 분들로 추정된다. 중심부에 계시는 분이 채널링에 임하고 계시는데 수령 1,400세로 추정되고 상부와 하부에 계시는 거수님들은 모두 수령 1,200세로 추정된다.

채널링에 동참하신 주목 거수님은 의식의 연가시를 MS의 뇌에 투입, 파티에 필요한 제반 준비를 끝낸 상태였다.

"잠시 후 엠에스의 별장에서 희대의 파티가 열릴 예정입니다. 명분은 친목 도모입니다. 엠에스가 측근들을 초대해서 녹조라떼로 제작된 요리들을 시식시킬 계획입니다. 요리는 엠에스의 부인과 친분이 돈독한 요리사들이 담당했습니다. 한때 한식을 세계화하겠다는 명분으로 거액의 국고를 낭비하는 일에 동참했던 분들입니다."

MS의 부인이 한식의 세계화를 추진한다는 명분으로 1,400억 원이라는 거금을 투자해서 사업을 벌인 적이 있었다.

결론부터 말하면 실패작이었다. 당시 신문 보도에 따르면 MS의 부인을 필두로 한식을 세계화하기 위해 한식 세계화 재단이라는 기구가 만들어졌다. 국정감사에 의하면 재단은 한마디로 국민의 혈세를 물 쓰듯이 탕진했던 것으로 드러났다. 유럽에서 한식 가이드북을 출판하고 출판기념회를 열었는데 참석 인원은 20여 명이었다. 하지만 다과회 비용은 1인당 474만 원이었다. 아무리 생각해도 납득이 되지 않았다. 다과 대신 돈을 씹어 먹었어도 그만큼 탕진할 수는 없었을 거라는 생각이 들었다.

현재 대한민국 고용노동부가 명시한 최저임금은 시간당 고작 6,470원밖에 되지 않는다. 그토록 많은 돈을 낭비하고 아무 성과도 거두지 못했다면 분명히 죄악이다. 어떤 방식으로든 책임을 물어야 한다. 하지만 한식 세계화 사업은 초기부터 신통치 않은 사업 성과와 예산 낭비를 이유로 혹평을 면치 못한 채 흐지부지 꼬리를 감추고 말았다. 그런데도 관계자들은 아무 처벌도 받지 않았다.

"참석자와 관계자 모두의 뇌 속에 의식의 연가시가 한 마리씩 들어 있습니다. 여러 노거수님들께서 수고를 아끼지 않으셨습니다. 오늘 모임의 슬로건은 영광의 초록 만찬입니다.

참고삼아 말씀드리겠습니다만 화악산의 눈빛승마라는 식물에게서 정보를 얻어 초록 만찬에 제공되는 음식의 맛을 조정했습니다."

주목거수님의 설명이 끝나자 염사로 전송된 현장이 펼쳐지기 시작했다.

만찬이 시작되기 직전이었다. 내 중계가 필요한 시점이었다. 식탁 위에는 다양한 음식들이 즐비하게 준비되어 있었다. 모든 음식들이 초록색이었다. 금강에서 퍼 온 녹조라떼로 만든 음식들이었다. 먹을 때는 산해진미지만 먹고 나면 녹조라떼로 인식되도록 뇌가 세팅되어 있었다.

"바쁘신데도 불구하고 초대에 응해 주셔서 감사합니다. 제 아내가 얼마 전에 그야말로 둘이 먹다 하나가 죽어도 모를 정도로 맛있는 음식을 몇 가지 개발했는데 혼자 먹기 미안해서 평소 물심양면으로 저를 도와주신 여러분을 모시게 되었습니다. 먼저 건배부터 하겠습니다. 여러분 바로 앞에 놓여 있는 초록색 와인 잔을 들어 주십시오. 건배사는 강창활 창조대학 전 총장님께 부탁드리겠습니다."

건배사를 제의받은 강창활은 일본통으로 알려져 있는, MS의 최측근 인사 중의 한 사람이었다. 그는 안중근, 김구, 윤봉길 등의 애국지사들을 테러분자로 규정하기를 서슴지 않았다. 뿐만 아니라 일본이 대한민국 근대화의 초석을 다진 은혜로운 국가라는 내용으로 교과서를 만들어 국정화해야 한다고 주장하는 인물이었다. 방조하거나 부추겨 주면 이순신 장군도 집단 살인마로 몰아갈 위인이었다.

"건배사를 하게 되어 영광으로 생각합니다. 제가 제의할 건배사는 소. 화. 제입니다. 소통과 화합이 제일이라는 뜻이지요. 제가 건배, 하고 선창하면 여러분은 소화제, 하고 큰 소리로 제창해 주십시오."

강창활 명예 총장이 건배사를 했고 모두들 와인 잔에 들어 있는 녹조라떼를 원샷했다.

소통과 화합이 제일이라니, 온 동네 개들이 배꼽을 잡고 박장대소를 할 노릇이었다. MS 하면 떠오르는 단어가 불통이라는 사실을 부인할 사람은 현실적으로 그리 많지 않았다. 특히 문화 예술 분야에서는 철의장막이나 다름없었다.

"아니, 무슨 술인데 맛이 이토록 기가 막힙니까."

전직 장관을 지낸 인물 하나가 탄복을 금치 못했다. 그러자 이구동성으로 술맛이 기막히다는 칭찬이 꼬리를 물고 이어졌다. 표정으로 보아 아부성 발언들은 아닌 것 같았다. 뇌를 장악당했기 때문에 드러내 보이는 이상 현상들이 아닐까 짐작되는 장면들이 속출하고 있었다.

"우리 집사람이 특별한 재료로 주조한 골드리버 와인이랍니다."

골드리버를 우리말로 직역하면 금강이다. 저 와인은 금강에서 퍼 온 녹조라떼를 수돗물로 희석한 것이다. MS의 부인이 한식의 세계화를 추진할 때 활용했던 멤버 중의 하나가 뇌를 장악당한 상태로 세팅한 것이다.

"그럼 이번에는 전직 총리께 건배사를 제의하겠습니다. 전 직 장관님들도 미리 준비해 주십시오."

MS가 전직 총리에게 건배사를 제의했다. 전직 총리가 초 록색 액체가 적당히 담긴 잔을 들고 일어서고 있었다.

"저는 변사또로 하겠습니다. 변함없는 사랑으로 또 만납시 다, 라는 뜻입니다. 제가 건배, 라고 외치면 변사또, 하고 제창 해 주시면 고맙겠습니다. 그럼 변함없는 사랑으로 또 만나기 를 기원하면서, 건배."

"변사또."

모두들 국가 고위직에 앉아 있었던 인물이었다. 하지만 노 는 작태들은 실소를 금치 못할 수준이었다. 뇌를 장악당했기 때문이 아니라 실체가 유치찬란을 벗어나지 못하는 수준 같 았다.

파티는 문자 그대로 '화기애매'하고 '가축적인' 분위기를 유 지하면서 진행되고 있었다. 그때 유명한 어용 코미디언 하나 가 마이크를 잡고 중앙으로 들어서고 있었다.

"오늘 진행을 맡은 코미디언 박장대소입니다. 위대하시고, 거룩하시고, 고명하신 분들을 모신 가운데 제가 영광의 초록 만찬을 진행하게 된 점을 생애 최고의 영광으로 생각합니다. 그럼 지금부터,"

그때였다.

우웩.

MS가 제일 먼저 토악질을 시작했다. 그것을 계기로 여기저기서 토악질이 시작되었다.

우웩.

우웩.

우웩.

저마다의 입에서 초록색 토사물들이 식탁 위로 거세게 발사되고 있었다. 진행자인 박장대소가 황급히 코를 움켜쥐고 있었다. 박장대소의 일그러진 표정만 보아도 냄새가 얼마나 지독한지 짐작할 수 있었다.

"도대체 뭘 처먹었길래 냄새가 이렇게 지독한 거야. 씨발. 좀비 같은 새퀴들."

코를 움켜쥔 상태에서 박장대소가 나지막이 중얼거리고 있었다. 박장대소는 수많은 행사를 치르면서 조심성이 생활화된 코미디언이었다. 아부와 어용이 그의 주 무기라고 해도 과언이 아니었다. 그런데도 코를 움켜쥐고 막말을 내뱉을 정도면 냄새가 얼마나 지독한지 짐작하고도 남음이 있었다.

영광의 초록 만찬 사건은 일절 외부로 알려지지 않았다. 보안 유지에 얼마나 철저를 기했는지 짐작할 수 있었다.

294

그런데 영광의 초록 만찬 사건이 끝난 지 일주일이 지났을 때, MS는 특별 기자회견을 요청했다. 회견 장소는 금강이었다.

"이번 기자회견을 통해 제가 단군 이래 가장 모범적이고 도덕적인 정치가의 진면목을 보여 드리겠습니다."

MS는 공영방송을 통해서까지 호언장담을 서슴지 않았다. 물론 이번에도 의식의 연가시 한 마리가 MS의 뇌를 장악해서 벌이는 이벤트였다. 하지만 세인들은 MS와 거물급 인사들이 정상적인 뇌를 소유하고 있는 줄로만 알고 있을 것이다.

기자회견 이벤트를 주재하시는 거수님은 수령 1,200세로 추정되는 하동 국사암의 느티 거수님이셨다. 노정건 선생님과 박태빈 검사와 세은도 나와 함께 참관하고 있었다.

MS가 호언장담했던 가장 모범적이고 도덕적인 정치가의 진면목은 무엇일까. MS의 선언은 4대강의 재조명과 함께 세인들의 지대한 관심을 불러일으키는 도화선이 되었다. 신문이나 방송은 그 문제를 중심으로 칼럼을 게재하거나 토론을 벌이기 시작했다.

세인들의 궁금증은 날이 갈수록 증폭되었고 각양각색의 추측들이 난무하고 있었다. 추측들 중에서 가장 신뢰감을 얻는 추측이 먹튀론이었다. MS가 망명을 선언할 거라는 추측이었다. 망명지는 덴마크일 거라는 구체성까지 내비치는 사람들도 있었다. 4대강을 대국민 사기라고 생각하는 사람들에게는 불난 집의 휘발유로 작용해서 MS가 탄 비행기에 폭탄을 설치해야 한다는 둥 덴마크까지 쫓아가서 능지처참을 해야 한다는 둥 노골적으로 격분을 나타내 보이는 사람들이 많았다.

"먹을 만큼 먹었응께 토가 부는 일만 남은 거여. 확실하당께."

"택도 없는 소리 해 쌓고 자빠졌네. 양심이 드럼 세탁기에서 금방 끄집어낸 옥양목 빨래맹키로 깨끗하신 분이 그런 짓을 하실 택이 없데이. 아가리 닥치삐고 술이나 처묵어라, 고마."

먹튀론과 쌍벽을 이루는 추측은 오리발론이었다. 금강에서 가장 오염되지 않은 장소를 선택, 정상적인 상태로 위장을 한 다음, 내가 무얼 잘못했냐고 항변할 거라는 설이었다. 지금까지 측근이나 당사자는 시종일관 오리발을 내밀고 있던 차였고 이번에도 틀림없이 그럴 거라는 추측이 신뢰감을 더해 가고 있었다. 오리발설을 주장하는 사람들은 논란의 가치조차 없는 일로 치부하고 있었다.

"그 인간한테 무슨 양심이 있다는 겨."

"기다리다 보면 시멘트 전봇대에서 벚꽃 필 날도 있지 않겠소."

만종교가 헌법으로 보장되는 대한민국답게 착한 사람들의 달콤한 사과론도 신빙성을 높여 가고 있었다. MS가 금강에서 기자회견을 열고 대국민 사과를 통해 자신의 과오에 대한 용서를 구할 것이라는 추측이었다. 마치 빵에다 사과 잼을 바르고 그 위에 치즈까지 듬뿍 첨가한 추측인데도 그쪽으로 기대를 거는 사람들이 의외로 많았다.

MS를 싫어하는 사람들은 대한민국이 얼마나 사기꾼이나 사이비 정치가들이 활동하기 좋은 나라인가를 증명해 주는 현상이라고 탄식을 금치 못했다.

직장에서도 가정에서도 사람들은 그 문제로 논쟁을 벌이기 일쑤였다. 술집에서나 거리에서 멱살잡이 주먹다짐을 불사하는 경우도 허다했다. 심지어는 언쟁 끝에 술병으로 상대편의 이마를 가격해서 파출소에 연행되었다는 사례도 있었고, 부부 싸움 끝에 부인이 친정으로 돌아가서 전화조차 받지 않는다고 투덜거리는 남편도 있었다.

한국 사람들은 오대양 육대주를 채우고도 남을 자비심을 가지고 있는지도 모른다. 용서를 구하기만 하면 마음이 약해진다. 다른 나라 같으면 정치판에 발붙이지도 못할 정도로 엄청난 비리를 저지른 정치가들도 거리로 나와 무릎을 꿇고 석고대죄를 하는 시늉만 보이면 용서를 해 주는 경우가 허다했다.

그 때문인지 이번에도 MS의 사과론에 한 표를 던지는 사람들이 갈수록 늘어나고 있는 추세였다. 특히 MS가 호언장담한 '가장 모범적이고 도덕적인 정치가의 진면목' 때문에 사과론은 더욱 신빙성이 높아지고 있었다.

"지가 아이폰이냐, 스티브 잡스냐, 아니면 뉴턴이냐. 사과는 무슨 개 풀 뜯어 먹는 소리냐."

"그래도 교회 장로님이신데 그런 모욕적인 발언은 삼가시오."

"지금 하나님을 모독하는 발언을 하셨습니다."

"당신은 죽어서 지옥에나 떨어지시오."

논쟁의 열기 속에서 기자회견을 하는 날이 다가왔다. 장소는 금강 공주보 바로 옆 공터에 마련된 특별 기자회견장으로 정해졌다. 연예인들도 대거 참여해서 공연을 펼칠 예정이었다.

그러나 기자회견장에서 무슨 명분으로 공연이 이루어지는지 알고 있는 사람은 아무도 없었다. 무엇을 축하할 목적도 아니고 관객을 동원할 목적도 아닌, 불분명하기 짝이 없는 공연이었다.

하지만 비교적 잘나간다는 연예인들이 대거 참여하고 있었다. 인기 절정의 아이돌과 걸그룹, 록스타와 트로트 가수들이 대거 참여하고 있었다. 쓸데없는 돈질이라고 못마땅해하는 사람들도 있었고 즐길 기회를 주었다고 좋아하는 사람들도 있었다.

팸플릿을 보면 기자회견은 오전 10시에 이루어질 예정이었고 공연은 오전 11시에 이루어질 예정이었다. 아무튼 사람들은 인산인해를 이루고 있었다. MS를 보러 온 사람들보다 연예인들을 보러 온 사람들이 더 많다고 평가하는 사람들도 있었지만 시선 끌기에는 큰 성공을 거둔 상태였다.

회견장에는 보도진들을 위해서 책상과 의자와 음료수와 다과들이 따로 마련되어 있었다.

수령 1,200세로 추정되는 하동 국사암의 느티 거수님께서 의식의 연가시를 MS를 비롯한 거물급 인사들의 뇌에 투입시켜 놓은 상태였다. 앞으로 어떤 사태가 벌어질지 자못 궁금했다.

회견은 예정된 시간에 차질 없이 이루어졌다. 국민의례가 끝나고 내빈 소개가 있었다. 공주보에서 풍겨 나오는 냄새가 오·폐수 처리장을 방불케 할 지경이었다. 관객들은 한결같이 마스크를 쓰고 있었다.

무슨 거국적인 행사라도 되는 양 MS의 골수분자들이 빠짐없이 참석하고 있었다. 정치계, 학술계, 종교계, 언론계, 예술계, 경제계 등 각계의 거물들이 총집결했다. 그런데 놀랍게도 그들은 마스크를 착용하지 않은 상태였다. 전혀 냄새를 맡지 못하는 상태 같았다.

"저는 아나운서 손예현입니다. 오늘 기자회견은 예고해 드린 대로 단군 이래 가장 모범적이고 도덕적인 정치가의 진면목을 보여 드리기 위해 마련되었습니다. 뜻깊은 자리에서 훌륭하신 분들을 모시고 진행을 맡게 되어 영광스럽게 생각합니다. 단군 이래 가장 모범적이고 도덕적인 정치가의 진면목은 어떤 것일까요. 무척 궁금하지 않으십니까. 미리 예고해 주신 분께 직접 들어 보기로 하겠습니다."

진행자의 소개로 MS가 만면에 웃음을 머금고 자리에서 일어서고 있었다. 요란한 박수 소리가 이어지고 있었다. 진행자가 이따금 돌아서 손으로 코를 움켜쥐고 있다가 다시 돌아서는 모습이 보였다.

"서론은 생략하고 결론부터 말씀드리겠습니다. 먼저 제 재산을 모두 정리해서 사회에 환원하겠습니다."

MS는 여기서 말을 잠시 멈추고 어깨를 한 번 으쓱해 보였다. 금방이라도 '뻥이야'라고 소리칠 것 같은 표정이었다. 그러나 그렇게 소리치지는 않았다.

귀빈석에 앉아 있는 일부 거물급 인사들은 마치 자신의 귀를 의심하고 있는 듯한 표정을 짓고 있었다. 관중들도 설마 하는 표정으로 잠깐 침묵했다가 이럴 때가 아니라는 듯 다급하게 박수를 치기 시작했다. 일제히 카메라 셔터를 누르는 소리가 요란하게 터졌고 플래시들이 어지럽게 섬광을 발하고 있었다.

"그리고 탈도 많고 말도 많은 사대강에 대해 한 말씀 덧붙이겠습니다. 사대강은 보시다시피 멀쩡합니다. 조금도 청정성을 잃지 않은 채로 명경지수처럼 맑은 자태를 유지하고 있지 않습니까. 제가 직접 증명해 드리겠습니다."

무슨 일을 벌이려는 것일까. MS는 순식간에 겉옷을 벗어 던지고 팬티 차림이 되었다. 관중석에서 우와 하는 함성과 박수가 터져 나오고 있었다. 날카로운 휘파람 소리도 들렸다. 누군가 말릴 태세를 보이기는 했지만 MS가 벼락같이 화를 내는 바람에 물러서고 말았다.

MS는 팬티 차림으로 녹조가 창궐해 있는 공주보를 향해 마치 단거리 육상 선수처럼 있는 힘을 다해 달려갔다. 그리고 힘찬 도약과 함께 다이빙을 시도했다.

풍덩.

아주 짧은 순간에 일어난 일이었다. MS는 녹조 속에 가라앉아 모습이 보이지 않았고 사람들은 술렁거리기 시작했다.

"물이 너무 깊은 거 아냐."

누군가 중얼거리는 소리가 들렸다. 갑자기 주위가 싸늘해졌다. 그러나 잠깐 동안의 침묵이 끝나고 녹조를 뒤집어쓴 MS의 머리와 상체가 수면 위로 불쑥 나타났다. 그제야 사람들은 안도의 탄성을 발하고 있었다. 꼬마 하나가 낭랑한 목소리로 외쳤다.

"야아, 슈렉이다."

때를 같이하여 각계의 거물들도 옷을 입은 채로 덩달아 금강 공주보의 짙은 녹조 속으로 풍덩풍덩 뛰어들기 시작했다. 모두들 의식의 연가시에게 뇌를 점령당한 모습들이었다. 그들은 물에 뛰어들고 나서야 지독한 악취를 자각하기 시작한 모양이었다. 모두들 녹조를 뒤집어쓴 몰골로 코를 틀어막고 있었다. 그러나 얼마 버티지 못하고 일제히 구토를 해 대기 시작했다.

금강 공주보는 순식간에 아수라장으로 돌변하고 말았다. 토사물과 녹조와 악취로 뒤범벅을 이룬 상태로 그들은 허우적거리고 있었다. 몇 사람은 뭍으로 허겁지겁 기어 나와 바지를 입은 채로 설사를 해 대고 있었다. 물에 있는 사람들도 설사를 하고 있는지 주변에 누런 부유물들이 떠오르고 있었다. 우리는 마스크를 쓰고 있었지만 지독한 냄새를 막을 수는 없었다. 자꾸만 구토감이 치밀어 올랐다.

"다음번에 녹조라떼를 먹일 놈이 있으면 방독면을 쓰고 참관해야겠어."

노정건 선생님이 말씀하셨다.

"방독면을 구해 보겠습니다."

내가 대답했다.

"국사암 느티 거수님 정말 대단하시네."

노정건 선생님이 난장판을 가리키며 감탄을 연발하셨다.

"기발하면서도 화끈하신 것 같아요."

세은이 맞장구를 치고 있었다.

"저것들, 나중에 모조리 법의 심판대에 올려 놓아야지."

코를 움켜쥔 박태빈의 중얼거림이었다. 난장판은 오물 속에서 오래도록 계속되고 있었다. 우리는 쉬지 않고 난장판을 향해 박수를 보내 주고 있었다.

전국의 모든 수목들에게 그 장면들이 염사로 전송되고 있었다. 노거수님들은 냉엄한 모습으로 그 장면들을 지켜보고 계셨다. 공연이 시작되는지 무대 쪽에서 오프닝 음악이 요란하게 터져 나오기 시작했다.

세상은 요지거엉
요지경 소옥이다
잘난 사아람은 잘난 대로 살고
못난 사아람은 못난 대로 산다
야이야이 야들아아
내 말 좀 들어라
여기도 짜가 저기도 짜가
짜가가 파안친다

음악은 신바람이 고조되고 있었다. 가사가 현장 상황과 잘 어울린다는 생각이 들었다.

"냄새도 지독하고 날씨도 찜통인데 시내로 들어가 시원한 맥주라도 한잔하시죠, 선생님."

박태빈 검사가 노정건 선생님께 말했다.

"그러지."

"빨리 이 냄새 지옥을 떠나고 싶어요."

"지금쯤은 모두들 정상적인 뇌로 돌아와 있을 텐데 고생들이 많으시겠네."

우리는 서둘러 현장을 떠나고 있었다.

염화시중(拈華示衆)

은백양나무 숲으로 바람이 분다

미농지처럼 얇고 투명한 바람

바람 한 장을 꺼내 나는 편지를 쓴다

울고 싶다

라고 쓴다

퇴적된 시간의 공동묘지

무더기로 쏟아지는 음표들

음표들을 물고 날아가는 새 떼들

저 청명한 하늘 언저리에 그대

보고 싶다
라고 나는 쓴다

그대는 소식이 두절되고
밤새워 내가 쓴 편지는 오늘도 반송된다

가위 눌리는 한밤중
새하얀 물보라로 일어서는 바다
허기진 영혼으로 멀미를 앓는 사랑을
이제는 아무도 부축하지 않는다
해묵은 일기장 속에는 아직도
자욱한 빗소리
절름거리는 다리로 걸어온 세월의 배면
기다리는 시간은
사랑하는 시간보다 아프다지만
인생은 사막보다 황량한 비포장도로

기다림이 없다면
나무는 어떻게
별빛 가득한 하늘
무성한 가지를 엮어 그물을 던지고
바람은 어떻게

저물녘 집으로 돌아가는 발걸음

쓸쓸하고 지친 목숨들을 쓰다듬으리.

나는 지금 은백양나무 그늘에 앉아서 소크라테스를 생각하고 있다.

은백양나무는 은사시나무라고도 알려져 있다. 이파리 뒷면은 은빛이다. 바람이 불면 이파리들이 심하게 떨면서 반짝거린다. 그래서 사시나무 떨듯 떤다는 속담이 생겼다.

나는 은백양나무 아래서 소크라테스가 말한 사랑에 대해서 생각하고 있다.

소크라테스는 말했다. 인간은 누구나 행복해지기 위해서 살아간다. 그러면 인간은 언제 행복해지는가. 가슴 안에 사랑이 가득할 때 행복해진다.

그럴까. 반박할 여지는 없는 것일까.

어떤 기록에 의하면, 소크라테스는 세계 4대 성인 중의 하나로도 알려져 있지만 소문난 추남으로도 알려져 있다. 유난히 큰 얼굴, 번쩍거리는 대머리, 망둥이를 연상시키는 퉁방울눈, 두툼한 입술, 그리고 푸짐하고도 뭉툭한 코를 가지고 있었다. 키까지 땅딸보였는데 걸을 때는 오리처럼 뒤뚱거렸다. 그래도 체력은 좋은 편이어서 더위나 추위에도 대단한 인내력을 보여 주었다. 뿐만 아니라 밤새도록 술을 퍼마셔도 끄떡없는 체력을 소유하고 있었다.

그는 세 번이나 전쟁에 참가했으며 모든 동료가 도망을 쳤을 때도 홀로 전장에 남아 아군과 적군을 가리지 않고 부상병을 돌보아 주는 여유를 보였다.

그는 가업을 이어받는 일이나 가족을 부양하는 일에는 무관심했고 제자들을 가르치는 일에만 열의를 보였다. 항상 누추한 옷차림으로 아테네 거리를 배회했고 항상 많은 제자들이 그를 따랐다. 그는 무보수로 제자들을 가르쳤고 날마다 저녁 한 끼로 만족했다.

오늘날에도 소크라테스는 도처에 널려 있을지도 모른다. 그러나 이제는 달라진 가치관 때문에 소크라테스를 알아보지 못하고 살아가는지도 모른다.

소크라테스에게는 크산티페라는 아내가 있었다. 소크라테스만큼이나 유명했다. 당대 아테네 제일의 악처로 알려져 있었다. 극단적으로 표현하면 그녀는 소크라테스가 하는 모든 일을 악착같이 방해할 임무를 부여받고 이 세상에 태어난 여자 같았다. 소크라테스가 집에만 들어가면 지옥을 연상시킬 정도로 소크라테스를 프라이팬에 싹둑싹둑 썰어 넣고 자글자글 볶아 대기 일쑤였다.

"선생님, 결혼을 하는 쪽이 행복합니까, 안 하는 쪽이 행복합니까."

어느 날 제자가 물었다.

"온순한 아내를 얻으면 행복할 것이고 악랄한 아내를 얻으면 철학자가 될 것이다."

소크라테스의 대답이었다.

"사람들이 어떻게 하면 행복질 수 있습니까."

어느 날 제자가 물었다.

"가슴 안에 사랑이 가득하면 행복해질 수 있다."

소크라테스가 대답했다.

"내 가슴 안에 사랑이 가득하여 내가 만물을 사랑할 수 있을 때 행복해진다. 또한 내 가슴 안에 사랑받을 요소가 가득하여 내가 만물에게 사랑을 받고 있을 때 행복해진다."

제자들은 고개를 끄덕거렸다. 그때 소크라테스는 제자들의 끄덕거림에 일침을 가하는 한마디를 던졌다.

"하지만 인간은 어떤 경우에도 아름답지 않은 것을 사랑할 수는 없다."

아아, 이 얼마나 적확한 표현인가.

그 누구도 아름답지 않은 것을 사랑해 본 적은 없을 것이다. 그 누구도 아름답지 않은 것을 사랑해 볼 자신도 없을 것이다. 있다면 그것은 위선과 가식에 찬 사랑이 분명하다.

그렇다면 소문난 추남이었던 소크라테스는 아무에게도 사랑을 받을 수 없었을까.

아니다.

소크라테스의 부연 설명에 의하면 아름다움에는 두 가지가 존재한다. 한 가지는 외형적인 아름다움이고 또 한 가지는 내면적인 아름다움이다. 외형적인 아름다움은 시간이 많이 경과되면 퇴락하거나 변질된다. 하지만 내면적인 아름다움은 아무리 시간이 경과되어도 퇴락하거나 변질되지 않는다.

사랑의 발로 역시 두 가지다. 외형적인 아름다움에 의해서 비롯된 사랑은 시간이 경과되면 퇴락하거나 변질될 가능성이 높다. 그러나 내면적인 아름다움에 의해서 비롯된 사랑은 시간이 오래 경과되어도 퇴락하거나 변질되지 않을 가능성이 높다.

나는 이쯤에서 염화시중에 대한 얘기를 해야겠다.

염화시중(拈華示衆).

글자를 그대로 풀이하면 대중들에게 꽃을 들어 보인다는 뜻이다. 이 화두는, 말이나 글로 깨달음을 전하지 않고 마음으로 깨달음을 전한다는 의미로 불가에서 자주 인용된다.

석가모니가 영산에 있을 때의 이야기다. 범왕이 금색의 바라화를 바치면서 설법을 청했다. 그때 석가모니가 연꽃 한 송이를 꺾어 대중에게 들어 보였다. 모든 사람이 그 뜻을 헤아리지 못하고 망연해하였다. 다만 가섭만이 빙그레 미소를 지어 보였다.

석가모니는 왜 대중에게 꽃을 들어 보였으며 가섭은 왜 빙그레 웃어 보였을까.

나는 지금 은백양나무 그늘에 앉아 가섭이 빙그레 웃은 이유를 생각하고 있다.

우리는 저마다 한 송이 연꽃은 아닐까. 다만 대중에게 높이 들어서 보여 줄 석가모니를 못 만난 것이 아닐까. 높이 들어서 대중에게 보여 주어도 빙그레 웃어 줄 가섭을 못 만난 것은 아닐까.

은백양나무 숲으로 바람이 불고 있다. 은백양나무 이파리들이 눈부시게 반짝거리면서 흔들리고 있다. 내가 바람 한 자락을 걷어서 높이 쳐들어 보이면 빙그레 웃음을 보이는 은백양나무가 있을까.

바람에 나뭇잎 갈리는 소리가 파도 소리 같다. 세은을 데리고 바다에 가고 싶다, 라는 생각을 하고 있는데 미간에 채널링을 요청하는 진동이 느껴졌다. 백량금이었다.

"경기도 여주에 사는 두충나무가 긴급 구조를 요청했는데요. 이번에는 좀 색다른 상대와 싸움을 벌여야 할지도 모르겠습니다."

"색다른 상대라니."

"지금까지는 인간을 상대로 싸움을 벌였다면 이번에는 식물을 상대로 싸움을 벌여야 할 것 같습니다."

"어떤 식물이 무슨 짓을 저질렀는데 싸움까지 벌여야 한다는 거지."

"염사부터 전송할 테니 한번 보시죠."

나는 눈을 감았다. 자연 속에서는 눈을 감는 편이 훨씬 염사를 보기에 유리하다. 눈을 감자 풍경이 펼쳐지기 시작했다.

농지 같아 보였다. 그러나 농산물은 전혀 보이지 않았다.

"그냥 흔해 빠진 시골 풍경 같은데."

"바닥을 한번 유심히 보세요."

"풀들만 무성하잖아."

"저 넓은 농지가 한 가지 풀로 온통 뒤덮여 있습니다."

"그러네."

나는 드넓은 농지가 한 가지 풀로 뒤덮여 있다는 사실을 자각하는 순간 등골이 서늘해짐을 느꼈다.

"가시박 아냐."

"캡틴님도 아시는군요. 식물계의 공동묘지로 알려져 있는 가시박입니다. 저 넓은 농지가 완전히 초토화되고 말았습니다."

가시박은 북아메리카가 원산지다. 흔히 수분이 많은 지역에서 극성스럽게 자생하는 귀화식물이다. 1980년대 후반 병충해에 강한 특징 때문에 오이나 호박 접목묘의 대목용으로 사용하기 위해 도입했다. 동물이든 식물이든 문제를 일으키는 외래종들은 다 돈 욕심 때문에 유입되었다.

써글이다.

가시박은 생명력이 강하고 번식력이 왕성하다. 수십 미터의 나무까지 타고 올라가 뒤덮어서 생명을 끊어 놓는다. 다른 식물들이 햇빛을 받을 수 없을 정도로 뒤덮어서 결국 죽음을 초래하게 만드는 것이다. 뿐만 아니라 가시박 자체에서 타 식물을 고사하게 만드는 분비물을 퍼뜨리고 주변의 모든 식물들을 말라 죽게 만든다.

2009년 환경부에서 생태계 교란 유해 식물로 지정해서 대대적으로 퇴치 작업을 벌이고 있다. 꽃이나 종자가 형성되기 전에 생식기관이나 식물 전체를 제거하는 것이 효과적이다. 하지만 원산지 북미에서는 줄기를 달여 성병 치료약으로 쓰기도 한다는 기록이 있다.

"송구스럽지만 노거수님들의 지혜를 빌리는 수밖에 없겠어."

나는 은백양나무 그늘에서 무릎을 펴고 일어서며 중얼거렸다.

사람들이 사는 세상이나 식물들이 사는 세상이나 다를 바가 없다는 생각이 들었다. 가시박 같은 인간들이 세상에는 얼마나 많이 널려 있는가.

아침이었다. 잘게 부서진 햇빛 조각들이 은백양나무 가지 사이로 쏟아져 들어와 땅바닥에 흩어져 번쩍거리고 있었다.

나는 석가모니가 대중들에게 연꽃을 들어 보인 이유와 가섭이 빙그레 웃음을 보인 이유를 생각하면서 숙소를 향해 천천히 걸음을 옮겨 놓고 있었다.

"인간은 가슴에 사랑이 가득할 때 행복해진다."

"인간은 어떤 경우에도 아름답지 않은 것을 사랑할 수는 없다."

소크라테스의 말들이 자꾸만 내 귓전을 맴돌고 있었다.

울릉도 도동항 향나무 거수님 수령 2,000세 추정.

정선 두위봉의 주목 거수님 수령 1,400세 추정.

하동 국사암의 느티 거수님 수령 1,200세 추정.

양평 용문사의 은행 거수님 수령 1,100세 추정.

부안 내소사의 느티 거수님 수령 1,000세 추정.

"흙은 모든 생명체들의 어머니일세. 너무 많은 자녀들이 달라붙어 제 목숨만 연명하겠다고 젖을 빨고 피를 말리면 어떻게 되겠나. 만약 가시박들이 더 이상 영역을 확산하면 무슨 재앙이 닥칠지 예측할 수가 없네. 환경부나 농수산부가 나서서 멸종을 시키더라도 우리가 막아 줄 수가 없네. 부디 내 말을 소홀히 듣지 마시게. 우주 어디를 가도 조화가 곧 생명이요 사랑임을 명심토록 하시게."

양평 용문사의 은행 거수님께서 말씀하셨다.

수령 1,000세가 넘는 노거수님들께서 전국 각 지역의 가시박 정령들을 소집, 자제를 간곡히 당부하는 자리였다. 가시박 정령들은 노거수님들의 위용에 숨도 제대로 쉬지 못하는 형국으로 채널링에 임하고 있었다.

우주 어디를 가도 조화가 곧 생명이요 사랑이라는 말씀을 나는 가슴에 문신처럼 선명하게 새겨 두었다.

"저희들의 생각이 짧았습니다. 걱정을 끼쳐 드려 대단히 송구스럽습니다. 앞으로 확산을 자제토록 각별히 유념하겠습니다."

가시박 대정령이 말했다. 대정령은 소정령들이 모두 집합된 의식의 총체였다.

"이미 죽어 버린 초목들은 노거수님들의 신통력을 다 합쳐도 다시 살릴 방도가 없으니 안타깝네. 다른 생명체를 위해 나를 희생하는 아름다움이 곧 조화의 아름다움일세."

부안 내소사의 느티 거수님 말씀이었다.

느티 거수님의 말씀도 나는 가슴에 문신으로 깊이 새겨 두었다.

응접실 안은 노거수님들의 기운이 서려서 마치 봄날 꽃그늘에 앉아 있는 듯한 평온을 유지하고 있었다. 평소 천방지축으로 설쳐 대던 다몽이도 응접실 바닥에 얌전하게 엎드린 채 귀를 기울이고 있었다. 천 년의 시간들이 한자리에 따뜻하고 평온한 감촉으로 고여 있었다.

"모든 존재가 다 몸을 가지고 있는 것은 아닐세. 지구라는 행성에 존재하는 생명체들은 몸속에 의식과 영혼을 담아서 존재하네. 몸은 물질적 요소들로 이루어졌고 일체가 지구에서 얻어 낸 기운들로 운용되네. 허나 의식과 영혼은 지구에서 얻어 낸 기운들로 운용되는 것이 아니라 우주에서 얻어 낸 기운들로 운용되네. 생명체란 우주의 기운과 지구의 기운이 융합하여 이루어진 것이니 그 조화를 깨뜨리지 않아야 무병장수하는 법일세."

수령 2,000세로 추정되는 울릉도 도동항 향나무 거수님의 말씀이었다.

시간이 깊어지고 있었다. 수령 2천 세의 거수님께서 말씀하시면 시간이 2천 년 깊어지는 느낌이고 수령 1천 세의 거수님께서 말씀하시면 시간이 1천 년 깊어지는 느낌이었다.

나는 나무들과 대화를 나눌 때 행복을 느낀다. 특히 노거수님들과 대화를 나눌 때 무엇과도 비교할 수 없는 행복을 느낀다. 나이는 숫자에 불과하다는 말은 잘못된 말이다. 나이는 숫자 이상의 의미를 내포하고 있다. 1천 세의 나이는 1천 년의 경험이고 1천 년의 경험은 1천 년의 지혜가 되기도 한다. 1천 년의 지혜 속에는 1천 년 깊이의 사랑이 담겨 있다.

하루의 경험은 하루의 지혜를 만들고 한 달의 경험은 한 달의 지혜를 만든다. 물론 다 그렇다는 뜻은 아니다. 때로는 그 반대일 경우도 있다.

그것은 내가 간절한 소망을 가졌을 때와 간절한 욕망을 가졌을 때로 구분된다. 간절한 소망을 가졌을 때는 사랑이 되고 지혜가 되지만 간절한 욕망을 가졌을 때는 집착이 되거나 지혜는커녕 지랄이 되고 만다. 소망은 나도 잘되고 남도 잘되기를 간절히 바라는 마음이지만 욕망은 나만 잘되기를 간절히 바라는 마음이다.

나무들과의 대화를 통해서 내가 얻어 낸 영혼의 식량들이다. 육신의 식량들은 많이 먹으면 식곤증이 오거나 부작용이 생기지만 영혼의 식량들은 아무리 많이 먹어도 식곤증이 오거나 부작용이 생기지 않는다.

"모든 존재들은 자신이 거하는 행성에서 자기완성을 도모하네. 허나 깨달음을 얻기 전에는 이 말의 진정한 의미를 알지 못하네. 대부분의 인간들은 수없이 많은 시간과 돈을 투자해서 공부라는 명분으로 자신을 고문하는 일에 전심전력을 기울이네. 내가 알기로 인간들은 현상을 탐구하는 일을 공부로 생각하는 모양이지만 현상은 절대로 진리가 아닐세."

울릉도 도동항의 향나무 거수님 말씀은 끝나지 않았다. 나는 수령 2천 세로 추정되는 향나무 거수님이 말씀하실 때는 나이가 왕창 줄어들어 어린애가 되어 버리곤 한다.

오늘은 운빨이 초등학교 가을 운동회의 만국기처럼 나부끼는 날이라는 생각이 들었다. 영혼의 양식들이 무더기로 쏟아지고 있었다. 나는 가시박이 나쁜 점만 간직한 식물이 아니라는 사실을 새삼 자각하고 있었다. 하긴 이 세상에 나쁜 점만 간직하고 있는 생명체는 어디에도 존재할 수 없을 것이다.

"현상은 천변만화하는 것이라서 이것이다 하는 순간에 이미 이것이 아닌 것으로 변해 있기 마련이네. 어리석은 인간들은 현상을 탐구하면서 진리로부터 멀어지는 경우가 허다하네. 특히 머리를 써서 공부하면 그런 오류에 빠질 위험이 농후하다네. 하지만 지혜로운 인간들은 진리를 탐구할 때 머리를 버리고 마음을 취하네."

향나무 거수님 말씀은 깊은 강물이 느린 속도로 흘러가고 있는 듯한 느낌을 주고 있었다. 나는 질문을 던지고 싶은 충동을 느꼈지만 강물의 흐름을 방해하고 싶지 않았다. 강물 속에 영혼을 맡긴 채 그냥 떠내려가고 있었다.

"진정한 공부는 현상을 탐구해서 도달하는 것이 아니라 본성을 탐구해서 얻어 낼 수 있는 일이라네."

나는 여기서 참을성의 한계를 느꼈다. 그래서 깊은 강물의 흐름에 돌 한 개를 던졌다.

"그 본성이라는 것을 제게도 보여 주시면 감사하겠습니다."

"말이나 글로 전달할 수 있는 것이 아닐세."

공교롭게도 아침에 내가 잠깐 떠올렸던 염화시중의 일화와 일치하는 국면이었다.

"말이나 글로 전달할 수 없다면 다른 방법으로 전달할 수도 있지 않겠습니까. 어떤 책에서 읽었는데 제자가 도를 보여 달라고 하니까 스승님이 방석을 집어 던져 버렸는데 홀연히 깨닫더군요. 어떤 스승님은 제자의 따귀를 갈겨서 깨닫게 만들기도 하고 어떤 스승님은 손가락을 세워 보여서 깨닫게 만들기도 하던데 말입니다. 거수님은 그런 능력 없으신가요."

"그럼 내 방법대로 캡틴한테 한번 전달해 볼까."

"감사합니다."

"두 손을 한번 내밀어 보시게."

나는 향나무 거수님이 시키는 대로 손을 내밀었다.

"손바닥을 펴시게."

"알겠습니다."

나는 손바닥을 폈다.

"캡틴님이 지금 사막을 걷고 있다고 생각해 보시게."

"생각하고 있습니다."

"사막을 걷고 있는 캡틴님의 손바닥 위에 내가 얼음 한 덩어리를 올려 놓겠네. 그 얼음을 들여다보시면 개구리 한 마리가 들어 있네. 사막이기 때문에 시시각각 얼음이 녹고 있네. 하지만 얼음이 다 녹으면 개구리는 탈출할 수는 있지만 결국 말라 죽고 말걸세. 그 개구리를 살려야 하네. 사막일세. 어떤 경우에도 주어진 상황과 조건을 바꾸지 말고 개구리를 살려야 하네."

향나무 거수님은 더 이상 말씀을 하지 않으셨다.

잠시 참묵이 이어졌다. 나는 도도히 흐르는 강물에 괜히 돌멩이를 던졌다는 후회에 사로잡혀 있었다.

"그만 채널링을 정리하시게."

정선 두위봉에서 오신 주목 거수님이 말씀하셨다.

나는 거수님들께 진심으로 감사와 존경의 뜻을 담아 큰절을 올렸다. 채널링은 끝났다.

그런데 5분쯤 지났을 때였다. 아무 신호도 없이 울릉도 도동항의 향나무 거수님이 다시 나타나셨다. 내가 깜짝 놀라서 무슨 일이냐고 여쭈어보려고 했을 때였다.

"살려 낸 개구리를 보여 주시게."

·나는 보여 드리지 못했다. 향나무 거수님은 홀연히 사라지셨다.

개구리가 들어 있는 얼음이 녹고 있었다. 얼음이 다 녹으면 개구리는 죽는다는 단서가 붙어 있었다. 어떻게 해야 개구리를 살릴 수 있을까. 얼음 속에는 개구리가 갇혀 있었고 개구리 속에는 내가 갇혀 있었다. 나와 연계된 모든 것들이 거기에 갇혀 있었다.

한여름이었다. 발악적으로 매미들이 울어 대고 있었다.

〈끝〉

| 작가 약력 |

1946년 경남 함양군 수동면 상백리에서 태어났다.

1958년 강원도 인제군 기린국민학교를 졸업했다.

1961년 강원도 인제군 인제중학교를 졸업했다.

1964년 강원도 인제군 인제고등학교를 졸업했다.

1965년 화가 지망생이었으나 집안 사정과 교사인 아버지의 추천
으로 춘천교육대학에 입학했다.

1968년 육군에 입대했다.

1971년 육군 병장으로 만기제대했다.

1972년 춘천교육대학 입학 7년 만에 학문 연구에 대한 회의와 집
안 사정이 겹쳐 결국 중퇴했다.

1972년 《강원일보》 신춘문예에 단편 「견습어린이들」이 당선되면
서 데뷔했다.

1973년 강원도 인제남국민학교 객골분교 소사로 근무했다.

1975년 《世代》에 중편 「훈장(勳章)」으로 신인문학상을 수상했
고,《강원일보》에 잠시 근무했다.

1976년 단편 「꽃과 사냥꾼」을 발표했고, 11월 26일 '미스 강원' 출
신의 미녀 전영자와 결혼했다.

1977년   춘천 세종학원 강사로 근무했다. 장남 이한얼이 세상에 나
          왔다.

1978년   원주 원일학원 강사로 근무했다. 당시 신인작가에게는 파
          격적인 조건으로 첫 장편『꿈꾸는 식물』을 전작으로 출간
          해 당대 최고의 문학평론가였던 김현 선생의 극찬을 받았
          다. 또한 이 작품은 30만 부 이상 판매되며 문단에 신선한
          바람을 일으켰다.

1979년   단편「고수(高手)」와「개미귀신」을 발표했다. 이때부터 모
          든 직장을 포기하고 창작에만 전념하기 시작했다.

1980년   소설집『겨울나기』를 출간했다. 단편「박제(剝製)」「언젠
          가는 다시 만나리」「붙잡혀 온 남자」를 발표했다. 같은 해
          차남 이진얼이 출생했다.

1981년   중편「장수하늘소」, 단편「틈」과「자객열전」을 발표했다.
          또 두 번째 장편인『들개』를 출간해 70만 부 이상 판매되
          며 문단의 화제가 되었다.

1982년   만 1년 만에 장편『칼』을 세상에 내놓으면서 60만 이상의
          독자에게 사랑을 받았다.

1983년   직접 그리고 쓴 우화집『사부님 싸부님』(전2권)을 출간해
          '보고 읽고 깨닫는' 에세이집의 가능성을 보여주었고, 이
          책은 20만 부 이상 판매되었다.

1985년   삶에 대한 개인적 소회와 감성적인 문장들을 모은 산문
          집『내 잠 속에 비 내리는데』를 출간했다.

1986년   산문집『말더듬이의 겨울수첩』을 출간했다.

1987년   그동안 발표한 중단편 소설들을 모아 두 번째 소설집『장
         수하늘소』를 세상에 내놓았고, 서정시집『풀꽃 술잔 나
         비』를 출간하며 각박한 삶 속에서도 감성을 잃지 않아야
         함을 간접적으로 보여주었다.

1990년   나우갤러리에서 마광수, 이두식, 이목일과 4인의 에로틱
         아트전을 개최했다.

1992년   삶과 문학에 대한 고민으로 수년을 방황하다 부인의 권
         유로 방문에 교도소 철문을 설치하는 기행까지 서슴지
         않으며 드디어 독자들이 기다리던 네 번째 장편이자 이외
         수 문학의 2기를 여는 장편『벽오금학도』를 세상에 내놓
         았다. 이외수 소설에 대한 독자들의 갈증으로 이 작품은
         출간하자마자 120만 부 이상 판매되며 밀리언셀러가 되
         었다.

1994년   사물과 상황에 대한 작가만의 감성을 써내려간 산문집
         『감성사전』을 출간했다. 같은 해 선화(仙畵) 개인전을 신
         세계 미술관에서 개최했다.

1997년   장편『황금비늘』(전2권)을 출간하며, "인간이 인간다운 이
         유는 아름다움을 알기 때문이다"라는 화두로 스스로를
         구원해야 세상을 구할 수 있다는 메시지를 전하였다. 독
         자들의 폭발적인 반응으로 100만 부 이상 판매되었다.

1998년   가난한 문학청년에서 베스트셀러 소설가가 되기까지 괴
         짜작가로서 겪어낸 사랑과 청춘의 기억을 담은 산문집
         『그대에게 던지는 사랑의 그물』을 출간했다.

2000년 아름다운 감성의 언어들이 돋보이는 시화집『그리움도 화
석이 된다』를 출간했다.

2001년 『사부님 싸부님』 이후 18년 만에 우화집『외뿔』을 출간해
글과 그림의 예술적 조화를 선보이며 "자신의 내면을 아
름다움으로 가득 채울 수 있다면 진실로 거룩한 존재"임
을 설파했다.

2002년 여섯 번째 장편이자 조각보 기법을 활용한『괴물』(전2권)
을 출간해 70만 이상의 독자들에게 사랑을 받았다.

2003년 일상의 단상과 사랑에 대한 예찬을 담은 에세이인 사색상
자『내가 너를 향해 흔들리는 순간』을 출간했다. 같은 해
실직이나 취업, 학업 등으로 실의에 빠진 청년들을 위로하
는 편지글로 구성된 산문집『날다 타조』를 세상에 내놓았
다. 7월에는 대구 MBC 사옥 내 갤러리 M의 초대로 〈이외
수 봉두난발 특별전〉을 개최했다.

2004년 직접 그리고 쓴 이외수표 에세이인 소망상자『바보바보』
를 출간했다. 같은 해 산문집『뼈』를 출간하며 왕성한 집
필욕을 내보였다.

2005년 일곱 번째 장편으로 이외수 문학 3기로 명명되는 장편
『장외인간』(전2권)을 출간해 40만 독자들에게 사랑받았
다. 또 제2회 천상병예술제에서 〈이외수 특별초대전〉을
열었다.

2006년 강원도 화천군의 유치로 다목리에 '감성마을'을 구성해
'감성마을 촌장'으로 입주하였다. 국내 최초로 생존 작가

에게 제공된 집필실 겸 기념관 건립사업은 문화계 내에 서뿐 아니라 사회적으로도 화제가 되었다. 같은 해 문장 비법서 『글쓰기의 공중부양』을 세상에 내놓으며 문학청년들에게 실전적인 글쓰기 방법을 전수하였다. 또한 그동안 발표한 중단편 소설들을 모아 소설집 『장수하늘소』 『겨울나기』 『훈장』을 새로이 단장했다. 『훈장』에는 발표 이후 최초로 책에 담은 데뷔작 「견습어린이들」이 수록되어 30여 년 작가생활 동안 잃지 않은 초심을 고스란히 보여주었다. 이외에도 수차례의 개인전에서 선보인 선화들을 모아 선화집 『숨결』로 묶어 내놓았고, 12월에는 시집 『풀꽃 술잔 나비』와 『그리움도 화석이 된다』를 합본해 재편집한 시집 『그대 이름 내 가슴에 숨 쉴 때까지』를 출간해 시심(詩心)을 새로이 했다.

2007년　소통법 『여자도 여자를 모른다』를 정태련 화백과 함께 출간해 새로운 형태의 산문집을 세상에 선보였다. 출판사 사정으로 판권을 옮기게 된 문장비법서 『글쓰기의 공중부양』과 산문집 『뼈』를 해냄출판사에서 개정 출간하였다. 『뼈』는 재편집하여 『사랑 두 글자만 쓰다가 다 닳은 연필』로 개정하였다.

2008년　생존법 『하악하악』을 정태련 화백과 함께 출간했다. 이 책은 70만 부 이상 판매되며 침체된 도서시장에 활력을 불어넣었다고 평가된다. 또한 선화(仙畵) 개인전을 포항 포스코갤러리에서 개최하였다. 7월에는 시트콤 〈크크섬의 비밀〉에 출연해 신선한 즐거움을 선사했고, 10월부터는 1년 동안 MBC 라디오 〈이외수의 언중유쾌〉를 진행하며 '사람답게 사는 법'에 대해 청취자들과 의견을 나누기도 했다.

2009년 이전에 출간한 산문집 『날다 타조』에 새 원고를 추가하고 정태련 화백의 그림을 수록해 『청춘불패』로 새 단장하여 독자들에게 선보였고, 이 책은 20만 부 이상 판매되었다.

2010년 '내가 흐르지 않으면 시간도 흐르지 않는다'는 뜻의 제목을 붙인 산문집, 이외수의 비상법 『아불류 시불류』를 출간해 20만 이상의 독자들에게 사랑받았다.

2011년 『흐린 세상 건너기』(1992)의 원고 일부에 새 원고를 합하고 박경진 작가의 수채화를 수록한 에세이 『코끼리에게 날개 달아주기』를 출간하였다. 12월 '인생 정면 대결법'이라는 부제로 『절대강자』를 정태련 화백과 함께 출간해 20만 이상의 독자에게 사랑받았다.

2012년 '세상 모든 아름다운 것들을 위하여'라는 주제로 정태련 화백과의 다섯 번째 에세이 『사랑외전』을 출간했고, 이 책은 20만 부 이상 판매되었다.

2013년 하창수 작가와 함께 대담집 『마음에서 마음으로』를 출간했다.

2014년 소설집 『완전변태』를 출간하며 "예술가는 세상이 썩지 않게 하는 방부제 역할을 해야 한다"는 화두로 금전만능주의 사회에서 삶의 가치를 바꿀 것을 독자들에게 전파했고, 10월 정태련 화백과의 여섯 번째 에세이『쓰러질 때마다 일어서면 그만』을 출간해 자기 극복의 메시지를 전하던 중 예상치 못한 위암 발병으로 수술을 받은 후, 작가 특유의 정신력을 발휘하며 항암치료를 시작했다.

2015년 1월, 고장난 세상에 상처받은 모든 이들의 눈물과 슬픔, 고통이 이젠 뚝 떨어져나가기를 바라며 소설가 하창수와의 대담을 정리한『뚝』을 출간했다. 5월, 『말더듬이의 겨울수첩』에 새 원고를 더해 재편집한 개정증보판으로『나는 결코 세상에 순종할 수 없다』를 세상에 내놨다. 11월 말, 희망을 잃고 힘들어하는 독자들과 함께 호흡하고자, 항암치료를 견뎌내는 동안 작업한 글과 그림을 에세이『자뻑은 나의 힘』으로 묶어냈다.

2016년 5월 소설가 하창수와의 세 번째 대담을 정리한『먼지에서 우주까지』를, 12월 연애시첩『더 이상 무엇이』를 출간했다.

보복대행전문주식회사 2

초판 1쇄 2017년 5월 30일

지은이 | 이외수
펴낸이 | 송영석

편집장 | 이진숙 · 이혜진
기획편집 | 박신애 · 정다움 · 김단비 · 정기현 · 심슬기
디자인 | 박윤정 · 김현철
마케팅 | 이종우 · 김유종 · 한승민
관리 | 송우석 · 황규성 · 전지연 · 황지현 · 채경민

펴낸곳 | (株)해냄출판사
등록번호 | 제10-229호
등록일자 | 1988년 5월 11일(설립일자 | 1983년 6월 24일)

04042 서울시 마포구 잔다리로 30 해냄빌딩 5 · 6층
대표전화 | 326-1600 **팩스** | 326-1624
홈페이지 | www.hainaim.com

ISBN 978-89-6574-621-8
ISBN 978-89-6574-619-5(세트)

이 도서의 국립중앙도서관 출판예정도서목록(CIP)은 서지정보유통지원시스템 홈페이지
(http://seoji.nl.go.kr)와 국가자료공동목록시스템(http://www.nl.go.kr/kolisnet)에서 이용
하실 수 있습니다.(CIP제어번호: CIP2017011108)